ドラゴンの塔

上 魔女の娘

ナオミ・ノヴィク 著
那波かおり 訳

静山社

◆

カバーイラスト◎カガヤケイ
ブックデザイン◎藤田知子

ドラゴンの塔〈上〉魔女の娘●目次

【主な登場人物】

アグニシュカ……主人公。十七歳。ドヴェルニク村の〈ドラゴンの娘〉たちのひとり。愛称ニーシュカ。

カシア…………アグニシュカの親友。十七歳。才色兼備で、ドラゴンに選ばれるに違いないと目されている。

ヴェンサ………カシアの母親。娘が〈ドラゴン〉に選ばれると信じて厳しく育てる。

〈ドラゴン〉……ポールニャ国屈指の魔法使い。アグニシュカたちの暮らす谷を治める領主。本名サルカン。

マレク王子……ポールニャ国の第二王子。英雄として名を知られている。

〈ハヤブサ〉……ポールニャ国の魔法使い。〈ドラゴン〉のライバル。本名ソーリャ。

ヤジー…………ドヴェルニク村の牛飼い。〈森〉に憑依され「穢れ人」となる。

クリスティナ……ヤジーの妻。

ダンカ…………ドヴェルニク村の女村長。

ボリス…………オルシャンカの町に住む馬飼い。娘が〈ドラゴンの娘〉のひとり。

ハンナ王妃……ポールニャ国王妃。マレク王子の母。二十年前に隣国の王子と駆け落ちし、途中で〈森〉に囚われたと言われている。

1
糸繰《いとく》り川の流れのもとに

この谷の外でどんな噂《うわさ》がささやかれていようとも、わたしたちの〈ドラゴン〉が娘を喰《く》うことはない。ときどき、谷を通りすぎる旅人たちの交わす噂話が、わたしたちの耳にもはいってくる。彼らは、谷の人々がまるで人間の生贄《いけにえ》を差し出すかのように、その相手がまるでほんもののドラゴンであるかのように思いこんでいる。もちろん、そうじゃない。不死身の魔法使いだとしても、彼は人間の姿をしているし、もし彼が十年ごとに谷の村々からひとりの娘をさらって喰うつもりなら、父さんたちは力を合わせて彼を倒そうとしているだろう。〈ドラゴン〉は、この谷を〈森〉から守ってくれる。わたしたちは感謝している──まあ、ものすごくっていうほどではないとしても。

誓って言うけれど、〈ドラゴン〉が娘たちをむさぼることはない。ただなんとなく、そんな印象をあたえるだけだ。彼は十年ごとに、この谷からひとりの娘を召し上げ、〈ドラゴン〉の塔に連れていく。そして十年後、塔から出てきた娘は、すっかり別人になっている。優雅なドレス、言葉づかいはまるで宮廷人のよう。男とふたりきりで十年間も過ごすのだから、当然、奪われるものもあるだろう。〈ドラゴン〉に仕《つか》えた娘たちは、あの人には指一本触れられていない――と、あとになって言うけれど、ほかにどんな言いようがあるというのだろう。だけど、そうそう悪いことばかりでもない。〈ドラゴン〉は娘たちを手放すとき、嫁入りの持参金として、銀貨のいっぱい詰まった財布をくれる。それは、傷ものであろうとなかろうと、だれだって喜んで娘と結婚したがるような大金なのだから。

けれども、〈ドラゴン〉の塔から出た娘たちは、だれとも結婚したがらないし、村に居つこうともしない。

「この谷での暮らしを忘れちまうんだろうな」意外にも一度だけ、父さんがそう言ったことがある。わたしはそのとき、手綱《たづな》を握る父さんの隣にいた。週に一度の薪《まき》の配達を終えた帰り道で、後ろの大きな荷台はからっぽだった。わたしたち一家の暮らすドヴェルニク村は、この谷のほかの村々と比べて大きくもなく小さくもなかった。〈森〉にいちばん近いわけでもなく、〈森〉からは七哩《マイル》ほど離れていた。それでも、よく晴れた日だったので、馬車が高い丘のてっぺんまで来ると、川の流れの先に、野焼きされて薄灰色の土があらわになった境界と、その向こうに立ちはだかる黒い壁のような鬱蒼《うっそう》とした樹林が見えた。そして振り返れば、〈森〉とは反対方向のはるか先、西の山脈のふもとに、〈ドラゴン〉の塔が一本の白いチョークのように建っていた。

わたしはまだ幼くて、五歳にもなっていなかったはずだ。それでも、おとなたちが〈ドラゴン〉や召し上げられる娘について口を閉ざすことをすでに知っていた。だから、父さんがおとなたちの掟《おきて》を破ったことに驚き、そのときの言葉が頭にこびりついたのだろう。

「ここでの暮らしは忘れても、恐怖は体に染みついているんだろうな」と、父さんは言った。それきりだった。父さんが舌を鳴らして馬たちに合図を送ると、荷馬車はぐんぐんと坂をくだり、また木立のなかの道にはいった。

わたしにはどうにも納得がいかなかった。わたしたちはみんな〈森〉を恐れている。だけど、この谷はふるさとだ。どうして、ふるさとを捨てることができるんだろう？　一度召し上げられた娘は、二度とこの谷で暮らそうとしない。〈ドラゴン〉から解放されると、娘たちはしばらくのあいだは家族のもとに戻る――一週間、ときには一ヵ月。でもそれ以上とどまることはなく、持参金の銀貨を持って家を出る。多くの娘は首都クラリアに行って、大学にはいる。そのあとは街の男と結婚するか、そうでなければ学者になるか、あるいは自分の店を持つか。でもなかにはヤドヴィガ・バフのような身の振り方もあることを、わたしはおとなたちのひそひそ話を通して知った。六十年前に召し上げられたヤドヴィガは、〈ドラゴン〉の塔を出たあと高級娼婦《しょうふ》になり、やがて男爵の、のちに公爵の愛人になった。そして、わたしが生まれるころには、親類の子どもたちにすてきな贈りものを届けるお金持ちのおばあさんになっていた。それでも、彼女が村に帰ってくることは一度もなかった。

つまり、自分の娘を喰われるわけではないけれど、だからといって、〈ドラゴン〉に召し上げられるのは喜べるような話でもないということだ。〈ドラゴン〉は十年ごとに十月生まれの十七歳の娘をひとりだけ選ぶ。この谷に村の数はそう多くはないから、この条件に当てはまる娘もそう多くはいない。わたしを含めて、つぎに選ばれるかもしれない同い歳の娘は、谷全体で十一人。さいころ二個の目を足して決めるより、じゃっかん当たりやすい確率だ。だれもが言うことだけれど、〈ドラゴン〉に召し上げられるかもしれない娘にそそぐ愛情は、その子が大きくなるにつれ、ほかの子への愛情とは異なるものになっていくという。はやばやと生き別れになる可能性があるのだから、しかたのないことだ。でも、わたしとわたしの両親に関して言うなら、そうはならならなかった。なぜなら、物心がついて自分が〈ドラゴンの娘〉のひとりだと自覚できるようになったころには、みんながみんな、〈ドラゴン〉に選ばれるのはカシアにちがいない、と信じていたからだ。

事情を知らない通りすがりの旅人たちだけが、カシアの両親に向かって、おたくのお嬢さんはなんてきれいなんだ、なんてかしこいんだ、なんて気立てがいいんだ、とカシアのことをほめあげた。〈ドラゴン〉がつねにいちばん美しい娘を選ぶとはかぎらないのだけれど、いつも、なにかしらに秀《ひい》でた娘が選ばれた。だれよりも美しいとか、とびぬけてかしこいとか、いちばんの踊り手だとか、とりわけ気づかいができるとか——とにかく、〈ドラゴン〉は言葉を交わすこともなく、そういう娘をぴたりと選びとった。

そして、カシアはこのすべてに当てはまった。麦の穂のような黄金《こがね》色の髪を三つ編みにして腰までたらし、瞳は温かな茶色、笑い声は歌のよう。その声を聞いた者はだれでも彼女の歌を聞いてみたくなった。いつもとびきり楽しい遊びやお話を思いつき、新しい踊りを考えた。お祭りのごちそうがつくれて、父親の飼う羊の毛からよじれもこぶもない美しい糸を紡ぎ出すことができた。

わたしは、カシアのことを物語から出てきたお姫様みたいに語っているかもしれない。でもほんとうはその逆で、わたしにとっては物語のなかのお姫様がカシアにそっくりなのだった。母さんが〝いばら姫〟や〝勇敢なガチョウ番の娘〟や〝川の乙女〟など、いろんなお伽《とぎ》ばなしを聞かせてくれるたび、わたしの頭のなかで、主人公はみんなカシアになった。カシアはわたしにとって、そういう存在だった。幼かったわたしは、いずれ連れ去られてしまうカシアを愛すると自分が傷つくことになるなんて、思いもつかなかった。むしろ、いなくなってしまうと思うからこそ、いっそう彼女を愛した。

あたしはべつに気にしていない、とカシアはよく言った。恐れを知らない娘になるように、母親のヴェンサから厳しく育てられていた。木登りにしりごみする幼いカシアを叱《しか》りながら、ヴェンサが「この子は怖いもの知らずにならなくちゃだめなのよ」と言ったことを憶《おぼ》えている。わたしの母さんがすすり泣くカシアを抱きしめていたことも。

わたしたちの家は、あいだに家三軒しかへだてていなかった。わたしには姉妹がなく、兄が三人いるだけだったので、カシアとはだれよりも仲良しになった。わたしたちは幼なじみだった。最初は台所で働く母親たちの足もとで、少し大きくなると家の前の道でいっしょに遊び、やがて村の森を駆けまわるようになった。家にいたいとは思わなかった。手をつないで梢《こずえ》の下を走り抜けるほうがずっとすてきだ。木々が腕のように枝を伸ばし、わたしたちを守ってくれているような気がした。〈ドラゴン〉がいつかカシアを連れ去るなんて、わたしはそれにどうやって耐えたらいいのかわからなかった。

わたしの両親は、たとえカシアがいなくても、娘を奪われる心配をそんなにしなくてもすんだことだろう。十七歳になっても、わたしは足ばかり大きな瘦《や》せっぽちで、土くれみたいな茶色の髪はもつれっぱなし、ただひとつの特技は――それを特技と呼べるならだけど――自分の身につけたものを数時間のうちに破くか汚すか、あるいはなくしてしまうことだった。十二歳になるころから母もあきらめて、兄たちのお古を遊びまわるときのふだん着としてわたしに着せるようになった。お祭りの日だけ、教会に出かける二十分前に着替え、家の前のベンチで待つように言いわたされた。それでも、枝に引っかけもせず泥はねをあげもせず村の広場まで行き着けるかどうかは、五分五分といったところだった。
「おやおや、アグニシュカや。おまえは仕立屋に嫁《とつ》がなきゃならんなあ」父さんはよく声をあげて笑ったものだ。日暮れ時に村の森から帰る父さんを、わたしは汚れた顔で、服に少なくとも一個の穴をあけ、スカーフもかぶらずに出迎えた。父さんはわたしをさっと抱きあげ、キスしてくれた。母さんは小言も言わず、小さなため息をもらすだけだった。〈ドラゴン〉に選ばれるかもしれない〈ドラゴンの娘〉にいくつも欠点があったとして、それを嘆く親がどこにいるだろうか。

〝選抜〟を前にしたその夏は暑く、長く、泣いてばかりいた。めそめそしているのはカシアではなくて、わたしのほうだった。毎日、村の森をふたりで歩きまわり、かけがえのない一日を少しでも長く引き延ばそうとした。疲れはて、おなかを空かせて帰ると、そのまま家の暗い片隅に横たわった。母さんがやってきて、頭をなでながら、泣いて眠りにつくまで小さな声で歌ってくれた。枕辺には、真夜中に空腹で目覚めたときのために、ひと皿の食べものを残してくれた。母さんはあえて慰めを口にしなかった。言葉にできるはずがなかった。わたしたちにはわかっていた。どんなにカシアと彼女の母親ヴェンサを愛していても、母さんの心の底には、選ばれるのはうちの娘じゃないという喜びがひそんでいた。しかたのないことだった。もちろん、わたしとしては、母さんにそんなふうに喜んでほしくはなかったけれど。

その夏も、ほとんど毎日、カシアとふたりきりで過ごした。わたしたちはずっとそんなふうにやってきたのだ。幼いころは村の子たちといっしょに遊んだけれど、成長とともにカシアがますます美しくなると、ヴェンサは娘にこう言った。「男の子とはあんまり会わないほうがいいね。あんたのためにも、彼らのためにも」わたしだけがカシアから離れなかった。母さんも、カシアとヴェンサが大好きだったから、最後にはわたしが傷つくとわかっていても、わたしをカシアから引き離そうとはしなかった。

ふたりきりで過ごす最後の日、わたしたちは気づくと村の森の空き地にいた。黄金や真紅に染まった葉が頭上で風に鳴り、栗《くり》の実がそこかしこに落ちていた。小枝と落ち葉を集めて小さな焚《た》き火をし、栗を焼いた。あしたは十月一日、わたしたちの領主を称える大きなお祭りが催される。あした……その領主、〈ドラゴン〉がやってくる。

「旅の歌唄《うた》いになれたらいいのにな」地面にあおむけになったカシアが、目を閉じたまま言った。小さくハミングしている。旅の歌唄いがお祭りに合わせて到着し、すでにその朝、村の広場で何曲か歌を披露《ひろう》していた。この一週間のあいだには、貢ぎものをのせた馬車もつぎつぎに村に到着した。「歌唄いになって、ポールニャ国を旅してまわって、都へも行って、王様の前で歌うの」

カシアはもの思わしげに言った。夢物語を話す子どもではなくて、この谷から永遠に去ることを真剣に考えているおとなのようだった。わたしは手を伸ばし、彼女の手を握って言った。「そしたら、冬至《とうじ》のお祭りのたびに村に戻って、あちこちで覚えた歌をみんなのために歌ってね」わたしたちはしっかりと手を握り合った。〈ドラゴン〉に召し上げられた娘が村に戻ろうとしないことなんか忘れてしまいたかった。

当然のことながら、そのころのわたしは〈ドラゴン〉をひたすら憎んでいた。それでも、ほかの領主と比べて、彼はけっして悪い領主じゃなかった。北の山脈の向こう側を治める黄の沼男爵は、ポールニャ国が戦争をするときに送り出す五千名の兵士を養っていた。四つの塔がそびえる城館に住み、男爵夫人は血の色をした宝石と白ギツネのケープを身につけている。でも、黄の沼領の人々がこの谷の住人より豊かに暮らしているわけじゃない。男たちは週に一度、領内でいちばんよい土地にある黄の沼男爵の畑を耕さなければならないし、家々の息子はまずまちがいなく徴兵される。兵士がいつもうろついているので、娘たちは襲われないように家にこもっていなければならない。そういうことを考えれば、〈ドラゴン〉はそんなに悪い領主とは言えない。〈ドラゴン〉は自分の住まいとする塔をひとつ持つきりで、兵士はひとりもかかえず、ひとりの娘をそばに置くだけで、ほかに召使いはいない。軍隊を持つ必要がないのは、彼がポールニャ国王にみずからの労働によって、すなわち魔術によって奉仕しているからだ。彼はときどき首都の宮殿におもむき、王様の前で忠誠の誓いを更新する。王様は〈ドラゴン〉を他国との戦争に使うこともできたはずだが、おおかたの場合、彼に課せられているのは、この領地にとどまって〈森〉を見張り、その邪悪なたくらみから王国を守ることだった。

〈ドラゴン〉にとって唯一の贅沢《ぜいたく》は、書物を買うことだ。わたしたち谷の領民は、田舎暮らしのわりにはよく本を読む。というのも、たった一冊の本に金貨を支払う領主を目当てに、こんなポールニャ国のはずれにある谷にまで本の行商人たちが通ってくるからだった。本の行商人たちは、わたしたちにも買える安価な本をラバの鞍袋《くらぶくろ》にいっぱい詰めていた。そんなわけだから、よほど貧しい家でないかぎり、家々の棚には少なくとも二、三冊の本が誇らしげに飾られていた。

取るに足りないことだと思われるかもしれない。そんなことが娘を召し上げられるのをあきらめる理由にはならないと。しかしそう言えるのは、〈森〉がどんな恐ろしいものかを知らない、ほかの土地の人たちだけだ。わたしたちは、あの〝緑の夏〟を――熱風が〈森〉の花粉を西へ、わたしたちの畑や庭へと運んできたひと夏を生き延びた。あの夏、畑の作物は猛烈な勢いで育ち、多くの実を結んだ。でも、そのかたちはいびつで奇っ怪で、食べた者は怒りの病にかかり、家族を襲った。そして最後は、縛りつけられていないかぎり、〈森〉にはいって行方《ゆくえ》知れずになった。

当時、わたしは六歳だったが、ありありと憶えている。両親はできるだけわたしを外に出さないようにしたけれど、じっとりとした不安に包まれ、みんながおびえ、おなかが痛くなるほど飢えていた。わたしたちはすでに前年の蓄えに手をつけていて、それを食べ尽くしてしまえば、あとは春の収穫を待つほかなかった。飢えで頭がおかしくなった隣人のひとりが、その年に実った青豆を何個か食べてしまったときは、夜になって、隣家から悲鳴があがった。父さんが納屋《なや》から干し草用フォークをつかんで助けにいくのを、わたしは窓の隙間《すきま》からのぞき見ていた。

その夏のある日、幼くてまだ危険が身にしみていなかったわたしは、痩せて疲れきった母の監視がゆるんだすきに村の森に駆けこんだ。そして、風から守られた片隅で、枯れかけたブラックベリーの蔓《つる》を発見した。硬い枯れ枝を押しのけると、茂みの奥に、奇跡的に黒い実がなっていた。わたしはつぎつぎに摘《つ》んだ。どれも奇っ怪ではなく、まともなかたちで、みずみずしく、たまらなくおいしかった。口のなかで喜びがはじけた。わたしはふたつかみのブラックベリーを食べ、残りの実をスカートのエプロンに満たした。エプロンの両端をつまみ、そこから濃い紫の汁をしたたらせ、家に急いだ。わたしの果汁だらけの顔を見るなり、母は恐怖に打たれて泣き出した。でも、わたしは病気にならなかった。どういうわけか、そのブラックベリーは〈森〉の呪いをまぬがれていた。そのうえ、おいしかった。しかし、母の涙にひどくおびえたわたしは、それから何年か、ブラックベリーに手を出せなくなった。

〈ドラゴン〉はその年、宮廷に呼び出され、早々に戻ってくると、馬で谷の村々の畑をめぐり、汚染された作物、毒された収穫物をことごとく魔法の炎で焼きはらった。彼の仕事はそれでおしまいのはずだった。けれども、彼はそのあと病人の出た家々を訪ねて、正気に戻す秘薬をあたえ、ドヴェルニク村より西にあって被害をまぬがれた村々に、収穫物を分けあたえるように指図した。そして、わたしたちが飢えて死なないように、その年の年貢を免除してくれた。翌春、種まきの季節が訪れる前に、彼はふたたび畑をめぐり、穢《けが》れた作物の残骸《ざんがい》が新たに根を張らないように、もう一度畑を焼き尽くした。

しかし、こんなに助けられているにもかかわらず、わたしたちは〈ドラゴン〉を慕っていなかった。彼は塔から出てきて領民と交わろうとしない。黄の沼男爵のように収穫祭に領地の男たちと杯を酌み交わすことはなく、男爵の奥方や娘たちのように祭りの縁日で安い装身具を買うこともなかった。旅芝居の一座や歌唄いが山を越えてローシャ国からやってきても、彼は関心を示さなかった。貢ぎものをのせた荷馬車が到着すると、塔の大扉がひとりでに開き、運び手たちは領主に会うことなく、荷台の品々を地下庫におさめて立ち去った。〈ドラゴン〉は、わたしたちの村の女村長とも、この谷で彼の塔にいちばん近い大きな町、オルシャンカの町長とですらも、わずかな言葉しか交わさなかった。つまり、彼は領民から慕われることを求めてはいなかった。そして、わたしたち領民もだれひとり、彼のことをよく知らなかったのだ。

もちろん、〈ドラゴン〉が恐ろしい魔術を使うことはわかっている。夜には彼の塔のまわりに、たとえ天気のよい日でも、季節が冬でも、雷光が見えた。塔の窓から送り出された青白い雲が、街道沿いにふわふわと飛んで川をくだり、夜の〈森〉へ向かうこともあった。青白い雲は、彼に代わって邪悪なものを見張っていた。〈森〉に憑依《ひょうい》される者——たとえば、羊を追って〈森〉に近づきすぎた羊飼いの娘、悪い泉の水を飲んで惑わされた猟師、あるいは頭にこびりつく歌の一節を鼻歌にしながら山越えの道を通るうちに取り憑《つ》かれた旅人——がいれば、〈ドラゴン〉はひと仕事をするために塔からおりてきた。でも、彼に連れ去られていった者は、二度と帰ってこなかった。

邪悪ではないけれど、彼は近寄りがたく、恐ろしい。カシアを連れ去ってしまう者として、わたしは彼を憎んでいた。ずっと、憎みつづけていた。

あの最後の夜も、わたしの気持ちは変わらなかった。カシアとわたしは焼き栗をいっしょに食べた。日が沈んで焚き火の勢いはおとろえたけれど、熾火《おきび》が残るあいだは、村の森の空き地にぐずぐずととどまった。翌朝、遠出する必要はなかった。収穫祭はいつもならオルシャンカの町で催されるのだが、選抜の年には〈ドラゴンの娘〉が住む村のどれかで催されるのが習わしだ。〈ドラゴンの娘〉たちの家族に遠出の負担をかけさせまいという配慮があるのだろう。それに、なんといってもその年、わたしたちのドヴェルニク村にはカシアがいた。

夜が明けて、新調したグリーンの晴れ着に身を包むと、わたしの〈ドラゴン〉に対する憎悪はさらにつのった。わたしの髪を三つ編みに結う母さんの手が震えていた。カシアが選ばれるとわかっていても、怖くないわけではなかった。それでも晴れ着の裾《すそ》をぐっとたくしあげ、父さんの助けを借りて、棘《とげ》に気をつけながら精いっぱい慎重に馬車に乗りこんだ。わたしは、けっして手を抜かないと心に決めていた。こんな努力は無駄とわかっていても、カシアを愛するがゆえに公正にふるまおうとしたし、それを彼女に知ってほしかった。〈ドラゴンの娘〉たちのなかには、わざとだらしない身なりにしたり、目をすがめたり、猫背を装ったりする子がいる。わたしは、そんな卑怯《ひきょう》なまねをしたくなかった。

わたしたちは村の広場に集まり、十一人の〈ドラゴンの娘〉が一列に並んだ。この谷の全村から届いた貢ぎものが、それに見合うほど大きくはない何卓かのごちそうのテーブルに山と盛られていた。だれもがそのテーブルの後ろに集まった。小麦や大麦の袋が広場の草地に積みあげられている。〈ドラゴンの娘〉たちとその家族だけが広場のまんなかに並んで、ドヴェルニク村の女村長ダンカが落ちつきなく、わたしたちの前を行ったり来たりしていた。ダンカの口がもごもごと動いていて、声には出さずに領主への挨拶《あいさつ》を練習しているのがわかった。

わたしはカシア以外の娘をよく知らなかった。ほかの娘たちはドヴェルニク村の生まれではなかった。全員が晴れ着を着て、髪を三つ編みに結って、緊張で押し黙ったまま道のほうを見つめていた。〈ドラゴン〉があらわれる兆しはなかった。わたしの頭のなかを妄想が駆けめぐった。〈ドラゴン〉が来たら、カシアの前に身を投げ出して、わたしをかわりに連れていってくださ い、と訴えようか。それとも、〈ドラゴン〉に向かって、カシアはあなたのところに行きたがってないわ、と言い放とうか。でも、自分がそこまで勇敢になれないことはよくわかっていた。

そしてついに、〈ドラゴン〉があらわれた。その瞬間、身の毛がよだった。彼は道からやってくるのではなく、虚空《こくう》から突然あらわれた。わたしははっきりと見た。最初に宙から数本の指が出現し、それから腕が、脚が、つぎには男の半分だけが……。このありえない禍々《まがまが》しい光景から目をそらせなかった。ほかの人たちは幸運にも、〈ドラゴン〉がわたしたちのほうに一歩踏み出すまで、なにも気づかなかった。それでもみんな、驚きにあわてふためかないように懸命だった。

〈ドラゴン〉は村のどんな男ともちがっていた。もっと老いて、腰が曲がって、白髪でもいいはずなのに……。あの塔に百年も暮らしているというのに、背中はまっすぐで、あごひげも生えていなかったし、肌には張りがあった。通りがかりにちらっと見るだけなら、自分より少し年上の若者だと勘ちがいしていたかもしれない。ごちそうのテーブルの向こうにいたらほほえみかけていたかもしれない。わたしに踊りを申し込んできても不思議ではなかった。でも、彼の顔にはどこか不自然さがあった。目じりにあるカラスの足跡のようなしわは、長い歳月が彼を変えはしなくても酷使した証拠のように思われた。醜い顔じゃないけれど、冷ややかで、なんだかいやな感じがした。全身がこう宣言しているみたいだ。わたしはきみたちとはちがう、同じにはなりたくない。

装いはとても贅沢だった。領主様なのだから、当然だ。彼の長いローブに使われた紋織物をお金に換えたら、きっと家族が一年間は食べていけるだろう。もちろん、ローブについた金ボタンの値をべつにして。でもその体は、四年に三度は収穫に失敗する畑の持ち主みたいに痩せ細っていた。猟犬のように神経を張りめぐらし、体をこわばらせ、一刻も早くここから立ち去りたがっているように見えた。わたしたち領民にとって最悪の日であるというのに、彼はひとかけらの寛容さも示さなかった。女村長のダンカが一礼し、「領主様、あなたのためにこちらの――」と話しかけたが、彼はまだ話が終わらないうちに、「いいからはじめよう」と言った。

わたしの横に立った父さんがお辞儀《じぎ》をした。わたしの背中に添えられた父さんの手は温かかった。父さんとは反対側に立つ母さんが、わたしの手をぎゅっと握った。そしてふたりは、ほかの娘たちの両親と同じように、しぶしぶと後ろにさがった。わたしたち十一人の娘は思わずお互いの距離を少しだけ縮めた。カシアとわたしは列の端に近いところにいた。彼女の手を握る勇気はなかったけれど、腕と腕が触れ合うくらいまで近づいた。そして、〈ドラゴン〉が列の前をゆっくりと歩き、それぞれの娘のあごを指でとらえて上を向かせ、その顔にじっと見入るのを、憎しみに燃えながら見つめていた。

彼はすべての娘に話しかけはしなかった。わたしの隣にいるのはオルシャンカの町から来た娘で、この谷いちばんの馬飼いであるボリスを父に持ち、鮮やかな赤い毛織りのドレスを着て、漆黒のおさげに赤いリボンを結んでいた。彼はその娘の前を無言で通りすぎた。そして、ついにわたしの前に来ると、彼の顔はいっそう気むずかしげになった。冷ややかな黒い瞳、引き結んだ薄いくちびる。彼はわたしをじろりと見て、尋ねた。「名前は?」

「アグニシュカ」と答えたのか、答えようとしただけなのか、自分でもよくわからない。口が乾ききっていた。「アグニシュカです……領主様」もう一度、消え入りそうな声で答えた。ほおが熱くなって目を伏せると、あんなに注意したはずなのに、晴れ着の裾には大きな三つの泥はねがついていた。

〈ドラゴン〉はまた歩き出そうとしたが、ぴたりと動きを止め、カシアを見つめた。ほかの娘の前で立ち止まるときとは態度がちがった。彼は片手をカシアのあごに添え、引き結んでいた薄いくちびるをゆるめて、うっすらと笑った。カシアは怖じ気づくことなく、気丈に彼を見つめ返した。そして、かすれたり甲高くなったりしない、おだやかな楽器の調べのような声で言った。

「カシアです、領主様」

〈ドラゴン〉がふたたびカシアにほほえんだ。愛想よく、とはとても言えない。まるで獲物を仕留めたばかりの猫のような目をしている。彼はおざなりに列の最後まで行ったけれど、残るふたりの娘にはほとんど目をくれなかった。彼が踵《きびす》を返して、ふたたびカシアに視線を戻したとき、わたしの後ろで、ほとんど嗚咽《おえつ》のような、ヴェンサが息を深く吸いこむ音がした。彼は満足げな笑みを浮かべてカシアを見つめた。でも、またすぐに眉間《みけん》にしわを寄せて、気むずかしげな顔に戻った。彼は首をめぐらし、今度はわたしをまっすぐに見た。

わたしはうろたえ、とっさにカシアの手をつかんだ。力いっぱい握ると、カシアはぎゅっと握り返してくれた。でも、すぐに彼女のほうから手を放した。行き場を失った手と、もう片方の手が体の前で重なった。怖くてたまらないのに、ほおが熱くなる。わたしを見つめる〈ドラゴン〉の目がさらに細く鋭くなった。つぎの瞬間、彼はさっと手をあげた。その指先に青白く燃える小さな火の玉が浮かんでいた。

「この子、悪いことはなにもしていません」カシアが言った。ああ、なんて……なんて勇敢なカシア。わたしは彼女のためにここまで勇敢になれなかったのに……。カシアの声は震えていたけれど、ちゃんと聞きとれた。なのに、わたしときたら火の玉を見つめて震えているだけだった。

カシアがつづけて言った。「お許しください、領主様――」

「静かに、お嬢さん」〈ドラゴン〉はカシアに言うと、火の玉をのせた片手をわたしに突き出した。「さあ、取れ」

「わたし……取る？」その火の玉を顔にぶつけられても、ここまで驚きはしなかっただろう。

「いつまで阿呆《あほう》づらで突っ立っている」〈ドラゴン〉が言った。「取るんだ」

火の玉をつかもうとして手をあげたものの、ひどく震えていたので、触れたくもない彼の指に触れてしまった。その指は燃えるように熱かった。でも、火の玉そのものは大理石のように冷たく、火傷《やけど》もしなかった。ほっとすると同時に驚きに打たれ、わたしは指ではさんだ火の玉に見入った。〈ドラゴン〉がじれったそうにわたしを見た。

「やれやれ」と、彼はおもしろくなさそうに言った。「どうやら、きみだな」わたしの手から火の玉を取り、ぱっと指を閉じる。火の玉は出現したときと同じように一瞬にして消えた。彼は女村長のダンカのほうを向いて言った。「貢ぎものは都合のつくときに届けてくれ」

わたしはまだ呑《の》みこめていなかった。だれひとり、わたしの両親さえ、この事態を呑みこめていなかったはずだ。あまりに唐突だったし、彼の目が自分に向いたことに茫然《ぼうぜん》としていた。振り返って最後のお別れを告げることもできず、気づくと、人々に背を向けた〈ドラゴン〉に手首をつかまれていた。カシアだけが動いた。振り向くと、彼女がわたしのほうに助けの手を伸ばすのが見えた。でも、そのときにはもう、〈ドラゴン〉に腕を強く引っ張られて、足がもつれ……体が消えかかっていた。

わたしは自由なほうの手で口を押さえた。むかむかする、吐きそうだ……自分の体がまたあらわれる。彼の手が腕から離れると、わたしは膝をがくんとつき、自分がどこにいるのか確かめる余裕もなく、嘔吐《おうと》した。〈ドラゴン〉が嫌悪感もあらわな低い声をあげた。彼の革靴の優雅に伸びたつまさきにも、わたしの吐いたものがかかっていた。「このまぬけ。吐くな。汚したところを掃除しておけ」彼はそう言って歩み去った。足音がしばらく石に反響し、やがて聞こえなくなった。

そのまま震えていたけれど、そのうち嘔吐《えず》きがおさまり、わたしは手の甲で口をぬぐった。頭をもたげ、あたりを見まわしてみる。そこは石の床の上だった。ありふれた石ではなく、鮮やかな緑の縞《しま》目のある白い大理石だ。わたしは半円形の部屋にいた。縦長の細い窓がいくつかあるけれど、外を見るには窓の位置が高すぎる。それでも傾斜した天井が内側に向かって高くなっていたので、ここは〈ドラゴン〉の塔の最上階だろうと察しがついた。

家具がいっさいなく、床を掃除するのに使えそうなものも落ちていなかった。しかたなく、晴れ着の裾で吐いたものを拭《ふ》いた。どうせもう汚れてしまっているのだ。しばらく床にへたりこんでいると、ますます怖くなってきた。でもなにも起こらなかったので、立ちあがり、びくびくしながら廊下に出た。できれば〈ドラゴン〉とはちがう出口を使いたかったけれど、出口はそこしかない。

でも、もう彼の姿はなかった。短い廊下は静まり返っていた。床はさっきの部屋と同じ冷たく硬い大理石で、天井からランプがさがり、奇妙な青白い光を発している。見慣れたランプとはちがい、磨きあげられた石の固まりが発光しているようだ。どこかに通じるドアがひとつ。廊下の先は階段だった。

ドアの向こうがどうなっているかなんて、できれば知りたくなかったが、おそるおそるドアを押しあけ、なかをのぞいた。小さな寒々しい部屋だった。狭いベッドと小さなテーブルと洗面器。ドアと向かい合わせの大きな窓から空が見えた。その窓に駆け寄り、身を乗り出した。

〈ドラゴン〉の塔は、彼の領地のいちばん西の端にあり、山脈を背にした丘陵の上に建っている。わたしたちの谷がそこから東に向かって長く伸び、いくつかの村と農地が広がっている。わたしは窓枠にもたれかかり、谷のまんなかを流れる銀青色の糸繰《いとく》り川と茶色の街道を目でたどった。川と街道は寄り添いながら〈ドラゴン〉の領地の向こう端までつづいている。街道はときどき林に埋もれて見えなくなるけれど、その先でまたあらわれるところに村がある。そして最後には細くなり、黒々とした巨大な〈森〉の手前で消える。糸繰り川だけは〈森〉のなかにはいっていくが、そこから先、川の流れを見ることはできない。

塔からいちばん近いところに見える町がオルシャンカ。その町で日曜ごとに立つ大きな市《いち》には、父さんに連れられて二回ほど行ったことがある。オルシャンカの向こうに小さな湖がある。

その岸辺にポーニエッ村、ラドムスコ村、その先にわたしの生まれたドゥヴェルニク村がある。〈ドラゴン〉が長居をいやがった村の大きな広場も、ごちそうの並ぶ白いテーブルも見える。わたしは床に膝をつき、窓枠にひたいを押しあてて、小さな子どものように声をあげて泣いた。

でも、母さんが来て頭をなでてくれることも、父さんがわたしを立ちあがらせ、笑いで涙を追いはらってくれることもなかった。わたしは、頭が痛くなって泣いているどころではなくなるまで泣きつづけた。硬い石の床は寒々として、洟《はな》がたれるのに、拭きとる布もない。

しかたなく服の裾の汚れていないところで洟をかみ、ベッドに腰かけ、これからなにをしたらいいのか考えようとした。この部屋は、いま使われている形跡はないけれど、空気がよどんでいないし、きちんとかたづいている。まるでつい最近、からっぽになったばかりのように。そう、たぶん、そうなのだ。べつの娘が十年間、谷を見おろしながら、この部屋で過ごしてきた。そして彼女が塔から出て、家族に別れを告げに行き、この部屋がわたしのものになった。

一枚の大きな絵が、金色のりっぱな額縁におさめられ、ベッドと反対側の壁にかかっていた。なんでこんなものがここにあるのだろう？　狭い部屋には大きすぎる絵だ。そもそも、それが絵なのかどうかもよくわからなかった。全体が淡い緑で、ふちだけが灰褐色の、ただの太い帯。その帯のまんなかに、青みがかった銀色の一本の線が、ところどころでゆるく湾曲しながら伸びている。そして、端から伸びる何本かの銀色の細い線が、その太い線と交わっている。それを見つめながら、これもなにかの魔術だろうかと考えた。こんなものは見たことがない。

でも、その銀青色の線に沿って点在するいくつもの円と円の間隔には、どこかで出会ったことがあるような気がした。しばらく見ているうちに、はっと気づいた。これはわたしたちの暮らす谷だ。鳥になって空から見おろしたら、こんなふうに平らに見えるにちがいない。一本の銀色の線は、西の山脈から〈森〉へと流れこむ糸繰り川。いくつもの円は谷の村々だ。色彩がきらめき、絵の具を筆でのせたあとが無数の微細な頂《いただき》をつくっている。糸繰り川のさざなみが、日差しに映える水面《みなも》がまぶたに浮かんだ。この絵はわたしの目を釘《くぎ》づけにし、ずっと見ていたいと思わせる。でも、なんだか好きになれない。この額縁は、生きている谷を閉じこめた箱のようなもので、見つめていると、自分まで閉じこめられてしまいそうな気持ちになるのだ。

わたしは絵から視線をそらした。この部屋にいつまでもいるわけにはいかないだろう。この日の朝食も、前日の夕食も、まったく取っていなかった。食欲が湧かなかったし、なにを口に入れても灰みたいな味になるだろうと思っていた。なのにいま、想像をはるかに超えた災難が自分の身に降りかかっているというのに、食欲をなくすどころか、ものすごくおなかが空《す》いている。この塔に召使いはいないから、わたしのためにだれかがお昼を用意してくれることはないだろう。いや、それどころか……もっとまずいことに思いいたった。〈ドラゴン〉の食事をわたしが用意することになっているのだとしたら、どうしよう？

さらにもっとまずいことまで頭に浮かんだ。食事のあとはどうなるんだろう？　カシアは、〈ドラゴン〉から解放された娘たちの言ったこと――つまり、彼がいっさい手を出さなかったという話を信じていた。カシアはきっぱりと言ったものだ。「百年間も娘を召し上げてきたのよ。もし、ひとりでもちがうことを言ったら、すぐに噂として広まったはずだわ」

でもそう言いながら、数週間前、カシアはうちの母さんにこっそりと頼んでいた――女の人が結婚するとなにが起きるか、結婚式の前夜に母親が娘に話すことを教えてほしい、と。わたしは近所の森から帰ってきたとき、窓の外でそれを聞いた。カシアのために熱い怒りの涙でほおを濡《ぬ》らしながら、母さんの教えに窓辺でひそかに耳を傾けた。

それがなんと、いまはこの身に降りかかろうとしている。わたしは勇敢じゃないから、深い呼吸をしてがちがちに固まらないように体の力を抜くなんて、そんなことはできっこない。そうすれば痛くはないと、母さんがカシアに教えていた。わたしは、〈ドラゴン〉の顔が近づいてくる恐怖の瞬間を想像した。村の広場でわたしを調べたときより、彼の顔が間近に迫るところ。冷ややかな石のように輝く眼《まなこ》。鉄のように硬くて奇妙に熱い指。その指がわたしから服を剝《は》ぐところ。わたしを見おろす彼の口もとにうっすらと浮かぶ満足げな笑み。彼の体はどこもかしこも、あの指のように熱いのだろうか？　あの熾火のような熱さを、わたしは全身で感じることになるの？　彼がわたしの上になり、体を重ねて……。

頭のなかの妄想を振りはらい、わたしは立ちあがった。まずベッドを見おろし、つぎにこのこぢんまりとした隠れる場所のない部屋を見まわし、部屋から出た。廊下の端に、下におりる狭い階段があった。螺旋《らせん》階段なので、一周おりた先になにがあるかはわからない。階段をおりるのが恐ろしいなんてばかみたいだけれど、恐ろしくてたまらず、部屋に引き返そうかとさえ考えた。それでもとうとう、なめらかな壁に片手を添えて、ゆっくりと足を踏み出した。途中の段に両足をそろえて立ち、あたりに耳をすます。そしてまた少しおりた。

こうしてやっと一周分おりたけれど、なにも跳びかかってこなかった。おびえていた自分が愚かしく思えて、足を速めた。ところが、また一周まわっても、階段はつづいていた。さらにもう一周。また恐ろしくなってきた。これは永遠にどこにも行き着けない魔法の階段なの？　そう思いはじめたとき、やっと踊り場が見えた。わたしはどんどん足を速めた。そのあげくに足をすべらせ、三段を一気に跳び越し、踊り場でなにかに頭から突っこんだ。〈ドラゴン〉だった。

わたしは痩せっぽちだけど、背丈は村でいちばんのっぽの父さんの肩くらいまである。〈ドラゴン〉のほうは大男じゃない。わたしたちはいっしょに階段を転がり落ちそうになり、〈ドラゴン〉がとっさに片手で手すりを、もう一方の手でわたしの腕をつかんで、どうにか踏みとどまった。気づくと、わたしは彼の長衣をつかんで体をあずけていた。彼の驚いた顔が間近にある。驚きでなにも考えていない瞬間、その顔は、ふつうの男の顔だった。ふつうの男が突然ぶつかってきたなにかに驚く表情をしていた。半開きの口と見開いた目。少しまぬけそうな、少しゆるんだ顔。

わたしは驚きで固まり、ぽかんと口をあけて彼を見た。でも、〈ドラゴン〉は瞬時に回復した。表情が一瞬にして驚きから怒りへと変わり、自分で立てと言わんばかりに、わたしの体を引き剝がした。わたしは自分の不始末に取り乱し、彼がなにか言う前に口走っていた。「台所をさがしているの！」

「さがしているだと？」しっとりとやわらかな声が返ってきた。しかしその顔に、もうゆるんだところはなく、憤りが満ちていた。そのうえ、彼はわたしの腕を放そうとしない。痛くなるほど強くつかんでいるので、あの異様に高い体温が袖《そで》の布地越しに伝わってくる。彼はわたしをぐっと引き寄せ、おおいかぶさろうとした。たぶん、わたしを上から見おろしたかったのだろうが、それができなかったから、よけいに腹を立てた。もしわたしに考える余裕さえあったら、背をかがめて小さくなったのに……。でもそうするには疲れすぎていたし、おびえすぎていた。彼の顔が目の前にあり、彼の息がくちびるにかかった。さらに耳にも息がかかり、冷ややかで意地悪そうな声が耳もとで聞こえた。「なんなら、わたしが案内してやろう」

「い、いえ……けっこうです」震えながらどうにか答え、のけぞって彼を避けようとした。なのに、〈ドラゴン〉はわたしを引きずって階段をおりはじめた。また何周も螺旋をまわり、五周まわったところで、ようやくつぎの踊り場に着いた。そこからまたおりはじめると、明かりが薄暗くなった。さらに三周まわり、とうとう彼に引きずられたまま塔の最下層までたどり着いた。そこは削られた岩がむきだしになった地下の大きな部屋だった。不機嫌にひん曲がった口のようなかたちの大きな壁炉《へきろ》があり、なかで炎が踊っていた。

〈ドラゴン〉の手がわたしを炉のほうに押しやった。わたしを炉に投げこむつもり？　やみくもな恐怖に襲われた。なんて強い力だろう。体格に見合わない力があるからこそ、わたしをやすやすと引きずってこられたのだ。でもここで、火に放りこまれるわけにはいかない。わたしは淑女《しゅく じょ》と呼んでもらえるような、おとなしい娘じゃなかった。いつも村の森を駆けめぐり、木にのぼり、イバラの茂みにも臆さなかった。そして、追いつめられたときほど本領を発揮した。〈ドラゴン〉に壁炉のきわまで引っ張られ、わたしは悲鳴をあげながらがむしゃらにもがき、爪で引っかき、身をよじって暴れた。そして今度こそほんとうに、彼を床に押し倒した。

ただし、自分もいっしょにだ。わたしたちは折り重なって倒れ、敷石に頭を打ちつけ、眩暈《めまい》のためにしばらくは起きあがれなかった。すぐそばで炎が燃えさかり、パチパチと爆《は》ぜている。混乱の波が引いていくと、炉のすぐ横に小さな鉄扉が並んでいるのに気づいた。炉の前面には焼きもの用の串が一本。串台の上に鍋を置ける大きな棚がある。どうやら、ここが台所らしい。

しばらくすると、〈ドラゴン〉があきれたように言った。「気はたしかか？」

「炉に投げこまれるかと思った」わたしは言った。まだ頭がくらくらする。なんだか笑いが込みあげてきた。

ほんものの笑いではなく、気が高ぶったあげくの素《す》っ頓狂《とんきょう》な笑いだった。くたくたに疲れて、おなかがぺこぺこで、階段を引きずられ、くるぶしや膝に痣《あざ》ができて、頭が猛烈に痛い。こんな踏んだり蹴ったりでは、もう笑うしかなかった。

しかし、彼にはそれが理解できなかったようだ。理解できるのは、自分が選んでしまった愚かな村娘が、自分を――この王国と王に仕える偉大な魔法使いの〈ドラゴン〉を笑っているということだけ。きっとこの百年間、彼を笑う者なんか、だれもいなかったのだろう。彼はわたしの脚を蹴りのけて立ちあがり、気の立った猫のようにわたしを見おろした。それを見て、わたしのばか笑いがさらに勢いづいた。彼はくるりと背を向け、床に転がって笑いつづけるわたしを置いて、部屋を出ていった。そうする以外に、どう扱えばいいのか思いつかなかったのかもしれない。

彼が出ていくと、わたしの笑いはしぼんでいった。それでも前よりも少しだけ、むなしさと恐ろしさが遠のいている。彼はわたしを炉に投げこまなかったし、打ちすえもしなかった。わたしは立ちあがり、部屋を見まわした。炉の火がまぶしく、ほかに明かりもない。だからさっきは部屋全体がよく見えなかったけれど、炎を背にすると、この大きな空間のようすがだんだんわかってきた。この部屋には低い壁や棚で仕切られたアルコーヴがいくつもあった。棚にはガラス瓶がずらりと並んできらめいている。あれはワインだ。伯父さんが冬至のお祝いのために、祖母の家に一本のワインを届けにいくのを見たことがあった。

そこらじゅうに食糧が貯蔵されていた。藁《わら》といっしょに樽《たる》にはいったリンゴ。袋のなかにはじゃがいも、にんじん、白にんじん。たまねぎが長い縄にいくつも結んで吊《つる》してある。中央のテーブルに、灯されていない蠟燭《ろうそく》と、分厚いノートとインク壺《つぼ》、羽根ペン。ノートを開くと、そこにはありとあらゆる食材の蓄えが強い筆致で記録されていた。最初のページの隅に、とても小さな字でなにか書いてある。蠟燭を灯し、前かがみになって目を細めると、なんとか読みとれた。

朝食は八時、昼食は一時、夕食は七時。その五分前に書斎に食事を置くこと。彼に会う必要はなし。がんばって!

なんてありがたい助言なんだろう。「彼」がだれかはもちろんわかる。最後の「がんばって!」に、友だちから励まされたような気持ちになった。わたしはノートをぎゅっと抱きしめた。もうこれまでほどさみしくない。たぶん、いまは正午に近い。〈ドラゴン〉は村で食事をしなかったから、昼食を用意しなければならない。わたしは料理上手じゃないけど、母さんは辛抱強く、わたしがひとりで食事をつくれるようになるまで教えてくれた。そして親類の集まりがあるときは、いつもわたしが料理をつくるようになった。だから、傷んだ野菜は見わけられるし、果物の熟《う》れ具合もわかる。ただ、こんなにたくさんの食糧の蓄えを扱ったことはない。冬至の焼き菓子のような匂いのするスパイスをぎっしり詰めた抽斗《ひきだし》や、ふかふかの灰色の塩を詰めた樽もある。

そして部屋のいちばん奥まったところに奇妙に冷えた一角があり、獣肉が吊されていた。シカ一頭、大きなウサギが二羽。藁を敷いて卵を並べた木箱もある。炉棚には焼きたてのパンがふきんにくるんで置いてあった。その隣に鍋があり、ウサギとソバだんごと豆の煮こみ料理がすでにできていた。ちょっとだけ味見した。お祭りのごちそうのように塩気がきいて、ほんのり甘くて、肉はとろけそうにやわらかい。あのノートのだれかさんからの、もうひとつの贈りものなのだ。

どうやったらこんな料理がつくれるのか、わたしには想像もつかない。〈ドラゴン〉がそれを期待しているのかと思うと怖《お》じけづいた。でも、いまはこの料理が用意されていることがありがたい。温め直すために、炉棚の炎の上に鍋を移した。そのとき少しだけ服を汚した。卵を二個、深皿にのせて炉に入れる。トレイとお椀《わん》と皿とスプーンを見つけた。ウサギの煮こみ料理をトレイにのせ、パンを切り分け、バターを添える。パンを切り分けたのは、料理を温めるあいだに端っこを食べてしまったのをごまかすためだった。スパイスをきかせてリンゴも焼いた。冬の日曜日の食卓に並べるために母さんが教えてくれた焼きリンゴだ。大きな炉だから、一度にいくつも調理できる。仕上がったすべてをトレイにのせて、わたしはちょっぴり誇らしい気持ちになった。まるでお祭りの日のようだ。まあ、これがひとりの男のために用意されたというところが奇妙なのだけれど……。

わたしはトレイをかかえて階段をそろそろとのぼり、そこでようやく、書斎がどこかも知らないことに気づいた。少し考えれば、それが一階にないことくらいわかりそうなものなのに、トレイをかかえて巨大な円形の広間をさまよった。どの窓もカーテンが閉じられていた。王様の玉座《ぎょくざ》のような、りっぱな椅子が一脚。そして、出てきた扉からいちばん遠い端に、わたしの背丈の三倍はありそうな巨大な両開きの扉があり、鉄製の頑丈な金具に太い木の閂《かんぬき》が渡してあった。ここが、この塔の玄関なのだ。

大扉に背を向け、広間を横切って、階段をつぎの平らな踊り場までのぼった。そこから大理石の廊下が伸びているのに気づいた。石の床にはやわらかな厚い布が敷かれている。わたしはそれまで絨毯《じゅうたん》というものを見たことがなかった。〈ドラゴン〉の足音が聞こえないのは、これが床に敷いてあるからだ。びくびくしながら廊下を進んだ。最初のドアを少しあけてなかをのぞき、すぐに首を引っこめた。細長いテーブルがいくつも並んでいた。奇妙なガラス瓶とぶくぶくと泡立つ液体、火種もないのに色とりどりにきらめく正体不明の火花。それだけ見れば充分。なかに入ってみようという気にはなれなかった。体を引こうとしてドアに裾を引っかけ、かぎ裂きをつくってしまった。

ふたたび廊下を進んで、つぎのドアにたどり着いた。ドアがあいていたので、書物で埋め尽くされた部屋の内部が見えた。床から天井まである書棚にぎっしりと本が詰まっている。ほこりの匂いがする。細い縦長の窓がいくつかあり、日が差しこんでいた。書斎を見つけたことに喜ぶあまり、そこに〈ドラゴン〉がいると気づくまでに少し時間がかかった。彼は重厚な椅子に腰かけ、天板がものの上にくる小ぶりな机に本をのせて読んでいた。上下の長さがわたしの前腕ほどもある大きな本だ。開かれた表紙の両端に錠前と掛け金があり、鍵を掛けられる本だとわかった。

わたしは凍りついて彼を見つめた。あの走り書きの助言に裏切られたような気分……いや、食事を運び入れるあいだ〈ドラゴン〉が席をはずしてくれるだろうと、勝手に思いこんでいたのだ。彼が顔をあげてわたしのほうを見ることはなかった。でもだからといって、トレイを黙って部屋のまんなかのテーブルに置いて逃げ去ることもできなかった。わたしはドア口にとどまった。「あのう……昼食を持ってきました」彼がなにか言うまではなかにはいる気がしなかった。

「これは驚いた！」彼が辛辣《しんらつ》に返した。「穴にも落っこちず、ここまで来られたとはな」ようやく顔をあげ、わたしを見やって、眉をひそめる。「いや、もう落っこちたのか？」

わたしは自分を見おろした。服に大きな染みが広がっている。吐いたときの汚れを台所で懸命に拭きとったけれど、染みは取りきれていなかった。そのうえ、べつの部分で洟をかんでいた。料理の鍋から飛んだ汚れが三つか四つ、鍋をこすっているとき洗い桶《おけ》から飛んだ染みもいくつか。裾のほうには今朝の泥はね。気づかないうちにつくった穴やかぎ裂きもある。母さんが三つ編みを丸めてピンでとめてくれた左右ふたつのおだんごが頭からずり落ち、首もとにぶらさがっていた。

ぜんぜん気づかなかったのは、これがいつものわたしだからだ。ちがうのは、こんなに取り散らかった姿なのに、晴れ着を着ているということだけ。「わたし……その、料理をして……汚れを拭いて」わたしは説明しようと口を開いた。

「この塔のなかでいちばん汚いのは、きみだ」と、〈ドラゴン〉が言った。それは、ほんとうだけど、そんなことをわざわざ言うなんて意地悪だ。ほおが熱くなり、顔を伏せたまま部屋のまんなかのテーブルまで歩いた。そこに料理を並べ、ひととおり見渡し、愕然《がくぜん》とした。トレイを持ってさまようあいだに、料理がすっかり冷めている。あんなにがんばってつくった焼きリンゴも冷めてしまった。バターだけが溶けて皿の上でべちゃっとやわらかくなっている。

わたしは意気消沈して料理を見おろした。どうするか考えなくちゃ。ぜんぶ持ち帰ったほうがいいんだろうか？　いや、もしかしたら、彼はこのままでも気にしない……？　振り返り、叫び声をあげそうになった。〈ドラゴン〉が背後に立って、わたしの肩越しに料理を見おろしていた。「なるほど、きみがわたしに丸焼きにされるんじゃないかと恐れるのも無理はない」そう言って、背後からおおいかぶさるようにスプーンを取った。スプーンが固まった脂肪の層を割ってなかのものをすくい取る。そしてすぐに、タンッと音をたてて深皿に戻った。「これよりはうまい料理がつくれるのだろうな」

「わたし、すばらしい料理人じゃありません。でも――」そんなにひどくもありません、ただ、ここまでたどり着くのに時間がかかって、と言おうとしたけれど、彼はフンと鼻を鳴らし、わたしに最後まで言わせなかった。

「きみには得意とすることがあるのか？」あざけるように尋ねる。

ああ、給仕作法を習っておけばよかった。万が一にも選ばれるかもしれないことを考え、ちゃんと備えておけばよかった。そして、ここまでみじめに疲れきっていなければ、さっき台所で自分の手際をちょっと誇らしく思ったりしなければ、彼がこのひどい外見をからかったりしなければ……。そう、わたしを愛してくれる人たちのように悪意ではなく思いやりを持ってわたしのことを見てくれたら……。いや、とにかく、階段で彼にぶつからなければよかったのだ。炉に投げこまれることなどない、と知ってしまわなければ、わたしは怒りで顔を赤くするだけで、怖くてなにも言い返せず走り去っていただろう。

だけど走り去るかわりに、わたしは怒りにまかせ、空《から》のトレイをテーブルにバンッと置いた。

「なんでわたしを選んだの？　どうしてカシアを選ばなかったの？」

はっと口をつぐんだ。自分の言ったことが恥ずかしく恐ろしくなり、あわててちがうと言おうとした。ごめんなさい、本気じゃありません。カシアを選べばよかったなんて本気で思っているわけじゃありません。すぐにもう一度下へ行って、料理を用意して――

〈ドラゴン〉がいらだったように尋ねた。「だれのことだ？」

わたしはぽかんと彼を見た。「カシア！」そう答えたけれど、彼はばかの証拠をもうひとつ見つけたと言わんばかりに、わたしを見つめ返した。頭が混乱し、けなげな反省がどこかに消し飛んだ。「あなたはカシアを選ぼうとしてた！　カシアは……カシアはかしこくて、勇敢で、料理上手で、それから――」

彼がどんどんいらだっていくのがわかる。「もういい！」ぴしゃりと言った。「その娘のことなら思い出した。たしかに、馬づらでもなく、だらしない身なりでもなかった。彼女なら、こういうときも、わめき散らしていないだろう。うんざりだ。きみたち村娘は、多かれ少なかれ、はじめは失敗するものだ。しかし、きみはどうやら、比類なきぼんくらの逸材らしい」

「だったら、わたしをここに置かなきゃいいでしょ！」かっとなって言い返した。怒っていたし、傷ついていた——馬づらだなんて、あんまりだ。

「はなはだ残念ながら」と、彼は言った。「そうもいかないんだ」わたしの手首をつかみ、わたしの体を反転させて、背後にまわった。つかんだ手首を引っ張り、わたしの腕がテーブルの料理の上に伸びるように仕向けた。「**リリンターレム**」不思議な言葉が彼の舌から液体のようにこぼれ、わたしの耳のなかで鈴のように響いた。「いっしょに言え」

「なんなの？」こんな言葉、聞いたことがない。でも、彼はわたしの背中にさらに密着し、耳もとに口を寄せ、ぞっとする声でささやいた。「言うんだ！」

わたしは彼から逃れたい一心で、震えながら「**リリンターレム**」と、彼と声をそろえて言った。このときも、わたしの手が料理の上に来るように彼が手を添えていた。

突然、食べものの上で空気が波立った。世界が小石を投げこめる池に変わってしまったような恐ろしい光景だった。そして、空気の波がおさまったときには、料理がすっかり変わっていた。炉で焼いた卵がロースト・チキンに変わり、ウサギの煮こみ料理がはいっていた深皿には、七ヵ月も前に旬《しゅん》が過ぎたはずの青豆が山盛りになっていた。焼きリンゴは紙のように薄く切ったリンゴを並べ、ふっくらした干し葡萄《ぶどう》を散らし、蜂蜜をかけたタルトに変わっている。

彼の手が離れ、わたしは支えを失ってよろめき、テーブルの端をつかんだ。胸の上に馬乗りになられたように息苦しかった。肺がからっぽだ。自分がレモンになって果汁をぜんぶ搾《しぼ》りとられてしまったみたいだ。視界の端で星がチカチカして、気を失いそうになり、首が後ろへのけぞったとき、驚きと困惑が入り交じる奇妙なしかめっつらでトレイを見おろしている〈ドラゴン〉がぼんやりと見えた。

「わたしになにをしたの？」やっと息をつくと、わたしは消え入るような声で尋ねた。

「めそめそするな」彼は辟易《へきえき》したように返した。「ただの呪文《じゅもん》だ」驚きの表情は——その理由がなんだったにせよ——彼の顔からすでに消えていた。片手を振りあげてドアのほうを示し、自分の昼食が置かれたテーブルにつく。「もういい、出ていけ。きみがこれから際限なくわたしの時間を無駄にするのが見える。しかし、きょうのところはこれで充分だ」

わたしは喜んで指示に従った。トレイを持ち帰るような余裕もなく、片手で自分の体をさすり、のろのろと書斎から引きさがった。足もとがおぼつかなかった。すぐにはあのてっぺんの部屋まで長い階段をのぼっていけそうにない。およそ半時間後、ようやく体を引きずるようにして階段をのぼりはじめ、どうにかあの小さな部屋までたどり着くことができた。ドアを閉め、用心のために簞笥《たんす》をドアの前まで引きずると、ベッドに倒れこんだ。もし〈ドラゴン〉がドアの前に来たとしても、物音ひとつ聞こえないほど、わたしは深い眠りに落ちた。

2 魔法使いの塔

それから四日間、〈ドラゴン〉の姿を見ることはなかった。わたしは朝から晩まで台所で過ごした。数冊の料理書を見つけ、片っぱしからレシピを試した。一流の料理人をめざす勢いで、一心不乱に料理をつくった。貯蔵庫にはたっぷりと食材があり、つくりすぎを気にする必要もなかった。失敗したら、わたしのおなかにおさめればいい。あの走り書きの助言どおりに、彼の食事時間のきっかり五分前に書斎に料理を運び、冷めないように覆いをかぶせたまま急いで部屋を出た。わたしが書斎にはいるとき、彼がそこにいたことは一度もなかった。わたしは満足し、彼から文句も出なかった。自分の部屋に置かれた箱から、手織り布のふだん着が何着か見つかった。脚は膝から下が、腕は肘から先が出てしまい、腰まわりはぶかぶかで縛らなければならなかったけれど、それを着て、わたしはこれまでになくきちんとした身なりになった。

料理をこんなにがんばったのは彼を喜ばせたいからではなくて、あの呪文《じゅもん》がなんだろうが、あんなことを二度とされたくなかったからだ。あの日は、ひと晩に四度も夢から覚めた。夢のなかで、わたしは〝リリンターレム〟という言葉を舌に転がし、それを当たり前のように味わっていた——彼の熱く燃える指の感触を自分の腕に感じながら。

不安と仕事の組み合わせは、そんなに悪いものじゃなかった。仕事は不安を軽くしてくれるし、どちらも孤独感よりずっといい。それに、〈ドラゴン〉への恐れより、もっと抜き差しならない深刻な不安もあった。つまり、いずれ現実になるだろうと思っていることへの不安だ。両親と十年間会えなくなること、二度と自分の家には住めず、木立のなかを走りまわれないこと。〈ドラゴン〉に仕える娘たちを変えてきた妖《あや》しい魔術がわたしにも効いて、自分がだれかさえわからないほど別人に変わってしまうかもしれないこと……。野菜や肉を刻み、炉の前で汗だくになっているかぎり、そういうことをくよくよ考えなくてもすんだ。

そして数日後、〈ドラゴン〉が食事のたびにあの魔法をわたしにかけるわけではないことがわかって、料理熱がいきなり冷めた。でも、ほかの仕事をさがそうにも、なにもやることがなかった。こんなに大きな塔なのに、掃除の必要がない。部屋の隅や窓枠にほこりがたまっていないのだ。金色の額縁に彫られた繊細な蔓草《つるくさ》の模様にさえ、ほこりはついていなかった。

自分の部屋に飾られた地図のようなあの絵が、あいかわらず苦手だった。毎夜、あの絵から、狭い水路をゴボゴボと水が流れる音が聞こえるような気がした。いつも同じ壁から、さあ見て、と言わんばかりに輝いて、わたしの目を引きつけようとする。ある朝、わたしは絵に向かって顔をしかめ、階段をおりた。地下貯蔵庫にある白にんじんの袋を空《から》にし、袋の縫い目をほどいて一枚の布にして絵をおおった。金色の額縁と銀色に輝く絵が見えなくなると、部屋はすぐに居心地がよくなった。

その午前中は、窓から谷をながめて過ごした。わが家が恋しくてたまらなかった。平日だったので、畑で収穫する男たち、川で洗濯する女たちが見えた。遠くにある〈森〉でさえ、鬱蒼《うっそう》とした木々の黒い広がりと揺るぎない存在感に慰められるような気がした。ラドムスコ村から来たと思われる羊の大群が、この谷の北側に位置する山脈のふもとで草を食《は》んでいる。空をさまよう白い雲みたいだ。群れが動くさまをしばらくながめているうちに、涙があふれてきた。でも、泣きつづけるにも限度がある。お昼が近づくころには、悲しみより退屈さのほうがまさっていた。

わたしのうちは貧乏でも金持ちでもなく、家には七冊の本があった。わたしはほとんど毎日、雨の日も冬の日も外に出ていたから、そのうち四冊しか読んでいなかった。でも、この塔にいてできることはそう多くない。その日、昼食のトレイを書斎に運ぶと、わたしは書棚をぐるりと見まわした。こんなにたくさんの本があるのだから、一冊ぐらい抜き取っても、迷惑にはならないだろう。これまでの娘たちも本を読んでいたにちがいない。〈ドラゴン〉の塔で奉公した娘たちはみんな読書家になる、と聞いたことがあった。

そんなわけで、わたしは大胆にも書棚に近づき、一冊の本を手に取った。その本に呼ばれたような気がしたからだ。小麦色のつややかな革の美しい装幀《そうてい》が、蠟燭《ろうそく》の火になんとも魅力的に輝いていた。それを抜き出してから、ちょっとためらった。わが家にあったどの本よりも大きくて重い。革表紙に金色の美しい模様が浮き彫りになっている。鍵はついていないけれど、本をかかえて部屋への階段をのぼるうちに、やましい気持ちになってきた。これくらいでびくびくするなんておかしいわよ、と自分に言い聞かせた。

ところが、本を開くと、ほんとうに自分がおかしくなったのではないかと思えてきた。いったい、なんなの？ まったくわからない。それは、知らない言葉がたくさんあるとか、書いてある内容が理解できないとか、そういうふつうのわからなさじゃなかった。わたしには、最初の三ページまで、読んでいるすべてが理解でき、た。わたしは顔をあげた。どういうこと？ この本は、いったいなに？ 以前にこの本を読んだ覚えもないのに……。

ふたたび本に戻り、またしても自分には理解できていると確信した。書いてあることの意味が完璧にわかる。わかるうえに、ここに書いてあることはすべて真実だと感じた。わかっているのにこれまで言葉にならなかったことが、この本に書かれている。あるいは、これまで理解できなかったことが、とてもわかりやすく説明されている。わたしはうなずきながらページをめくった。そして五ページを読みきる前に、最初のページに書いてあったことを――いや、直前のページに書いてあったことすら――だれかにうまく伝えられないことに気づいた。

これはどういうこと？　わたしは本をにらみつけると、最初のページに戻って、今度は声に出して読みはじめた。ひとつひとつの言葉をはっきりと音にした。すると、言葉が鳥のように歌い出し、美しい響きを奏で、糖蜜漬けの果実のようにとろけて口からこぼれた。言葉の意味まで追いきれなかったけれど、夢中で読みつづけているうちに、ふいに、部屋のドアがバタンとあいた。

わたしは、以前のように部屋のドアを家具でふさぐのをやめていた。そして、日当たりを求めて、ベッドを窓ぎわに移し替えていた。そのため、ベッドにすわっていたわたしには、真正面のドア口に立つ〈ドラゴン〉が見えた。びっくりして、わたしは本を読むのをやめた。でも、口は開いたままだった。彼は激怒していた。恐ろしいほど目をぎらぎらさせて、片手をわたしのほうに突き出して言った。「**トゥアリデータル**」

本がわたしの手から跳ねて、彼のほうに飛んでいこうとした。とっさに、愚かにもあとさき考えず、宙を飛ぶ本を手で捕まえた。本が逃れようと暴れたけれど、意地になってぐいっと引き寄せ、両腕でかかえこんだ。彼はあんぐりと口をあけてわたしを見つめると、いっそういらだって、大股で近づいてきた。逃げるのに遅れをとった。でもどのみち、この狭い部屋に逃げ場はない。あっという間に、ベッドの枕の山に押し倒された。

「そういうことか」彼はしっとりとやわらかな声で言うと、片手をわたしの鎖骨《さこつ》に押しつけ、身動きを封じた。心臓が一拍ごとにあばら骨のなかではずみ、体ごと揺さぶられているみたいだ。彼が片手で本を引ったくり――今度ばかりは、わたしもそれをつかむような愚かなまねはしなかった――小さなテーブルに置いた。「名はアグニシュカだったな？　ドヴェルニク村のアグニシュカ」

答えを求められているのだと思い、「はい」と小さな声を返した。

「アグニシュカ」とささやき、彼はわたしのほうに体を倒した。キスするつもりなの？　恐ろしかったけれど、それなら早く終わらせてほしいと思った。それでおしまいなら、もう恐怖におののかなくてもすむから。でも、彼はキスをしなかった。彼の瞳にわたしが映るほど顔を近づけて言った。「正直に答えよ、アグニシュカ。きみは、どこから来た？〈ハヤブサ〉によって送りこまれたのか？　もしかすると、国王か？」

怖くて彼の口もとだけを見ていたけれど、はっとして、目を合わせた。「わたしが……なにを？」

「証拠を見つけてやるぞ」彼は言った。「きみの導師《どうし》がどんなに巧妙な魔術を使おうが、どこかにほころびが見つかるはずだ。きみの家族は」と、わざと強調するように言い、冷笑を浮かべた。「幼いころからのきみを憶《おぼ》えていると言うだろう。しかし、きみが子ども時代をその家で過ごした証《あかし》は、なにも見つからない。小さな手袋や、すり切れた帽子、壊れたおもちゃ——きみの家をさがしても、そういうものは存在しない。そうだな？」

「おもちゃはぜんぶ壊れてたような……」ほかになすすべもなく、理解できるところを引き取った。「ええ、ぜんぶ。わたしの服はいつもぼろぼろになったし、うちのずだ袋にはそういうものがいっぱい——」

彼はわたしをベッドに押しつけ、ぐっと体を寄せた。「ごまかすな！」低い声ですごむ。「その喉から真実を吐かせてやろう」

彼の指がわたしの喉もとにかかる。彼の片脚がわたしの両脚のあいだにはいる。わたしは両手で力まかせに彼の胸を押し返し、勢いあまって彼もろともベッドから転がり落ちた。どさりと床に落ちたとき、わたしの体が彼の上になっていた。わたしはさっと起きあがり、脱兎《だっと》のごとく駆け出した。ドアを抜けて階段まで走ったけれど、どこに逃げればいいのかわからない。塔の大扉からは外に逃げられないとわかっている。それでも、階段を二階分、駆けおりた。足音で彼が追ってくるのがわかった。わたしは、実験室の蒸気と煙のただなかに飛びこんだ。机の下の床を必死に這《は》って、高い戸棚の裏にある薄暗い片隅にたどり着き、両脚を体に寄せて小さくなった。

飛びこんだときにドアを閉めたが、ここにはいったことに彼が気づかないはずがない。ドアが開き、部屋のなかを見まわす気配がする。テーブルのふち越しに、冷ややかな怒りの目が二個のビーカーのあいだからのぞくのが見えた。緑の炎の反射が顔を緑に染めている。彼はゆっくりと着実な足どりでテーブルをまわりこもうとした。その瞬間、わたしは逆方向にすばやく動いた。ドアまでなんとか戻って、ここに彼を閉じこめ、鍵を掛けてしまおう。けれどもドアに行き着く前に、壁ぎわの幅の狭い棚にぶつかった。ふた付きのガラス瓶のひとつがわたしの背中をごろんと転がり、足もとの床に落ちて砕けた。

灰色の煙がもくもくと立ちのぼり、わたしを包んだ。煙が鼻と口にはいり、むせ返って息が苦しくなった。煙が目に沁《し》みてちくちくするのに、まばたきができない。手をあげて目をこすりたくても、腕がまったくあがらない。咳《せき》が喉に詰まり、止まった。全身がゆっくりと硬直し、床の上の動かない固まりに変わっていく。もう恐ろしくはなかったし、そのうちに不快感も消えた。わたしの体はものすごく重いはずなのに空気のように軽く、自分が自分でないみたいだった。〈ドラゴン〉の足音がはるか遠くからかすかに聞こえたような気がしたけれど、気づくと、彼がのしかかるように立っていた。でも、これからなにをされてもどうでもよかった。

冷ややかな怒りの目で見おろされても、わたしは自分がなにをされるのか想像してみようとしなかった。考えることも、疑うこともなかった。わたしは、どこまでも灰色の静かな世界にいた。「ありえない」と、少し間をおいて彼が言った。「こんなまぬけなやつが密偵《みってい》だなんて、ありえない」

そして、〈ドラゴン〉はわたしに背を向けて去っていった——しばらくのあいだ。でも、しばらくと言ってもどれくらいの長さだったのか、一時間か、一週間か、それとも一年なのか、そのときはわからなかった。でも、あとになって、半日だったと知った。口を堅く結んで戻ってきた彼は、小さなぼろぼろの固まりを持ちあげた。それは、藁《わら》を詰めた毛糸の編みぐるみで、かつては仔豚《こぶた》のかたちをしていた人形だった。わたしは物心がついてから七年間、村の森に行くときはいつもその人形を引きずっていた。「つまり、きみは密偵ではなく、ただのこざかしい小娘ということか」

彼は片手をわたしの頭にあてがって言った。「**テザヴォン・ターホフ、テザヴォン・ターホフ・キーヴィ、カンゾン・リハーシュ**」

語るというより歌うように呪文が唱えられると、たちまち世界に色彩と時間と呼吸が戻ってきた。最初に頭部が動くようになり、首を振って彼の手から逃れた。石はゆっくりとわたしの体から抜けていった。動くようになった両手でなにかをつかもうともがいたけれど、両脚はまだ石化したままなので、逃げようがない。やっと脚が動くようになったときには、彼に両手首をつかまれて、もうどこにも逃げようがなかった。

でも、無理して逃げようとは思わなかった。取り散らかった思考のかけらが、失われていた時間を取り戻すように、一気に頭のなかを駆けめぐったけれど、もし彼が恐ろしいことをするつもりなら、わたしを石のままにしておいたはずだ、ということぐらいは考えついた。少なくとも、もう密偵だとは疑われていない。でもどうして、〈ドラゴン〉は、だれかが密偵を送りこもうとしたなんて考えるんだろう？　それも国王までが？　彼は王様おかかえの魔法使いじゃなかったの？

「では、答えてもらおうか。きみはなにをするつもりだった？」彼の目はまだ疑いを宿して、冷たく光っていた。

「本を読みたかっただけ」と、わたしは言った。「わたし……わたし、それで迷惑がかかるなんて――」

「ちょっと本が読みたくなって、たまたま書棚から手に取ったのが『ルーツの召喚術《しょうかんじゅつ》』だったと？」彼は棘《とげ》のある声で言った。「ただの偶然だったと言いのがれて――」わたしのぽかんとした表情に、やっと、わたしが嘘《うそ》をついていないと感じたようだ。彼は途中で口をつぐみ、腹立たしげにわたしをにらみつけた。「まったく。派手にしくじってくれたものだな」

彼は目線を落とし、眉根を寄せた。わたしも目を下にやり、足もとに散らばるガラス瓶のかけらを見た。彼は歯の隙間からいらだたしげにシュッと息をもらし、ぶっきらぼうに言った。「これをかたづけて、書斎に来い。ほかのものに、ぜったい、いいか、ぜったいさわるな」

彼はわたしを残して静かに出ていった。わたしは台所に行って、ガラスをつかむぼろ布と手桶《ておけ》を持ってきて床を掃除した。プディングにかけるリキュールのように魔術で燃やされてしまったのか、床には一滴の液体も残っていなかった。それでも、念入りにこすり洗いをした。しょっちゅう作業の手を止めて、床から手を離し、手のひらを何度も返して、石が指先に忍びこんでいないかどうか確かめずにいられなかった。彼はどうしてあんなものを棚に置いておくのだろう？　これまでだれかに使ったことがあるんだろうか？　どこかでだれかが石像のように固まっているのだろうか？　視線すら動かせず、時の流れから取り残されたまま……考えるだけでぞっとした。

実験室のどんなものにも触れないように、細心の注意を払ってそこから出た。

そしてどうにか覚悟を固めて書斎にはいると、わたしが抜き取った本はすでに書棚に戻っていた。〈ドラゴン〉が、読みさしの本を小テーブルに打ち捨てたまま、部屋のなかを行ったり来たりしている。わたしの姿を認め、またしても彼は眉根を寄せた。わたしは自分の服を見おろした。床を拭いたときの水の染みが裾《すそ》についている。そもそも、その服はわたしには丈が短すぎて、かろうじて膝が隠れるくらいしかない。袖《そで》は裾よりひどいありさまで、朝食をつくるときに卵で汚し、パンを炙《あぶ》ろうとして肘のあたりを焦がしていた。

「では、まずその身なりからなんとかしよう」と、彼が言った。「きみを見るたびに不快な気分にならないように」

わたしはあやまらなかった。身なりがだらしないことをあやまりはじめたら、一生あやまりつづけなくてはならないだろう。〈ドラゴン〉の塔に来てわずか数日で、彼が美しいものをどんなに愛するかがよくわかった。書棚のたくさんの本を見ても、同じ装幀はひとつとしてない。それぞれに色の異なる革表紙、金の留め金と蝶番《ちょうつがい》、なかには小粒の宝石を散らしたものもある。この塔にあるものひとつひとつを見ていったなら、あるものすべてが——この書斎の窓枠にのった小さな吹きガラスのコップも、わたしの部屋の絵も——美しく、ひそやかに輝いていることに気づくだろう。わたしはこの完全無欠な美しい世界のなかの目障りな染みだった。でも、それでかまわなかった。美しいものに囲まれていることをありがたいと思っているわけでもない。

〈ドラゴン〉がじれったそうに手招きするので、彼のほうに一歩、警戒しながら近づいた。彼はわたしの両手を取り、両腕が胸の上で交差し、それぞれの指が反対側の肩にのるように導いた。そして言った。「いいか、〝ヴァナスターレム〟だ」

わたしはまなざしで無言の抵抗を試みた。その言葉は、彼がこれまでわたしに使った呪文と同じように耳のなかで鳴り響いた。その言葉はわたしの口にはいって、わたしの力を奪いとろうとしていた。

彼の片手の指がわたしの肩をきつくつかんだ。服の生地を通して、一本一本の指の熱が伝わってくる。「ぼんくらの能なしぶりには我慢しても、いくじなしには我慢がならない」彼は言った。「唱えろ」

わたしは、石になったときのことを思い出した。つぎになにをされるかわかったものじゃない。震えながら、口を開いた。静かにそっと、ささやくように言えば、その呪文の効果から逃れられるんじゃないかと願って。「**ヴァナスターレム**」

体じゅうに異様な力がみなぎり、噴水のように口から噴《ふ》き出した。空気が震え、わたしのまわりで螺旋《らせん》を巻いた。絹地が腰から周囲へ、衣擦《きぬず》れの音をたてながら大きく広がっていく。うめきをあげて、へなへなと床にすわりこんだ。絹地は緑と黄褐色。腰のまわりに折り重なって、脚をおおい隠すほどたっぷりと量がある。頭飾りの重さで、首が下を向いた。頭飾りから背中にたれたレース地のヴェールには、花の刺繍《ししゅう》が金糸でほどこされている。わたしはぼんやりと〈ドラゴン〉の靴を見つめた。靴の革の表面にも、いつしか蔓草の浮き出し模様が広がっている。

「なんてことを……。もう充分だ」彼がわたしを見おろして言った。自分でやっておいて靴に変な模様がついてしまったことに憤慨《ふんがい》しているんだろうか……。「少なくとも、きみの見てくれはましになった。問題は、きみがたしなみよく、これを保っていられるかどうかだな。あしたは、べつの呪文を試す」

〈ドラゴン〉の靴がわたしのそばから離れていった。彼はたぶん椅子にすわったのだろう。そのあと読書に戻ったかどうかを確かめる気力もなかった。しばらくたってから、わたしは華やかなドレスを着たまま、床を這って、一度も顔をあげることなく、書斎から退散した。

それから数週間のことは、曖昧模糊《あいまいもこ》とした記憶のなかに溶けている。毎朝、夜明けどきに目覚め、窓の外が白んでいくあいだ、ベッドに横たわりながら逃げ出す方法を考えた。そして結局、なにも思い浮かばず、〈ドラゴン〉の朝食を書斎に運び、彼といっしょに新たな呪文を唱えさせられた。わたしが身ぎれいでなければ――だいたいがそうだったけれど――まず〝ヴァナスターレム〟を唱えて、つぎの呪文に移った。手織り布の服はつぎつぎに消えていき、扱いにくい手の込んだドレスが小山になってわたしの部屋に散らかった。ドレスは紋織りの生地と刺繍のせいで重くて厚くて、脱いだあとも床に立っていそうなほどだった。わたしは眠る前、ベッドのかたわらで身をよじってどうにかこうにかドレスから抜け出し、鯨骨《げいこつ》製の息苦しいコルセットから自由になった。

苦痛の霧にいつも包まれていた。毎朝、疲れはて、這いずって部屋に戻った。昼食をつくるところではなかったので、おそらく彼は自分で食事を調達したのだろう。わたしはベッドに横たわっているしかなく、夕食の時間が近づくころにようやく階下におりて、彼のためにというより、自分の空腹を満たすために、かんたんな食事をこしらえた。

いちばんつらいのは、〈ドラゴン〉がなにをしているのか理解できないことだった。なぜ、わたしをこんなふうに扱うのだろう？　毎晩、深い眠りに落ちるまで、これまでに聞いた恐ろしい物語やお伽《とぎ》ばなし——吸血鬼や夢魔が乙女《おとめ》の生気を吸いとる話を思い出し、あしたの朝こそ逃げる方法を見つけようと心に誓った。でも結局、それは見つからない。唯一の慰めは、わたしがはじめてではないということだった。わたしの前にここへ来た娘たち全員が、彼から同じことをされて、試練をくぐり抜けたのだ。そう自分に言い聞かせた。十年という月日が永遠に思えるわたしには大きな慰めにはならなかったが、みじめさを少しでもましにしてくれる考えにはすぐに飛びついた。

〈ドラゴン〉はつねに厳しかった。書斎にはいっていくと、いつもわたしにいらだった。きちんとした身なりをなんとか数日間保っていたときでさえ、わたしをじゃま者みたいに扱った。わたしがじゃまをするどころか、彼がわたしを苦しめ、酷使しているというのに……。彼は自分の魔法をわたしで試すと、床にぐったりと沈みこむわたしをけわしい顔で見おろし、役立たずだとののしった。

ある日、彼に近づかないという作戦を実行した。早めに朝食を届けてしまえば、彼は一日、わたしの存在を忘れてくれるかもしれない。夜明け前に朝食を書斎のテーブルに並べ、すぐに台所の奥に身をひそめた。ところが七時きっかりに、あの小さな雲——以前に何度も糸繰《いとく》り川をくだって〈森〉へと流れていくのを見たあの雲が、すべるように階段をおりてきた。それはいびつな石鹸《せっけん》の泡のようで、虹色の表面に光が当たるときだけ、細かく震えながら微妙にかたちを変えつづけているのがわかった。小さな雲は台所のアルコーヴにはいったり出たりを繰り返し、とうとううずくまっているわたしを見つけ、膝の上に居すわった。雲を見つめると、そこに幽霊みたいに薄ぼんやりと自分の顔が映っていた。手足が勝手に動き出すのをどうすることもできなかった。わたしは立ちあがり、雲を追って階段をのぼり、書斎に着いた。〈ドラゴン〉が読んでいた本をわきへ押しやり、わたしをにらみつけた。

「きみがかんたんな呪文に、水から跳び出たウナギのごとくのたうちまわって苦しむさまを見るのは、ささやかな喜びにすぎない。そんなものを手放したところで、ちっとも惜しくはない。だが——」と、彼は語気を強めて言った。「きみを野放しにしておけば、ろくでもないことをしでかすのは目に見えている。それはすでに証明ずみだ。さて、きょうはどんなへまをやって、そんな姿になった？」

わたしは、せめて最初の呪文だけでも唱えずにすませたいと、いつも身なりに気をつけていた。そのかいあって、朝の台所でも服に数ヵ所の小さな汚れと油染みをひとすじ残すだけですみ、その汚れも服のひだで隠していた。にもかかわらず、彼は不快そうにわたしを見つめている。わたしは彼の視線をたどり、がっくりと肩を落とした。台所の隅っこに隠れているときにくっつけたにちがいない、たぶんこの塔で唯一の蜘蛛《くも》の巣が、服の後ろからぼろぼろのヴェールのようにたれていた。

「**ヴァナスターレム**」わたしは、彼といっしょにしぶしぶ呪文を唱えた。たちまち橙《だいだい》色と黄色の絹地が床から湧きあがり、秋の落葉のように体を包んだ。わたしがぜいぜいと荒い息をついているあいだに、彼は自分の椅子に戻った。

「さあ、つぎだ」彼はテーブルに本をまとめてどんと置くと、ひと突きでその小山を崩した。「これをきちんと整えろ、〝ダレンデータル〟で」

彼がテーブルを手で示した。「**ダレンデータル**」わたしは彼といっしょに小さく唱えた。呪文がわたしの喉をひしいで出ていった。テーブルに散らばった本がつぎつぎに飛び立ち、くるくる旋回《せんかい》しながら、ふたたび積み重なった。赤、黄、青、茶……色とりどりの革表紙がはばたくさまは、宝石をちりばめた不思議な鳥たちの飛行のようだった。

今回、わたしは床にへたりこまず、テーブルの端を両手でつかんで、もたれかかるだけですんだ。〈ドラゴン〉が積み重なった本を見やり、眉根を寄せる。「なんだ、このざまは！　これで整えたつもりか？　よく見ろ」

わたしは本の小山を見つめた。きちんと整ってるじゃないの——似た色どうしが重なり合うように。

「——色？」彼の声が高くなった。「色を、そ、ろ、え、た、の、か、？　きみはまさか……」なんだか怒っているみたいだ。わたしなにか悪いことをした？　もしかしたら、わたしの力を吸いあげて魔法の効果を高めようとしたのに、かえってまずいことになってしまったんだろうか。「もういい、出ていけ！」と怒鳴りつけられたので、わたしは喜びを噛《か》みしめながら、さっさと書斎を出た。わたしのせいで彼の魔法がうまくいかなかったのだとしたら、いい気味だ。

コルセットに締めつけられた胸が苦しくて、階段をあがる途中でいったん立ち止まり、息を整えなければならなかった。でも、はっと気づいた。きょうは階段を這いずっていない。疲れは残っているけれど、疲労の霧に包まれていない。それから先は一度も休憩をとらずに、階段のてっぺんにある自分の部屋までのぼりきった。いつものようにベッドに倒れこむと、半日うとうとした。でも少なくとも、魂の抜け殻になったようには感じなかった。

それからの数週間で、霧はさらに晴れていった。反復がわたしを鍛え、彼がわたしになにをしているのかはともかく、それに耐えられるようになった。彼がわたしに課すことが少しずつ――楽しくはならないけれど――恐ろしくなくなって、鍋を洗うような退屈な日課のひとつになった。夜に眠れるようになると、体力が回復した。そして、気分がよくなるにつれて、わたしのなかには怒りがつのっていった。

ばかばかしいほど大げさなドレスは、脱いだら最後、二度と同じものに袖を通せなかった。何度か試してみたけれど、背中のボタンにもひもにも手が届かない。だいいち、ドレスを脱ぐときに縫い目を破き、かたちを崩してしまっていた。そんなわけだから、わたしは脱いだドレスを部屋の隅っこに積みあげ、朝が来ると、新しい手織り布の服を着て、できるだけそれを小ぎれいに保つように心がけた。それでも結局、数日後には、汚れが〈ドラゴン〉の我慢の限界を超えて、否応なく魔法で新しいドレスに着替えさせられた。そしてとうとう、部屋にある手織り布の服が最後の一枚になった。羊毛で織られた生成りの簡素な一枚をつかんだとき、わたしにはそれが自分に残された最後の命綱のように思え、むらむらと反抗心が込みあげた。わたしはその一枚をベッドの上に残し、緑と黄褐色のドレスに無理やり体を突っこんだ。

背中のボタンをとめられないので、頭飾りから長いヴェールをはずして、ウエストに二重に巻きつけた。これでどうにかドレスがずり落ちることなく着られるようになり、その姿でずんずんと台所におりた。もう汚れなんか気にしなかった。わたしは、卵やベーコンの脂やお茶の染みを散らしたドレスという挑戦的ないでたちで、書斎まで朝食のトレイを運んだ。髪はもつれてくしゃくしゃのまま、さしずめ気がふれて舞踏会から近場の森に逃げこんだ貴族の女といったところだろう。

もちろん、いつまでもこんな姿のままでいられるわけがない。わたしは恨《うら》みがましく〝ヴァナスターレム〟を彼とともに唱えることになり、たちまち魔法が効いて顔や手足の汚れは一掃され、またしても窮屈なドレスとコルセットのなかに押しこめられた。髪は頭のてっぺんに結いあげられて、幼いころに遊んだお姫様の人形みたいになった。

でも、その朝はそれまでの数週間よりずっと気持ちが軽かった。この日以降、こうすることが、わたしのひそかな仕返しになった。わたしの姿を見るたびに彼が腹を立てればいいと思ったし、彼はいつも信じられないと言いたげなしかめっつらを返した。「いったいどうやったら、そんなひどいことになるんだ？」ある日、わたしが頭の上にライス・プディングのかけらをのせて書斎にはいると、彼はあきれ顔でそう尋ねた。うっかりして肘がスプーンに当たり、プディングが宙に飛び出したのだった。そのうえ、美しいクリーム色のドレスの前面に赤いジャムの汚れがべったりとついていた。

最後の手織り布の服は、箪笥《たんす》にしまっておいた。毎朝、〈ドラゴン〉との日課を終えると、自分の部屋に戻り、身をよじって舞踏会に行くようなドレスを脱ぎ捨てた。頭飾りをはずして髪をほどくと、宝石のついたピンが床にばらばらと散らばった。そのあとはくたくたになった下着とスモックを身につけ、台所におりて、パンを焼いた。パンが焼けるまで、小麦粉や灰の汚れがつくのも気にせず、暖かな炉の前で休みをとった。

体力が満ちるにつれて退屈が戻ってきたけれど、もう二度と書斎から本を持ち出そうとは考えなかった。そのかわり、針仕事をすることにした。もともと縫いものはそんなに好きじゃなかったけれど、どうせ毎朝へとへとになって魔法でドレスをつくることになるのだから、そのドレスを裂いてなにか役立ちそうなものをつくればいいと考えた――そう、シーツとか、あるいはハンカチーフとか。

部屋に置かれた箱のなかには裁縫箱もはいっていたけれど、それまではふたを開いてみることもなかった。この塔に、わたしの服を除いて修繕が必要なものはなにもない。そして、自分の服のほつれやかぎ裂きは、開き直ってそのままにしてきた。ところが、裁縫箱をあけると、なかに一枚の紙切れがはさまり、その紙に木炭で、あの台所の手紙の友と同じ筆跡でこう書いてあった。

あなた、怖がってるでしょ。いいのよ、怖がらなくても！　彼があなたに手を出すことはない。ただ、身ぎれいにすることを望んでいるだけよ。彼はあなたのためになにかを用意しようなんて考えないから、客用寝室からドレスを取ってきて、それを自分に合うように仕立て直せばいいわ。彼に呼ばれたら、歌ったり、お話を語り聞かせたりすること。彼は話し相手を求めている。でも、しょっちゅうじゃないわ。彼のところに食事を運んだら、なるべく顔を合わせないようにしていなさい。それ以上のことはなにも求められないから。

もしここに来た最初の夜に裁縫箱を開いていたら、このうえなくありがたい助言に思えたことだろう。でもそのとき、わたしは走り書きの手紙をつかんで立ちつくした。自分のもたつく声にかぶさる彼の声を、わたしに呪文を唱えさせて力を奪い、絹とヴェルヴェットに埋もれさせる彼のやり方をまざまざと思い出し、身を震わせた。わたしは勘ちがいしていた。彼はそういったことすべてを、ほかの娘たちにもしてきたと思っていたのだ。

3 マレク王子の来訪

その夜はベッドにはいっても眠れず、絶望に打ちひしがれた。〈ドラゴン〉の塔から逃げるのがかんたんではないとわかるほど、逃げ出したい気持ちがふくれあがっていく。夜明け前、塔の玄関の大扉に近づき、愚かな試みと知りながら、ここに来てはじめて巨大な閂《かんぬき》を持ちあげようとした。当然ながら、びくともしなかった。

つぎは地下の台所におり、鍋の長い柄《え》を梃子《てこ》にして、ゴミ捨て穴の鉄製の大きなふたを持ちあげてみた。なかをのぞくと、深い穴の底でちろちろと火が燃えている。ここを通って脱出するのは、わたしには無理だ。力を振り絞って鉄製のふたを戻し、今度は、地下貯蔵庫のあらゆる奥まった暗い片隅を両手でさぐり、隠し扉や出口がないかと調べていった。もしかしたらあったのかもしれないが、わたしには見つけられなかった。そして朝が来た。ちっともうれしくない金色の朝日が、階段の上からおりてきた。朝食をつくって、わたしの破滅の部屋へ、あの書斎に運ばなければならない。

卵料理とパンとジャムをトレイに並べ、何度も確認した。トレイのふきんの下には、鋼鉄の輝きを放つ肉包丁がひそんでいる。そして、包丁の柄だけが隠しきれず、わたしのほうに突き出している。この台所で使い慣れた肉包丁だった。そして、肉包丁がどんなに手早く仕事をかたづけるかも、わたしはよく知っていた。両親が年に一度、育てた豚を屠《ほふ》るとき、血を受けとめる手桶《ておけ》を持つのがわたしの役目だったから。でも、その肉包丁を人間に突き立てるなんて想像もつかない。だから、想像するのをやめた。ただ肉包丁をトレイにのせて、わたしは階段をのぼった。

書斎にはいると、窓辺に立つ〈ドラゴン〉の背中が見えた。背中がいらだたしげにこわばっている。わたしはいつものように料理の皿をテーブルに並べていき、ついにトレイに残るのは肉包丁だけになった。わたしのドレスには、オートミールの粥《かゆ》と卵液が飛び散っている。きっとすぐに彼からなにか言われるだろう。

「さっさと終わらせろ」と、彼が言った。「そして、上の部屋に戻れ」

「えっ?」わたしはぽかんとして尋ね返した。ふきんの下に隠した肉包丁のことしか頭になかったので、きょうの苦行を免除されたのだと気づくまでしばらくかかった。

「どうした。耳が聞こえなくなったのか?」彼がきつい口調で言う。「皿をいじくるのをやめて、出ていけ。そしてわたしが呼ぶまで、部屋にこもっていろ」

わたしのドレスは染みだらけでしわくちゃで、飾りのリボンがもつれてひどいありさまだった。でも彼はまだわたしを振り返っていない。なにがなんだかわからなかったけれど、トレイと肉包丁を持って書斎から飛び出した。みっともない身なりの言いわけをしなくてすんだ。階段を駆けあがっていると、疲れた足のだるささえなければ、このまま宙を飛べるんじゃないかと思うくらい気持ちが軽くなった。自分の部屋にはいり、大げさな絹のドレスを脱ぎ捨てる。いつもの服に着替えると、ベッドに勢いよく倒れ、お仕置きをまぬがれた子どものように安堵《あんど》して自分を両腕で抱きしめた。

そのときふいに、床に放り出したままのトレイと、むきだしになってぎらりと光る肉包丁の存在に気づいた。ああ、なんてことを……。わたしはなんてばかだったんだろう。頭で考えるだけでも、とんでもないことだった。〈ドラゴン〉は、わたしたちの領主だ。まかりまちがって彼を殺してしまえば、死刑は確実だ。おそらく両親も道連れにされるだろう。殺すことに逃げ道はない。それくらいならいっそ窓から身を投げたほうがましだ。

わたしはみじめな気持ちで窓のほうに首をめぐらし、さっき〈ドラゴン〉が苦々しげに見つめていたものがなにかを知った。道に立ちのぼる土ぼこりが塔に向かって近づいてくる。土ぼこりの正体は、荷車のたぐいではなく、車輪付きの家と言ってもよいようなりっぱな馬車だった。ひとりの御者《ぎょしゃ》が白い湯気をあげる馬たちをまとめ、馬車の前には先導の従者の乗った馬が二頭、後ろにもさらに四頭がついていた。乗馬従者も御者も、灰色に鮮やかな緑を配した揃《そろ》いの上着を身につけている。

馬車は塔の大扉の前まで来て停まった。車体には緑の兜《かぶと》と多頭の怪物の紋章がついていた。乗馬従者と護衛兵たちが馬からおりて、きびきびと動きはじめた。大扉がひとりでに開きはじめたとき、従者も兵士も少したじろいだように見えた。わたしには歯が立たなかったあの巨大な玄関扉がいともたやすくあいて、窓から首を突き出すと、〈ドラゴン〉が扉から出てくるのが見えた。

ひとりの男が馬車から身を乗り出した。長身で、金色の髪、たくましい肩。従者たちの制服と同じ鮮やかな緑一色の、丈の長いマントをはおっていた。用意された階段を使わずに馬車から飛びおりると、その男は従者が捧《ささ》げる剣を片手でつかみ、それを腰に差しながら、護衛のあいだを大股で抜けて、少しもためらうことなく扉に近づいた。

「馬車に乗ることが、怪物とあいまみえるよりも嫌いだというのに」男は〈ドラゴン〉に言った。馬の鼻息と足踏みのなかでも窓辺にいるわたしにまで届くほど、よく響く声だった。「一週間もこのなかに閉じこめられていた。なぜそっちから宮廷に出向こうとしない？」

「殿下、お許しを」〈ドラゴン〉が冷ややかに返した。「こちらでの仕事が手いっぱいなものですから」

わたしは恐ろしさもみじめさも忘れて、いまにも落っこちそうなほど窓から身を乗り出していた。ポールニャ国王にはふたりの王子がいる。兄のシグムンド王太子は、まさしく良識ある若者だ。教養にあふれ、ポールニャ国の北地方の土地を治める伯爵の令嬢を妃《きさき》に迎え、そのおかげでポールニャ国は味方と港を確保することができた。妃とのあいだにはすでに跡継ぎの男児がいて、その下には妹もいる。王太子は行政官としての評価も高く、いずれはりっぱな王様になるのだろうと言われているが、彼に関してそれ以上の話題はない。

一方、弟のマレク王子は、なにかにつけて国民の耳目を集める人物だった。マレク王子が〝ヴァンダルのヒドラ獣〟を退治したという歌や物語を、わたしも十個ぐらい知っている。けれども、そのうちのどれひとつ似た話はない。どのお話にもきっと一抹《いちまつ》の真実が含まれているのだろう。それ以外にも、先のローシャ国との戦争で、三体か四体、ともすれば九体もの巨人を王子が倒したという噂《うわさ》が流れている。ほんもののドラゴンと戦うために馬で出かけたという話もあるにはあるが、それは結局、農民が年貢逃れに羊を隠し、ドラゴンに襲われたという嘘《うそ》をついたのだとばれてしまった。マレク王子は寛大にも農民たちを許し、重い年貢を課したその土地の領主を懲らしめた、という結末になっている。

マレク王子が〈ドラゴン〉といっしょに塔にはいると、大扉はただちに閉じられ、王子の従者たちが塔の前の平地で野営する準備をはじめた。わたしは窓辺から離れ、小さな部屋のなかをぐるぐる歩きまわった。そしてついに意を決して、階段に向かった。階段を少しくだって耳をすまし、またくだって耳をすまし、ようやく書斎の会話がもれ聞こえてくるところまで来た。言葉は五つにひとつぐらいしか聞き取れなかったけれど、彼らがローシャ国や〈森〉との戦いについて話しているのはわかった。

なにがなんでも盗み聞きしてやろうという気はなかった。彼らがなにを話していようが、それはたいして問題じゃない。わたしにとってそれよりはるかに重要なのは、この塔から脱出できるかもしれないという一縷《いちる》の望みのほうだった。〈ドラゴン〉がわたしになにをしているにせよ、人間の生気を吸いとるような恐ろしい魔術は、国王の定めた法に反するにちがいない。〈ドラゴン〉は、わたしに部屋にこもっていろと言った。姿を見せるな、ということだ。だらしないわたしの身なりが不面目であるなら、呪文《じゅもん》ひとつでどうにでもなるはずだ。でももし、〈ドラゴン〉が自分のしていることを王子に知られたくないから、わたしを隠したのだとすれば……？　なんとか王子の慈悲にすがることはできないだろうか？　うまくいけば、王子がわたしをここから救い出してくれるかもしれない……。

「うんざりだ！」マレク王子の声に考えごとを中断された。彼がドアに近づいたのか、声が急に鮮明になった。王子は怒っているようだ。「おまえも、国王も、シグムンドも、羊のようにおとなしい。うんざりする。だが、このままにしておくつもりはないぞ」

わたしはあわてて階段を戻りはじめた。裸足で、できるだけ足音をたてないように。客用寝室は三階に、つまり、わたしの部屋と書斎とのあいだの階にある。わたしは階段のてっぺんにすわって、彼らの階段をのぼる靴音に耳をそばだて、やがて聞こえなくなるのを確かめた。〈ドラゴン〉に刃向かおうという気持ちがわたしのなかにあったかどうかはよくわからない。もしマレク王子の部屋のドアをたたくところを〈ドラゴン〉に見つかれば、恐ろしい仕打ちが待っているだろう。でも、彼はすでに恐ろしいなにかにわたしを巻きこんでいる。カシアならきっと、この好機を逃さない。彼女が同じ立場なら、客用寝室のドアをあけ、王子の足もとにひざまずいて直訴するはずだ――泣きべそをかく子どもではなくて、お伽《とぎ》ばなしのなかの乙女《おとめ》のように。

わたしは自分の部屋に戻って、王子に直訴する練習をした。声には出さず、言うべきことを口のなかでつぶやいた。そうしているうちに日が暮れた。そして夜も更《ふ》けたころ、わたしは心臓をばくばくさせながら忍び足で階段をくだった。覚悟を決めても、まだ恐ろしかった。まず二階までおりて、書斎と実験室の明かりが消えていることを確かめた。〈ドラゴン〉はもう眠りについたのだ。三階にあがると、廊下の最初の部屋からオレンジ色の灯がもれているのが見えた。廊下の奥の〈ドラゴン〉の寝室あたりは、闇に包まれている。それでも階段の踊り場でためらい、結局、マレク王子の部屋へは行かず、地下の台所までおりた。

おなかが空《す》いていてはなにもできないから、と自分に言いわけした。自分を元気づけるために、わずかなパンとチーズを食べ、しばらく炉の前で震えていた。そしてまた階段をのぼった。

でも、三階を通りすぎた。もういい、ずっと上までのぼろう、自分の部屋まで。

わたしには想像することもできなかった――自分が王子のいる部屋のドアの前に立つことも、王子の前にひざまずき、しとやかに話をすることも。わたしはカシアじゃない。カシアのようになんでもできる娘じゃない。たぶんわっと泣き出して、頭のおかしな娘だと思われるのがおちだろう。そして部屋から追い出される。もっと運が悪ければ、王子が〈ドラゴン〉を呼んで、こいつを懲《こ》らしめてくれと言う。マレク王子がわたしの言うことを信じるはずがない。みすぼらしい服を着た田舎娘、〈ドラゴン〉の塔の下働きが、真夜中に自分を起こして、偉大な魔法使いに虐《しいた》げられていますと訴えるなんて……。そんな怪しげな話をだれが信じるっていうの？

わたしはやるせなく自分の部屋に戻り、はっと足を止めた。部屋のまんなかにマレク王子が立って、壁の絵を見つめていた。絵にかけておいた覆《おお》いが勝手におろされている。王子が振り返り、いぶかしげな顔でわたしを見つめた。「殿下……」と語りかけたつもりだったけれど、実際には聞き取れるはずもない舌足らずな言葉をもごもごとつぶやいただけだった。

王子はなにも気にしていないようだった。「ほほう、なるほど」と彼は言った。「おまえは、やつのおかかえの美女とはちがうようだな」部屋をわずか二歩で横切り、わたしに近づいた。王子がいるだけで、この部屋がよけいに狭く感じられる。王子は片手をわたしのあごに添え、顔を左右に振り向かせて、しげしげと観察した。わたしは無言のまま彼を見あげた。近くに寄ると、なんとも言えない威圧感がある。わたしより背が高くて、鎧《よろい》をつけているように肩幅が広い。肖像画どおりの端正な顔だちだ。ひげを剃《そ》りあげて、風呂あがりの湿った金髪が濃い色になり、首の付け根にからまっている。「だがおそらく、おまえには、ほかの女にはない特殊な能力が備わっているんだろうな。ちがうか？　それがやつの女の好みなんだろう？」

いたぶられてはいないが、からかわれているのは確かだった。王子はたくらみありげに笑って、わたしを見おろした。言われたことに傷ついてはいなかった。むしろ、自分が一国の王子からここまで関心を持たれることに茫然《ぼうぜん》とした——まるでひと言も言わないうちに、救い出されたような気になった。でも突然、彼が笑い声をあげ、わたしにキスをし、服の裾《すそ》に手を伸ばしてきた。

わたしは彼の腕から逃れようと、網から飛び出した魚のように暴れた。でもそれは、塔の大扉を相手にするようなものだった。とても太刀打《たちう》ちできない。わたしが逃れようとしていることにさえ、王子はほとんど気づいていなかった。ふたたび笑い声をあげ、今度はわたしの喉もとにキスをした。「心配するな。やつはわたしに逆らえない」わたしが〈ドラゴン〉への忠誠ゆえに抗っているかのような言いぐさだ。「やつは、いまもわたしの父、国王の家来だ。こんな田舎に引っこんで、おまえたちの領主におさまっていようともな」

まさか……王子がわたしを征服することに喜びを見いだすはずがない。わけがわからず、声も出せず、わたしは彼をたたきつづけた。まさか……ありえない。マレク王子が、ポールニャ国の英雄が、このわたしを求めるなんて……。わたしは悲鳴をあげなかったし、嘆願もしなかった。わたしから拒まれることなんか、彼には想像もつかないだろう。高貴な人々の屋敷には、ご主人様の寝室に忍びこんで、夜伽《よとぎ》の相手を選ぶ手間を省かせる台所メイドがいるのかもしれない。わたしだって、彼からきちんと求められたら、驚きを乗り越える余裕をあたえられたら、身を差し出していたかもしれない。わたしの抵抗はしだいに惰性のようになってきた。

ところが、彼がのしかかってきたとき、急に恐ろしくなり、とにかく逃げたいという強い気持ちが湧いた。わたしは両手で彼を押し返した。「王子様、いやです、お願い、待って――」脈絡もない言葉が口から飛び出した。王子は抵抗されたくはなかったろうけれど、抵抗されたところで、気にしなかった。ただ、いっそう強引になっただけだ。

「どう、どう。わかった、わかった」手綱《たづな》さばきひとつで従順になる馬のようにわたしを扱い、片手を押さえつけた。蝶結《ちょうむす》びで腰を縛っていた帯がいつのまにかほどかれ、裾がまくりあげられた。

わたしは片手で裾をおろし、彼を体ごと押し返そうとした。でも、なにをしても無駄だった。彼は楽々とわたしにのしかかり、自分のズボンに手を伸ばした。わたしはあとさき考えず、声を振り絞った。「**ヴァナスターレム！**」

異様な力が体を震わせながらほとばしった。鎧のような硬い真珠と鯨骨《げいこつ》に両手を阻まれ、彼はさっと身を引いた。ヴェルヴェットのドレスの腰から下が、壁のように彼とわたしをへだてた。彼が茫然とわたしを見つめているあいだに、わたしは震えながら、なんとか息を整えようとした。

王子の声がこれまでとは打って変わり、わたしには心を読めない口調で言った。「ほほう、おまえは魔女か」

わたしは用心深いけもののように彼から後退した。息がつづかず、頭がくらくらする。夜会ドレスがわたしを救ってくれたが、剝《は》ぎ取られないためにつくったかのように、コルセットが猛烈にきつく、スカート部分がもたついて重かった。王子がゆっくりとわたしに近づき、片手を差し出した。「まあ、話を聞け――」話を聞く気なんか、さらさらなかった。簞笥《たんす》の上に置きっぱなしになっていた朝食用のトレイを片手でつかみ、王子の頭に向けてブンッと大きく振った。トレイの角が命中して大きな音をたて、彼の体が横によろめいた。すかさずトレイを両手に持ち替え、大きく振りあげて打ちおろす。何度も、やみくもに、がむしゃらに。

ドアが勢いよくあいたときも、わたしはまだトレイを振りおろしていた。寝間着に優美なガウンをはおった〈ドラゴン〉が部屋に一歩踏みこんで、けわしい目でこの事態を見つめた。わたしは動きを止め、トレイを頭上にかざしたまま、荒い息をついた。マレク王子がわたしの前で膝立ちになっている。両目は閉じられ、ひたいの傷から血の細い流れが迷路のように顔全体に広がっていた。王子の体が前のめりにどさっと倒れた。

〈ドラゴン〉がこの状況を見てとり、わたしのほうに向き直って言った。「このばかたれ、やってくれたな」


わたしと〈ドラゴン〉で、気を失った王子をわたしの狭いベッドまで運んだ。ひたいの打撲がすでにどす黒い痣《あざ》になりつつある。トレイには王子の頭のかたちのへこみができていた。王子の状態を調べた〈ドラゴン〉が苦々しげに「ここまでやるとはな」と言った。彼が指でまぶたをあげても、王子の目玉はぼんやりと虚空《こくう》を見つめたままだ。〈ドラゴン〉はつぎに王子の片腕を持ちあげ、離した。腕はすとんと落ち、ベッドの端からたれた。

わたしは荒い息をつきながら、それを見守っていた。激しい怒りが引いたあと、残っていたのは恐怖だった。自分がどうなるかを心配するより、とにかく王子が死にませんようにと祈りつづけた。彼はまだ、わたしの頭のどこかでは、みんなの語りぐさになる英雄だ。わたしに襲いかかるけだものと英雄とが頭のなかでごちゃごちゃになっていた。

「まさか……まさかこのまま……」

「死なせたくないなら、頭を何度も打ちすえるな」〈ドラゴン〉がぴしゃりと言った。「下の実験室に行って、黄色の霊薬《エリクサー》を取ってこい。奥の棚の透明なガラス瓶にはいった液体だ。黄色だからな。赤じゃないし、紫でも――いいか、とにかく階段の途中で瓶を落として割るな。国王の前で、わたしの貞操はあなたの息子の命と同じくらい価値があります、と言ってのける度胸がないならな」

〈ドラゴン〉が王子の頭に両手を添えて、低い声で呪文を唱えはじめた。わたしは彼の言葉に震えあがり、まとわりつくドレスの裾をつかんで階段に走った。大あわてで、しかもコルセットに締めつけられながら走ったので、霊薬を手に戻ってきたときには息もたえだえだった。〈ドラゴン〉の呪文はまだつづいていた。彼はそれを中断することなく、じれったそうに片手を突き出した。わたしはガラス瓶を彼に渡した。彼は片手でたくみにコルク栓を抜き、王子の口にひと含み分ほどの液を流しこんだ。

その液はすさまじい臭いがした。まるで腐った魚だ。近くにいるだけで吐き気に襲われ、むせ返った。〈ドラゴン〉が瓶とコルク栓をこっちには目もくれずに突き返すが、栓をするには息を止めるしかない。彼は両手を使って王子のあごを押さえつけ、口を閉じさせた。傷を負って気絶していても、王子はびくんと反応し、口のなかのものを吐き出そうとした。霊薬が王子の口内からまばゆい光を放ち、あごと歯列のかたちが骸骨のように浮かびあがった。

わたしはどうにか吐き気をこらえてガラス瓶に栓をすると、すぐに〈ドラゴン〉を手助けした。王子の鼻をつまんで息ができないようにする。しばらくかかったけれど、王子はついに霊薬を飲みこんだ。まぶしい光が喉を通過し、胃に到達する。服を着ていても、霊薬が体に広がっていくのを目で追うことができた。光が川の支流のように腕へ、脚へと流れ、ついには見えるか見えないかというかすかな光になって消失した。

〈ドラゴン〉が呪文を止めた。王子の頭から手を離し、壁に背中をあずけて、目を閉じる。これまでに見たこともないほど消耗している。わたしはベッドのそばに立ち、不安に駆られて王子を見やり、〈ドラゴン〉を見やり、落ちつきなくふたりを観察した。そしてとうとう口を開いた。

「彼はきっと――」

「きみのせいでさんざんだ」〈ドラゴン〉がわたしをさえぎって言った。返す言葉もなく、わたしはクリーム色のヴェルヴェットのなかにへたりこみ、ベッドに両腕を置いて、刺繍《ししゅう》された金色のレース飾りに包まれた頭をうずめた。

「今度はめそめそ泣く気か」〈ドラゴン〉の声が頭上から聞こえる。「まったくなにを考えている！　その滑稽《こっけい》なドレスを着て、王子を誘惑するつもりだったんだな？」

「服を剝ぎ取られないように、こうするしかなかったのよ！」わたしは顔をあげて叫んだ。泣いてなんかいなかった。涙はこれまでさんざん流してきた。いま残っているのは、怒りだけだ。

「まさか、わたしが好きこのんでこんなドレスを――」

わたしははっと口をつぐみ、絹地の重たいひだを両手でつかんで、まじまじと見つめた。今回、呪文を唱えたとき、〈ドラゴン〉はそばにいなかった。彼がこの魔法をかけたわけじゃない。彼は呪文を唱えなかった……。「あなた、わたしになにをしたの?」押し殺した声で尋ねた。「王子が言ったわ、わたしのことを魔女だって。あなたは、わたしを魔女にしたのね」

〈ドラゴン〉がフンと鼻を鳴らした。「もし、わたしに魔女をつくる才能があるなら、とんまな田舎娘を選ぶことはぜったいにない。わたしはきみになにもしなかった。いくつかのちゃちな呪文を、おがくずの詰まったぼんくら頭にたたきこんでやろうとしただけだ」疲れきったように歯の隙間《すきま》からシューッと息をもらすと、彼はベッドから離れた。〈ドラゴン〉の苦しげなようす、疲労困憊《こんぱい》ぶりは、この嵐のような数週間のわたしに似ていなくもなかった。彼がわたしに……魔法を教えていた数週間。そう、やっとわかった。彼はわたしに魔法を教えようとしていた。わたしは床に膝をついたまま彼を見あげた。とまどいながらも、しぶしぶながらも、真実に近づこうとしていた。「じゃあ、どうしてわたしに教えようとしたの?」

「きみをあのちっぽけな村に残し、才能をくすぶらせておければよかったんだがな。わたしには、こうするほかなかった」ぽかんとするわたしに、彼はしかめっつらを返した。「資質を持つ者には教育をほどこさなければならない。それは、この国の法にも定められている。いずれにせよ、熟《う》れたスモモのようなきみを、あの村に残しておくのは愚の骨頂だった。きみを村に残しておけば、いずれは〈森〉からなにかがやってきて、きみを喰《く》らい尽くし、すさまじい魔力を持った怪物に進化しただろう」

わたしがその言葉にたじろいでいるあいだに、〈ドラゴン〉はしかめっつらを王子に向けた。王子がかすかなうめきをもらし、身じろぎした。どうやら目覚めつつあるらしく、ゆらゆらと片手があがり、顔をこすった。わたしはあわてて腰をあげ、ベッドからじりじりと離れ、〈ドラゴン〉に近づいた。

「さあ」と〈ドラゴン〉が言った。「〝カリクアル〟だ。唱えてみろ。もう一度殴って気絶させるより、ずっとましだぞ」

〈ドラゴン〉が催促するようにわたしを見る。わたしは〈ドラゴン〉を見つめ、目覚めつつある王子を見つめ、もう一度〈ドラゴン〉に視線を戻した。「もしわたしが……もし、わたしが魔女じゃなかったら、わたしを……わたしを村に戻してくれる？　腹を立てて、罰をあたえたりしないわよね？」

〈ドラゴン〉は黙っていた。わたしは魔法使いである彼の老いと若さが交じり合う奇妙な顔にすでに慣れていた。百歳を超える年齢にもかかわらず、彼の顔にしわと呼べるものは両の目じりの何本かと眉間の深い一本、あとは口のまわりにわずかにあるだけだった。動きは若者のように敏《びん》捷《しょう》だし、老いが人にやさしさとおだやかさをあたえるものなら、彼にはそれが当てはまらない。それでもいま、彼の目には老いがはっきりと見てとれる。とても奇妙な感じがした。「ああ、しない」と彼は答えた。わたしは彼を信じた。

〈ドラゴン〉はこの話題を払いのけるように手を振り、王子のほうを指差した。振り向くと、マレク王子が肘をついて起き上がろうとしていた。まだ茫然としながらも、その目にはなにかに気づき、思い出そうとするときのきらめきが宿っている。わたしは低い声で唱えた。「**カリクアル**」

異様な力が体の芯からほとばしった。と同時に、マレク王子が枕にどさりと頭を落とし、目を閉じ、眠りに落ちた。わたしは壁ぎわまでよろめき、壁に背中をあずけてずるずると床まで崩れ落ちた。肉包丁がさっき落ちた場所にまだ転がっている。わたしは肉包丁を手に取った。ようやくこれを使うときが来た。肉包丁の切っ先でドレスを裂き、コルセットのひもを断ち切った。ドレスの脇がぱっくり割れてしまったけれど、これでどうにか呼吸できるようになった。

ふたたび壁にもたれかかり、しばらくのあいだ目を閉じた。つぎに目を開くと、わたしを見おろす〈ドラゴン〉と目が合った。彼はぐったりするわたしから目をそむけ、いまいましげに王子を見おろした。「もしかしたら、朝になって、王子の従者たちがようすを見に来るんじゃないか?」わたしは尋ねた。

「マレク王子を眠らせたまま、永遠にこの塔に閉じこめておけるとでも思っていたのか?」わたしのほうを振り向きもせずに〈ドラゴン〉が言う。

「じゃあ、王子が目覚めてしまったら……」と、言いかけた途中で、はっと気づいて尋ねた。「あなたには王子の……記憶を消すことができるんじゃない?」

「ははん、もちろんだ。だが王子はそれで翌朝目覚めても、異変にまったく気づかないと言うわけだな? 頭が割れるように痛くても、記憶がごっそり抜け落ちていても」

「それじゃあ」わたしは肉包丁を持ったままどうにか立ちあがった。「べつの記憶を植えつけてみてはどう? 客用寝室のベッドにはいって眠ったことにすればいいわ」

「ばかも休み休み言え」〈ドラゴン〉が言う。「きみは、自分から彼を誘惑したのではないと言った。つまり、彼は自分の意思でここまで来た。その意思はいつ生まれたのか。今夜、自分のベッドにはいったときか? それとも、旅の道中か? 暖かいベッドと招き寄せる腕を夢想したのは——。ああ、きみが誘ったんじゃない。この暴れっぷりを見ればわかる」わたしが反論するより早く、〈ドラゴン〉が先回りして言った。「おそらく、王子は出発前からそのつもりだったんだろう。わたしを侮辱するためにやったことだった」

わたしは、王子が〈ドラゴン〉の〝女の好み〟について話していたのを思い出した。確かに、前々からそれについて考えていたような感じがした。要するに、わたしの部屋に来たのは前もって計画された行動だった。

「あなたを侮辱するため?」わたしは言った。

「王子は、わたしが娘たちをここに連れてくるのは、側女《そばめ》として奉仕させるためだと思いこんでいる」と、〈ドラゴン〉が言った。「おおかたの宮廷人もそう思っているだろう。なぜなら、好機さえあれば、自分たちも同じことをするからだ。王子にしてみれば、わたしを寝取られ男にしてやろうという計画だった。目的を果たしたら、それを喜んで宮廷で言いふらしたにちがいない。いかにも大貴族《マグナート》どもが飛びつきそうな話題だからな」

彼は鼻でせせら笑うように言ったけれど、この部屋に飛びこんできたときは、見まちがいようもなく怒り心頭だった。「なぜ、王子はあなたを侮辱したがるの？」わたしはおずおずと尋ねた。「彼がここへ来たのは……あなたの魔法を必要としたからじゃないの？」

「〈森〉のながめを楽しむためにここへ来たわけでもあるまい。もちろん、魔法が目当てだ。わたしが、手紙を書き送ったからだな——〝あなたの本分は敵国の騎士をたたき斬《き》ることであり、ご自分の理解の範疇《はんちゅう》を超えたものに首を突っこむことではない〟と」〈ドラゴン〉は鼻を鳴らした。「王子は、おかかえの歌唄《うた》いたちの戯《ざ》れ言を信じるようになってしまった。そして、なんとしても王妃を取り返したいと考えるようになった」

「でも、王妃は亡くなってるわ」わたしは混乱した。そもそも、それがローシャ国との戦争の発端なのだ。ローシャ国のヴァジリー皇太子が大使としてポールニャ国を訪れたのが、いまからおよそ二十年前。皇太子はハンナ王妃と恋に落ち、ふたりで逃避行した。王の兵士らが追跡し、追いつめられたふたりは、最後は〈森〉に逃げこんだ。

話はそれでおしまいだ。〈森〉にはいって出てきた者はひとりもいない――少なくとも、もとどおりの姿では。盲目になり、叫びながら出てくる者はいる。見分けがつかないほど異形《いぎょう》の姿で出てくる者もいる。最悪なのは、もとの姿かたちで出てきて、人を殺しはじめる場合だ。見えない部分でなにかがひどくゆがんでしまうのだろう。

王妃とヴァジリー皇太子が〈森〉から出てくることはなかった。ポールニャ国王は、ローシャ国の王位継承者が王妃を誘拐したのだと考えた。ローシャ国王は、皇太子の死をポールニャ国のせいにした。それ以来、ポールニャ国とローシャ国は戦争を繰り返している。時折の休戦、何度かの休戦協定をはさみながら。

この二十年前の事件の話が出るたびに、この谷の住人はやりきれない思いで首を振る。谷の者ならだれでも、それが〈森〉のしわざだとわかっているからだ。ふたりの子がいる王妃が駆け落ちなんてするものだろうか？　戦争の火種となるかもしれない恋に飛びこんでいくものだろうか？　王と王妃の仲むつまじさは有名だった。ふたりの結婚はたくさんの歌にもなった。わたしが大きくなるころには、歌唄いたちは当然ながらそのような歌を人前で歌わなくなっていたけれど、母さんが覚えている一節を歌ってくれたことがあった。

〈森〉がなにかをたくらんだことはまちがいない。糸繰《いとく》り川が〈森〉に流れこむあたりから汲《く》んだ水を飲まされて、ふたりとも気がおかしくなってしまったか。あるいは、ローシャ国に通じる山越えの道を旅していた宮廷人が、うっかり〈森〉の境界に近い黒い木々の下で野宿し、悪いものに取り憑《つ》かれて都に戻ったか。いずれにしても、わたしたちにはそれが〈森〉のしわざだとわかっている。でもだからといって、なにかが変わるわけじゃない。ハンナ王妃は失踪し、しかもローシャ国皇太子といっしょだった。その事実は変わらない。こうして人間たちが戦争にかかずらっているあいだに、〈森〉は、王妃と皇太子の死を、そこからはじまった戦争の死をむさぼり、年々どちらの王国にも少しずつ這《は》い進み、呑《の》みこんでいく。

「いや、王妃は死んではいない。まだ〈森〉のなかにいる」〈ドラゴン〉が言った。

わたしはまじまじと彼を見つめた。当然の事実のように彼は口にしたけれど、そんな話は一度も聞いたことがなかった。あまりに恐ろしくて信じたくない。二十年間も〈森〉に囚《とら》われるなんて……。ある意味で永遠の囚人にも等しい。でもそれは、いかにも〈森〉のやりそうなことにも思われた。

〈ドラゴン〉が肩をすくめて、王子を指し示す。「王妃を救い出すのは無理だ。ろくなことにならないとわかっているのに、彼は聞く耳を持たない」ここでフンと鼻を鳴らし、「生後一日目のヒドラ獣を倒して英雄になってしまったからな」

これまでわたしが聞いたどんな歌も、〝ヴァンダルのヒドラ獣〟が生まれたばかりだとは言っていなかった。そうだとしたら、王子の冒険物語はかなり興醒《きょうざ》めなものになる。

「いずれにせよ」と、〈ドラゴン〉は言った。「わたしの忠告が、彼の自尊心を傷つけたのだろう。王族や貴人たちは魔術を忌み嫌う――喉から手が出るほど求めているからこそよけいに。まあ、今回の件は、ささやかな意趣返しのつもりだったんだろうな」

わたしにはその話がすぐに信じられたし、彼の言いたいことも理解できた。もしマレク王子が最初から〈ドラゴン〉と暮らす女をものにするつもりで来たのなら、その女がだれであろうが同じだ。もしカシアが自分を救う魔法も知らずにここにいたらと想像すると、はらわたが煮えくり返る。王子には最初から客用寝室のベッドでおとなしく眠るつもりはなかった。だから、すぐに就寝したという記憶を王子に植えつけたとしても、それは彼の頭のなかで、おさまりどころのない不可解なパズルの一片になってしまうだろう。

「しかし、ひとつだけ、よい手がある」〈ドラゴン〉が妙に恩着せがましく言った。まるでわたしが骨をほしがる仔犬《こいぬ》で、その目の前で骨を振ってみせるかのように。「彼の記憶を事実とは異なる方向に変えてやることだ」

〈ドラゴン〉は片手をあげて、なにやら考えはじめた。わたしは尋ねた。「事実とは異なる方向?」

「きみとの一夜を心ゆくまで楽しんだことにする。きみも大いに発奮したと。ゆえに、わたしをこけにするという計画は大成功。この筋立てなら王子もなんなく受け入れるにちがいない」

「なんですって？」わたしは声を張りあげた。「いくらなんでも、それはいや！　そんなのは、ぜったいに――」

「王子にどう見られるか気にするのか、きみは？　そんなことをわたしに言える立場だろうか？」〈ドラゴン〉が問いかけるように、片方の眉をあげた。

「もし、彼がわたしと一夜を過ごしたと信じこんだら、つぎにどうやって拒めばいいの？　また求めてくるわ、きっと！」

〈ドラゴン〉は片手を振って、わたしの反論をしりぞけた。「なんなら、いやな記憶を残してやろう。がりがりの痩《や》せっぽち、金切り声と乙女《おとめ》らしからぬばか笑い、あっという間に終了。それとも、きみにはなにかもっとよい考えが？」わざと意地悪く尋ねているのだ。「明朝、目覚めた王子が、きみにあわや殺されそうになったことを思い出すほうがよいのかな？」

こうして翌朝、塔の大扉の外で立ち止まったマレク王子は、窓辺にいるわたしを見あげ、上機嫌で軽薄なキスを投げてよこした。わたしはそれを見おろしながら、たまらなく情けない気持ちになった。わたしは彼が確実に立ち去ることを確かめたくて窓辺にいただけだ。お返しに王子の頭にものを投げつけるのをこらえるだけで精いっぱいで、挨拶《あいさつ》を返す気にもなれなかった。

それでも、〈ドラゴン〉の慎重なやり方はまちがっていなかったようだ。甘美な記憶を書きこまれたにもかかわらず、王子は馬車に乗る階段の手前で足を止め、わたしを振り返って、かすかに顔をしかめた。なにか困惑しているようだった。それでも王子が首をかがめて乗りこむと、馬車はすぐに出発した。わたしは窓辺に立ち、土ぼこりをあげて街道を行く馬車を目で追った。土ぼこりはしだいに遠ざかり、最後は丘を越えるところで見えなくなった。わたしは窓辺を離れ、ようやく身の安全が戻ってきたことに安堵した。ここは魔法に守られた塔であり、そこに住むのは恐ろしい魔法使いであり、このわたしのなかに魔力がひそんでいるらしい。それなのに、こんなに安堵するなんて、考えてみればおかしな話ではあったけれど。

わたしは黄褐色と緑のドレスを着ると、ゆっくりと階段をおりて書斎に行った。椅子に背中をあずけ膝の上に本を開いていた〈ドラゴン〉が、顔をあげ、わたしをいつものように苦々しげに見つめて言った。「よろしい。では、きょうもはじめ――」

「ちょっと待って」わたしが話をさえぎると、彼は口をつぐんだ。「わたしに着られるものをつくる方法を教えてほしいの」

「きみが〝ヴァナスターレム〟を会得していないとしたら、わたしに手助けできることはなにもない」彼は厳しい口調で答えた。「それどころか、きみには精神的な欠陥があるのではないかとさえ思えてきた」

「いいえ！　わたしに必要なのは――あの呪文じゃないの」あせるあまり早口になる。「こんなドレスじゃろくに動けないわ。自分で着ることもできないし、洗うこともできない――」

「なぜ洗濯の呪文を使わない？」〈ドラゴン〉が言う。「掃除と洗濯の呪文を、少なくとも五つはきみに教えた」

わたしはむしろ、それらを忘れることに全力を費やしてきた。「手でごしごし洗うほうが疲れないからよ！」

「ははん、きみは歴史に名を残すぼんくらの大まぬけだ」彼はいらいらして言った。でも、わたしは傷つかなかった。魔法のことなら、どんなにひどく言われようがかまわない。優れたりっぱな魔女になりたいだなんて、爪の先ほども考えていないのだから。「なんという変わり者だ。田舎娘はみんな、お姫様のドレスにあこがれるものじゃないか？　まあ、いい。あれを劣化させてみろ」

「は？」

「言葉の一部をはしょれ」〈ドラゴン〉は言った。「すっ飛ばす、つっかえる。つまりはそういうことだ」

「一部を……どこでも？」わたしは半信半疑で試した。「**ヴァナーレム？**」

　短い言葉のほうがわたしの舌になじんだ。勝手な思いこみかもしれないが、こぢんまりとして親しみやすい。ドレスが震え出し、腰から下のふくらみがみるみる小さくなり、わたしは生成りリネンの長衣に、緑色の帯のついた茶色の簡素なスモックを着て立っていた。思わず深々と息を吸った。もう肩からくるぶしまでずっしりとのしかかる服地の重さに耐えなくていい。コルセットの締めつけもない。床に引きずる長い裾もない。つまり、ふつうで快適で扱いやすい。この呪文はわたしから生気を吸い取ることもなかったので、まったく疲れを感じなかった。

「その恰好《かっこう》にきみが満足できるのであれば、まあそれでもいいだろう」〈ドラゴン〉は皮肉を含ませて言うと、片手をあげた。書棚から一冊の本が彼の手に飛んできた。「さて、きょうは音節構成法からはじめることにしようか」

4
魔法修業の日々

魔法を好きになることはなかったけれど、少なくとも、四六時中おびえなくてもすむようになった。でも、わたしはできのいい弟子ではなかった。教えられた呪文《じゅもん》の言葉を忘れなかったときでも、それがまともに口から出てきたためしがない。すっ飛ばしたり、つっかえたり、ごちゃまぜになったり……。たとえば一個のパイの材料を正しく調合する呪文――「まだ秘薬の調合についてはきみに教える気になれない」と〈ドラゴン〉は嫌味ったらしく言った――を唱えると、わたしの夕食用に残しておけないカチカチのひどいしろものが焼きあがった。書斎の暖炉の火を長持ちさせる魔法を練習したときは、最初はうまくいっているように見えたけれど、そのうちパチパチと不気味な音が聞こえてきて、あわてて階段を駆けあがると、書斎の真上にある客用寝室の暖炉から緑がかった炎が噴《ふ》き出し、ベッドの天蓋《てんがい》を囲む刺繍《ししゅう》入りのカーテンが燃えあがっているという始末だった。

〈ドラゴン〉はこの執拗《しつよう》な炎をどうにか消し止めたあと、十分間もわたしを怒鳴りつづけたあげくに、〝へっぽこ豚飼い野郎の落とし子〟とののしった。わたしは「父さんは樵夫《きこり》だから、〝うすのろ斧《おの》振り野郎の落とし子〟でしょ!」と言い返した。彼はくやしそうにうなり声をあげた。でも、わたしはもう怖くなかった。彼はひとりでがみがみとまくしたて、疲れはて、退出を命じるだけだ。彼に怒鳴りつけられたところで気に病《や》んだりしない。そこにはわたしを引き裂くような牙はないともうわかっていたからだ。

むしろ、上達しないことを申しわけなく思いそうにさえなった。彼の鬱憤《うっぷん》は美と完璧をこよなく愛する人ゆえの鬱憤だ。彼は生徒などほしくなかったのだ。でも、わたしをしょいこんでしまい、自分の技術をわたしに伝え、なんとか一人前の魔女に仕立てなくてはならないと考えるようになった。高度な技法を――歌のようにつづく呪文と複雑なしぐさのみごとな連繫《れんけい》をお手本として示すとき、彼がどんなにこの技法を愛しているかが、よくわかった。彼の瞳は魔法の光にきらめき、顔はある種の超越的な美しさをたたえていた。彼は魔法を愛し、その愛をわたしにも分けあたえようとしたのだ。

でもわたしは、いくつかの呪文をぶつぶつつぶやいて毎度のお説教を聞かされたあとは、大喜びで台所に駆けおり、昼食をつくるために魔法ではなく自分の手でたまねぎを切った。もちろん、〈ドラゴン〉は激怒するけれど、その怒りを理不尽だとはもう思わなかった。わたしは自分が愚か者だと自覚している。でも、取り柄のない人間だとは考えていない。わたしは、だれよりもたくさんの木の実やきのこやイチゴを集めることができた。人が何度か収穫したあとでもそれができた。秋に季節はずれのハーヴを、春に早なりのスモモの実を見つけた。けれど、母さんからもよく言われたように、その収穫は泥んこまみれと引き替えだった。わたしは土を掘り返し、イバラの茂みを突き進み、木によじのぼり、バスケットいっぱいの収穫を持ち帰った。母さんは娘のひどい身なりに悲嘆の声をあげることはなく、ため息まじりの寛容さで家に迎え入れてくれた。

でも、こういう自分の才能は家族以外の人にとってたいした意味はないと考えていた。いまだって、魔法がどんな意味を持つのかよくわからない。滑稽《こっけい》なドレスをつくったり、手でやったほうが早いささやかな家事をかたづけたりするくらいが関の山というわたしの魔法に、どんな意味があるんだろう？　自分の魔法が上達しないことや、それに〈ドラゴン〉が激怒することを、気に病むことはなかった。むしろ、ある種の安堵感《あんどかん》さえ覚えていた――そう、時が流れて、冬至《とうじ》がやってくるまでは。

冬至が近づくと、塔の窓からでも、谷の村々の広場に立った〝祝いの木〟に火が灯され、暗い谷間に点々と小さな光が〈森〉のはずれまでつづくのが見られるようになった。わたしの家では、母さんがラードをかけながら大きなハムを炙《あぶ》り、その下の受け皿で焼くじゃがいもが焦げないように何度も返していることだろう。父さんや兄さんたちは冬至の休暇に備え、荷馬車に薪《まき》を山積みにして、村の家々に配達しているだろう。その荷のいちばん上には伐《き》ったばかりの松の枝がのせられている。祝いの木にするために、高くてまっすぐで枝ぶりのよい松の木を選んで伐るのも、父さんと兄さんの仕事だった。

そして近所の家では、ヴェンサがお客に出すために、栗《くり》の実と干しスモモとにんじんをやわらかな牛の塊肉といっしょに煮こんでいるはずだ。カシアは——ああ、結局、カシアがそこにいるのだ——炉の前でセンカチュを焼いている。専用の軸をまわしては生地を上からたらして新しい層をつくり、最後には松の木がまんべんなく枝を広げたような美しいみごとなお菓子、センカチュが焼きあがる。カシアはその焼き方を十二歳のときに教わった。ヴェンサが、結婚式で身につけた彼女の身長の倍くらいある長いヴェールと交換で、スモルニク村の女性にセンカチュの焼き方をカシアに教えてくれるように頼んだのだ。それも、いずれは領主様に食事をつくらなければならないカシアの将来に備えてだった。

わたしはカシアの運命がそうはならなかったことを喜ぼうと努めた。そうしないと、自分がみじめになる。高い塔の冷えびえとした部屋にひとりでいることが、ここから出ていけないことがつらかった。〈ドラゴン〉は冬至の祝日を特別なものとは考えていない。わたしの見るところ、どんな日かも知らないようだ。冬至の日、わたしはいつものように彼の書斎に行き、新しい呪文をぶつぶつと唱え、しばらくお説教を聞き、やがて解放された。

さみしさを慰めようと、台所におりて、自分のためにささやかなごちそうを用意し、トレイにのせて部屋に戻った。ハムとそば粥《がゆ》とリンゴの甘煮。ぜんぶをひと皿に盛っても、なんだか地味でものたりなかった。そこで、お祝いの気分を出そうと、はじめて自分のために〝リリンターレム〟の呪文を使った。

空気が震え、いきなり目の前にロースト・ポークのひと皿があらわれた。ほかほかでピンク色で、おいしそうな肉汁が滲《し》み出している。大好物のとろりとした小麦の粥のまんなかには、ちゃんと溶かしバターが落とされ、胚芽《はいが》入りパンのかけらが散っていた。わたしの村では春が来るまでだれも食べられない青豆も山盛りになっていた。これまで一度しか食べたことのないタイグラというお菓子もある。毎年の収穫祭に村人たちが順番で女村長の屋敷に招かれるのだが、わたしたち一家の番がまわってきたとき、その食卓にあったのがタイグラだった。色とりどりの宝石のような糖蜜漬けの果物と、黄金色のだんごと、小さな白いヘーゼルナッツ――そのすべてに蜂蜜シロップがかかって、きらきらと輝いていた。

でもそれは、冬至のごちそうではなかった。一日じゅう休みなく料理や掃除をしていたのに、空腹を感じなかった。ここには、ひとつの食卓にぎゅうぎゅう詰めになった家族のにぎやかなおしゃべりも、笑い声も、大皿に伸びる手もないのだ。自分のためだけの少量の食事を見おろしているうちに、ますますさみしくなった。わたしは母さんのことを思った。わたしの手伝いもなく、たったひとりで料理する母さん……。枕に顔をうずめると、涙で目がちくちくした。料理はテーブルの上に手つかずのままになった。

その二日後、泣きつづけたせいで目は腫《は》れぼったく、いつも以上に情けない顔になっていた。その日、ひとりの男が馬に乗って塔にやってきた。早駆けの蹄《ひづめ》の音がして、大扉が激しくたたかれた。〈ドラゴン〉がわたしの魔法修業のための書物から顔をあげ、席を立った。わたしはあとを追いかけ、階段をおりた。

大扉がひとりでに開き、使者が転がりこむようにはいってきた。黄の沼領の軍団のしるしである濃い黄色の外衣《サーコート》をまとい、顔が汗まみれになっている。使者は〈ドラゴン〉を前にして青ざめ、ごくりと喉を鳴らしてひざまずいたが、許可をあたえられるのを待たずに話しはじめた。

「わが黄の沼領主、ヴラディミール男爵より、あなた様にすぐに来ていただきたいとの伝言です。キメラ獣が山越えの道からあらわれ――」

「なんだと?」〈ドラゴン〉が鋭く切り返した。「そんな季節ではないだろう。いったいどんな姿かたちだ? どこかの愚か者が飛竜《ワイヴァーン》をキメラ獣と呼びちがえて以来、同じようなことが何度も繰り返され――」

使者は、ふりこのように首を大きく左右に振ってから言った。「大蛇の尻尾《しっぽ》、蝙蝠《こうもり》の翼、山羊の頭……この目でしかと見たのです、〈ドラゴン〉卿《きょう》。それゆえに、わが卿がわたしを使者として、あなた様のもとへ――」

〈ドラゴン〉はうっとうしげに歯のあいだからシュッと息を吐いた。なぜこんな季節にわざわざキメラ獣が出てきて自分をわずらわせるのか、と言いたげに。わたしには、どうしてキメラ獣に季節があるのかもわからない。魔物だったら、いつでも好きなときに出てこられそうなものなのに……。

「ばかを抜かすんじゃない」〈ドラゴン〉はそう言うと、踵《きびす》を返し、実験室に向かった。一個の箱をあけ、この瓶、あの瓶と、取り出す瓶をわたしに指図した。わたしは胸騒ぎを覚えながらも、慎重にその作業を行った。「キメラ獣は穢《けが》れた魔力から生まれる。しかし、生きたけものと共通する部分もあり、種《しゅ》としての特性を持つ。卵を産み、蛇のように繁殖し、冷血動物ゆえに、冬場は日だまりでできるかぎり動かず、夏に飛びまわる」

「じゃあ、なぜそのキメラ獣がいま?」わたしは懸命に説明を追いかけながら尋ねた。

「十中八九はまちがいだな。あの息もたえだえの田舎者が、なにかの影をキメラ獣と見まちがえ、逃げ帰ってきたのだろう」と、〈ドラゴン〉は言った。でも〝あの息もたえだえの田舎者〟が、わたしにはそんな愚か者にも臆病者にも見えなかった。〈ドラゴン〉は自分の言ったことをほんとうに信じているのだろうか。「ちがう、その赤いのじゃない。このばかたれ、それは〝火の心臓〟だ。キメラ獣はもっけの幸いとそれを飲みほし、ドラゴンもどきに化けてしまうぞ。ほら、赤紫のだ。ちがう、それのふたつ奥の瓶だ」わたしには両方とも赤紫にしか見えなかったけれど、あわてでまちがった瓶を引っこめ、彼の求める瓶を手渡した。「よし、これでいい」と言って、〈ドラゴン〉が箱を閉じる。「どんな本も読むな。この部屋のどんなものにもさわるな。あらゆる部屋のあらゆるものにさわるな――わたしに協力する気があるのなら。わたしの留守中に、この塔を崩壊させたくないのなら」

そのときはじめて、わたしはここにひとり残されることになるのだと気づいた。「わたし、ひとりでなにしてればいいの？　あの……いっしょに行っちゃだめ？　どのくらいかかるの？」

「一週間か、一ヵ月か。あるいは、二度と戻らない――気を散らされてへまをしでかし、キメラ獣にまっぷたつに裂かれた場合は。もう答えはわかるな。だめだ。連れていかない。きみはできるかぎりなにもしないでいろ」

〈ドラゴン〉はそう言い残して、出ていった。わたしは書斎まで走っていき、窓から外を見た。大扉が閉まり、彼が玄関階段をおりていくのが見えた。使者がさっと近づき、足もとにひざまずく。「馬を借りるぞ」と、〈ドラゴン〉が言う。「きみはオルシャンカの町まで歩け。きみの馬をそこに残し、わたしは新しい馬を調達する」そして馬にさっとまたがると、王のように片手をあげて、なにかの呪文をつぶやいた。雪道に小さな火の玉が出現し、ボールのように道を前方へと転がりはじめた。火の玉が通ったところだけ雪が解け、平らな道ができていく。馬は不安そうに耳を倒していたけれど、すぐに速足になった。ドヴェルニク村との往還は呪文ひとつで一足跳びだった。でも、黄の沼領のような遠い土地に一瞬で移動するのは無理なのかもしれない。あるいは、彼は自分の領内でしか移動の魔法を使えないのかもしれない。

わたしは書斎の窓辺に立ち、〈ドラゴン〉の姿が見えなくなるまで見送った。彼といて楽しいと思ったことはなかったが、彼のいない塔はうらさびしく、うつろなこだまが響いていた。彼の不在がもたらした休暇をくつろいで過ごそうとしてみたけれど、そもそもそんなに疲れてはいなかった。キルトの上掛けを気まぐれに縫ったあとは、窓辺にすわって、ただ谷をながめて過ごした。わたしの大好きな畑、村々、林や木立。水場に向かう牛や羊の群れ、荷を運ぶ橇《そり》。ときどき、馬に乗った旅人が孤独に道を行く。あちこちに雪だまりができている。そしてとうとう、わたしは窓辺にもたれかかったまま眠りに落ちた。目覚めたときにはすでに日が暮れており、わたしは闇に浮かぶ炎にはっとたじろいだ。長い谷に沿って遠くのほうまで、いくつもの烽火《のろし》が点々とあがっていた。

まだ夢を見ているのかと思いながら、烽火を見つめた。一瞬、祝いの木にまた火が灯されたのかと勘ちがいした。わたしは物心がついてから、ドヴェルニク村に烽火があがるのを三度見た。最初は、あの飢餓に苦しんだ〝緑の夏〟。二度目は、九歳の冬、〝雪の魔馬〟の群れが〈森〉から押し寄せたとき。三度目は、村のはずれに建つ四軒の家が一夜にして〝流血の蔓草《つるくさ》〟に呑《の》みこまれたときだった。その夏、わたしは十四歳だった。いずれのときも、〈ドラゴン〉が村にやってきて、〈森〉の襲撃を追い返し、また去っていった。

わたしはうろたえながら、どの村が助けを求めているのかを確かめるために、烽火の数を手前から数えた。糸繰《いとく》り川に沿ってほぼ直列した烽火は……九個。体じゅうの血が凍りついた。助けを求めているのは、わたしの村だ。九つ目の烽火は、ドヴェルニク村からあがっている。わたしは烽火を見つめて立ちつくし、はっと気づいた。〈ドラゴン〉がいない。彼はいま黄の沼領に向かう山越えの道にいて、烽火を見ることはできないだろう。だれかが彼に使者を送ったとしても、彼はまずキメラ獣と戦わなければならない。一週間……と、彼は言っていた。少なくとも一週間かかるとすれば、そうだとすれば……。

そのときはじめて、自分がどんなに愚かだったかに気づいた。わたしは魔法が……わたしの魔法がなにかの役に立つなんて考えていなかった。こうやって立ちつくし、わたしのほかにだれもいないと思い知らされるまでは。わたしの魔法がどんなにへたくそで不器用で荒削りだろうが、いま村にいるだれよりもわたしが魔法に通じていることは疑いようがない。村の人たちが助けを求めている。そしていま、彼らを助けにいけるのは、このわたししかいない。

背筋を悪寒が駆け抜けた。それでもすぐに窓辺から離れて飛ぶように階段をおり、実験室に向かった。恐怖に押しつぶされそうになりながら、実験室の棚から以前わたしを石に変えた灰色の秘薬をつかんだ。〈ドラゴン〉がマレク王子の救命に使った霊薬《エリクサー》と、〝火の心臓〟と、彼が植物を生長させると言っていた緑の秘薬も手に取った。このうちのどれがどう役立つかはわからないけれど、少なくとも効用はわかっている。あとの秘薬となると、名前も知らないし、触れたことすらなかった。

自分の部屋に秘薬を運び、部屋に積みあげてあったドレスを必死に裂いた。こうしてできた絹の帯を何本も結び合わせて自分を下におろすロープをつくった。どうにか使える長さ――そうであることを祈ろう――になったところで、わたしはその先端を窓から投げ落とし、下をのぞきこんだ。夜の闇は深く、ロープが地面に達したかどうかを確かめられるような明かりもなかった。実際に試してみるしかない。

気晴らしの裁縫の時間に絹地のドレスから袋をいくつかつくっていたので、そのひも付きの袋に秘薬のガラス瓶をおさめ、割れないように布きれもいっしょに詰めて、肩から斜めにかけた。自分がこれからなにをしようとしているかはあえて考えないようにした。喉になにか大きな塊《かたまり》がつかえているみたいだ。わたしはロープを両手でつかみ、窓枠を乗り越えた。

以前はよく木登りをした。お気に入りの樫《かし》の大木があって、一本の枝に渡したロープをつたって幹をよじのぼったものだ。でも、今回はそれとはぜんぜんちがう。石造りの塔の壁面は信じられなくらいつるつるで、整然とした石と石の継ぎ目にはぶちまでぎっしりと漆喰《しっくい》が詰まっていた。それらは時の経過によってひび割れてもすり切れてもいなかった。わたしは靴を蹴り脱いで下に落としたが、裸足になったつまさきでさえなんの足がかりも得られなかった。わたしの全体重がこの絹のロープ一本にかかっている。両手が汗で湿り、肩がずきずき痛んだ。ずるっずるっとつたいおり、ときどき、宙にぶらさがった。袋が背中でぶざまに揺れ、瓶のなかの液体がぴちゃぴちゃと鳴った。それでもおりつづけたのは、そうするほかなかったからだ。もう一度上に戻るのはもっとむずかしい。

わたしは手を離して楽になることを考えはじめた。力が尽きかけていた。落ちて楽になるのもそう悪くない、と自分に言い聞かせようとしたとき、いきなり片足がなにかに当たってぐしゃっと音をたてた。わたしの足は塔の壁面に吹きだまったやわらかな雪を突き抜け、硬い地面に到達した。雪を掘り返して靴をさがしあてると、〈ドラゴン〉が火の玉で雪を解かした道をまっしぐらにオルシャンカの町に向かって駆け出した。

こうしてオルシャンカにたどり着いたものの、町の人々は最初、わたしをどう扱えばいいのかとまどった。汗まみれで雪まみれ、髪はもつれて逆立ち、顔にたれて息のかかるほつれ毛に霜がこびりついている。そんな姿で、わたしはよろよろと居酒屋にはいっていった。知っている人はひとりもいなかった。町長の顔はわかったけれど、彼に話しかけたことは一度もなかった。みんな、頭のおかしな女があらわれたと思ったにちがいない。でも、わたしはボリスがいるのに気づいた。わたしと同い歳の娘、マルタの父親で、選抜の日も、彼はドヴェルニク村の広場にいた。ボリスもわたしだと気づいて言った。「この子は〈ドラゴン〉に仕える娘、ドヴェルニク村のアンドレイの長女だ」

十年間の奉公が明ける前に〈ドラゴン〉の塔を離れた娘はこれまでひとりもいなかった。烽火《のろし》がどんなに深刻なものだとしても、彼らはわたしに押しかけてこられるよりは、自分たちで〈森〉が送りこんできた魔物に立ち向かうほうがましだと考えるだろう。わたしと関わるのは厄《やっ》介《かい》なことでしかなく、そんなわたしの助けなどあてにするはずがない。

わたしは、〈ドラゴン〉が黄の沼領に行ってしまったことを伝え、ドヴェルニク村まで連れていってほしいとたのんだ。彼らは最初、真《ま》に受けなかった。わたしが魔法の修業についてどんなに説明したところで、彼らにはわたしに手を貸す気など毛頭ないのだとすぐに気づいた。「わしの家に泊まりなさい。家内があんたの面倒を見てくれる」町長はわたしにそう言うと、町の住人のひとりのほうを向いた。「ダヌシェク、ドヴェルニク村まで馬で行ってくれ。なにが起こっているにせよ、いまは自分たちでもちこたえるしかないことを知らせねばならんな。なにが助けになるかも見てきてくれ。それから使者をひとり立て、黄の沼領に向かう山越えの道に――」

「あなたの家には泊まりませんから！」わたしは言った。「ドヴェルニク村まで連れていってくれないのなら、歩いていくわ。だれよりも早く、わたしが助けにいかなくちゃならないの！」

「よしなさい！」町長がぴしゃりと言った。「いいかね、愚かな娘さん――」

もちろん、彼らは恐れている。わたしが〈ドラゴン〉の塔から逃げ出してきたと、生まれた村に帰りたくてしょうがないのだと思っている。わたしから助けを求める言葉なんか聞きたくないのだ。そもそも、彼らは〈ドラゴン〉に若い娘を差し出すことを恥じている。正しくないことだとはわかっている。ほかに選択肢がないと、反乱を起こすほどには悲惨なことではないと考えているのだ。

わたしは息を深く吸いこみ、〝ヴァナスターレム〟をふたたび自分の武器として使った。〈ドラゴン〉がその場にいたら、大いに喜んだことだろう。すべての音節が研《と》ぎたての刃《やいば》のように鋭く小気味よく口から飛び出した。と同時に、魔力がわたしの周囲で渦巻き、暖炉の火がかすんでしまうほどまばゆい光が放たれた。

空気と光の波動がおさまると、わたしは貴婦人用のブーツをはいて背が高くなり、喪に服する女王のような、笑えてくるほど堂々とした姿になっていた。黒いヴェルヴェットのドレスには小さな黒真珠をちりばめた刺繡。黒いレースのふちどりは、ここしばらく日を浴びていないわたしの肌によく映え、腕をゆったりと包む袖《そで》には金色のリボンがついていた。黒いドレスの上は、さらに贅沢《ぜいたく》な、金と赤の光沢ある布地で仕立てられた上着。黒い毛皮があしらわれた首まわり、ウエストには金色の帯。高く結われた髪は、小さな宝石をちりばめた金色のネットに包まれていた。「わたしは愚かでも嘘《うそ》つきでもないわ。助けられるかどうかはわからないけど、なにもしないよりはずっとましよ。さあ、橇《そり》を用意して！」

5 邪悪なオオカミども

わたしの魔法がただの呪文《じゅもん》だとだれにも気づかれなかったこと、そもそも魔法をちゃんと見たことのある人がいなかったことに助けられた。わたしも自分の未熟さをあえて告白しなかった。町の人々がいちばん軽い橇《そり》と四頭の馬を用意してくれた。橇は川沿いの道を、ばかばかしいほど大げさな——でもすごく暖かな!——ドレスを着たわたしを乗せて走った。氷の上を行く橇はまさに飛ぶような速さだったが、乗り心地は最悪だった。ただ速さも乗り心地の悪さも頭をからっぽにしてしまうほどではなく、わたしはこれから先のことを考えずにいられなかった。なにもできずに死んでしまうのではないか、なんの助けにもならないのではないか。考えるほどに不安が胸に押し寄せた。

橇の御者《ぎょしゃ》を買って出たのは、ボリスだった。言葉を交わさなくても、彼にとってそれが一種の罪ほろぼしだということが理解できた。彼のたいせつな娘は選ばれず、わたしが〈ドラゴン〉の塔に行くことになった。彼の娘はいま家にいて、もう恋人がいてもおかしくないし、もしかしたら婚約をすませているかもしれない。そして、わたしは召し上げられて四ヵ月とたっていないのに、もう顔さえも忘れられた存在になっている。

「ドヴェルニク村でなにが起こったのか、わかる?」と、ボリスの背中に尋ねた。わたしは御者席の後ろで毛布にくるまり、首をすくめていた。

「いや、まだなんの知らせも来ない」と、ボリスは肩越しに答えた。「烽火《のろし》があがっただけだ。村からの使者はまだ馬を飛ばしている最中だろう。もし——」ここで彼は口をつぐんだ。もし使者を送ることができていたなら、と言いたかったのだ。でもそうは言わず、「きっと途中で会えるだろうよ」と締めくくった。

オルシャンカからドヴェルニク村までは、父さんの頑丈な馬と大きな荷車だと、一度の休憩を入れて夏の長い一日を使いきる道のりだった。でも、冬の道はふくらはぎあたりまで積もった雪が凍り、その上に新雪の層ができていた。いまは雪も止み、馬たちは雪道用の蹄鉄《ていてつ》をつけている。橇は夜を徹して走り、夜明けの数時間前にヴィオスナ村で馬を交換した。休憩と呼べるほどの時間はとれず、わたしは橇からおりなかった。村人たちはなにも尋ねなかった。ボリスがただ「ドヴェルニク村に向かっている」と告げただけだ。村人たちはもの珍しそうにわたしを見たが、疑いの目を向けられることはなかった。どこのだれかもわからなかったにちがいない。新しい馬たちに橇の引き具をつけているとき、厩《うまや》のおかみさんが、焼きたてのミートパイと一杯のホットワインを持ってきてくれた。「これでお手を温められてはいかがですか、お嬢様」

「ありがとうございます」わたしはおずおずと答えた。〝お嬢様〟と呼ばれるなんて、自分がペテン師か盗っ人にでもなったような気がした。それでも、あっという間にパイをたいらげ、飲まないのは失礼にあたるような気がして、ワインを飲みほした。

そのせいで頭がくらくらして、少し朦朧《もうろう》となった。世界がやさしく暖かく、居心地のよいものに変わった。もうあまり不安を感じなかった——酔っぱらっているからだとはわかっていたが、それでもありがたかった。ボリスは新しい馬たちの速度をあげた。前方の白みはじめた空を見ながら一時間ほど走ったところで、道の遠くにとぼとぼとこちらに歩いてくる人影を見つけた。最初は男かと思ったが、近づくと、なんとカシアだとわかった。カシアは青年の恰好《かっこう》をして、頑丈な雪靴をはいて、まっすぐにわたしたちに近づいてきた。ドヴェルニク村に向かっているのはわたしたちの橇だけだったようだ。

カシアは橇の横腹に手をかけ、荒い息をつきながらていねいなお辞儀《じぎ》をすると、一気にしゃべった。「そいつはいまも牛のなかにいるわ……牛に取り憑《つ》いたの。牛が人を咬《か》めば、その人間も憑依《ひょうい》される。みんなで牛を囲いこんで、なんとか押しとどめようとしているけれど、それに男手を使い尽くしてしまって——」わたしは橇の毛布のなかから身を起こし、カシアに手を伸ばした。

「カシア」わたしはむせながら声をかけた。カシアがはっと口をつぐみ、わたしを見つめる。わたしたちは、言葉を失ったまま、かなり長いあいだお互いを見つめ合った。先に口を開いたのはわたしだった。「急ぎましょう、乗って。走りながら話すわ」

カシアが橇に乗りこみ、わたしの隣にすわり、同じ毛布のなかにもぐりこんだ。わたしたちはおかしな、ちぐはぐな二人組だった。カシアは豚飼いの少年が着る、汚れた粗い手織り布の服。長い髪は帽子のなかにたくしこみ、厚い羊革の上着をはおっている。そしてわたしは、やたらと豪華なドレス。お伽《とぎ》ばなしの世界だったら、カシアが台所でかまどの灰を掃除する主人公で、わたしが彼女を助けるためにあらわれた親切な妖精だろうか。

わたしたちはお互いの手をぎゅっと握って離さず、それがふたりの気持ちをなによりもあらわしていた。先へと急ぐ橇のなかで、まとまりを欠いてつぎはぎだらけになったけれど、わたしはこれまで起きたすべてをカシアに話した。みじめな気持ちであくせく働いていた最初のころのこと、〈ドラゴン〉に呪文を唱えさせられて、気を失いそうなほど疲労した何週間かのこと、そして、魔法修業の日々がはじまったこと――。

カシアは話を聞くあいだも、わたしの手を離そうとしなかった。そしてとうとう、わたしはためらいながらも、魔法が使えるようになったことを打ち明けた。それを聞いてカシアが言ったことは、息も止まるほどわたしを驚かせた。「あたし、もっと早く気づいていてもよかったのに……」わたしはぽかんとカシアを見つめた。「あなたのまわりでは、いつも奇妙なことが起こってたわ。あなたはいつも、村の森から季節はずれの実やだれも見たことのない花を手に戻ってきた。まだ小さなころ、あなたは松の木から聞いたという物語をよく聞かせてくれた。でもある日、あなたのお兄さんが、あなたのことを法螺吹《ほらふ》きだと言ってからかった。その日以来、あなたは松の木の物語を話さなくなった。あなたの服ばかりいつも泥んこで、ずたずたになることだって……。どんなにがんばって汚そうとしたって、あそこまで汚れたりしない。わかってるわ――あなたはわざと汚そうとしたわけじゃない。ぜったいそんなことはない。あたしは見てたのよ。木々の枝があなたのほうに伸びて、あなたのスカートにかぎ裂きをつくるのを。ほんとうに、枝が伸びてきて――」

わたしはたじろぎ、うめきをあげた。彼女は黙った。わたしは聞きたくなかった。魔法がいつもわたしのそばにあったなんて、だからあれはわたしの運命だったなんて、カシアの口から聞きたくなかった。「枝が伸びてきたのが、なんのせいだろうが、せいぜい、わたしをみっともない姿にするのがおちだったわけね」わたしはわざと軽い調子で言った。「わたしがこうして来たのは、いまは〝彼〟が出かけていて、ほかに手がないからよ。さあ、なにが起こったのか話して」

今度はカシアが話す番だった。彼女の話すところでは、まず、村の牛たちがほぼ一夜にして病気になり、巨大なオオカミに咬まれたような傷痕が最初に病気になった牛に見つかった。この冬の季節、村の近くでオオカミを見かけることなどないというのに。「傷痕が見つかったのは、ヤジーの家の牛たちだった。ヤジーはすぐに牛を始末しなかったの」カシアが涙声になった。わたしはうなずいた。

ヤジーには自分のすべきことがわかっていたはずだ。病気の牛を群れから離し、ただちにその喉をかき切ること。しかし、オオカミに咬まれたような傷を見つけても、ヤジーはその牛たちをほかの家畜から分けなかった――オオカミがこんなことをするはずがないと、ほんとうはわかっていても。ヤジーの家は貧しかった。畑があるわけでもなく、商売をしているわけでもなく、彼が持っているのは牛だけだった。ヤジーの奥さんがうちにやってきておずおずと小麦粉を求めたことは一度だけではなかった。わたしが村の森から果実や木の実をたくさん持ち帰ると、母さんはバスケットにそれを入れて、ヤジーの家に持っていくようにと言った。ヤジーは三頭目の牛を購入するために、長いあいだ節約をつづけていた。三頭目の牛を飼うことは、すなわち貧乏から抜け出すことだった。そして二年前、彼はようやく念願を果たした。その年の収穫祭に、奥さんのクリスティナは新しいレースのふちどり付きの赤いスカーフをかぶって、ヤジーは赤いチョッキを着てあらわれた。ふたりとも誇らしげだった。夫婦は四人の子を名づける前に亡くしており、つぎの子を待ちわびていた。だから、ヤジーは問題のある牛たちをすぐに始末できなかったのだろう。

「その牛たちがヤジーに咬みつき、ほかの牛たちにも咬みついたの」と、カシアが言った。「いまはぜんぶが凶暴になって、近寄るのも危険だわ。ねえ、ニーシュカ、あなたはなにをするつもり？」

〈ドラゴン〉なら牛から病気を追い出す魔術を知っているだろうけれど、わたしにはわからない。「牛を焼きはらわなきゃならないわね」と、答えた。「あとは彼がうまくやってくれることを願うしかないわ。とにかく、わたしには焼きはらうこと以外になにも思いつかない」正直なところ、まだ恐れてはいたけれど、わたしは事の真相を聞いて、心からほっとした。少なくとも相手にするのは、火を噴《ふ》く怪物でも、ひどい疫病でもない。自分になにができるかもわかる。わたしは〝火の心臓〟を入れた瓶を取り出し、カシアに見せた。

わたしたちがドヴェルニク村に到着したとき、その案について異議を唱える人はひとりもいなかった。女村長のダンカは、カシアやオルシャンカの人々と同じように、橇からおりたわたしを見てひどく驚いたけれど、彼女にはそれ以上に案じなければならない当面の問題があった。

村の健康な男と屈強な女たちが病に感染した家畜を柵囲いに閉じこめ、農作業用のフォークやたいまつを使って、逃げないように交代で番をしていた。だれもが凍った地面で足をすべらせ、寒さで指先の感覚を失いつつあった。それ以外の村人たちは、柵囲いを見張る者たちが凍えないように飢えないように配慮した。ドヴェルニク村の総力をあげての、村の存亡を賭けた戦いなのだ。すでに牛たちを焼きはらう試みがなされていたが、あまりの寒さでうまくいっていなかった。積みあげた薪《まき》に火がつくのに時間がかかり、その前に牛たちが薪の山を崩してしまうからだった。わたしが持ってきた秘薬がなにかを伝えると、ダンカはうなずき、囲いの番をしていない人々を集め、つるはしとシャベルで柵の周囲に防火帯をつくるように命令した。

そのあと、ダンカはわたしのほうを向き、毅然《きぜん》とした態度で告げた。「あんたの父さんと兄さんに、もっと薪を運んできてもらわなければならないわ。彼らはひと晩じゅう働きつづけて、いまは家で休んでる。あんたを使いとして家にやってもいいけど、それはあんたもつらいだろうし、彼らも同じでしょうね。このあと、あんたは塔に戻らなくてはならないのだから。どう、それでも家に行きたい？」

わたしはごくりとつばを呑《の》んだ。ダンカの言うことはまちがっていない。でもわたしの頭には、行きたいという答えしか浮かばなかった。わたしの手を握りつづけていたカシアが、わたしの家までいっしょに村のなかを走ってくれた。わたしはカシアに言った。「驚かせないように、あなたが先に家にはいって、家族にひとこと言ってくれない？」

そんなわけで、わたしが家の扉をくぐったときには、すでに母さんが号泣していた。母さんはドレスなんかには目もくれず、ただわたしだけを見つめてくれた。わたしたちは床に広がる黒いヴェルヴェットの裾《すそ》のなかにくずおれ、しっかりと抱き合った。そこへ奥の部屋から父さんとふたりの兄さんが寝ぼけまなこで出てきて、わたしを発見した。泣いている時間なんてないんだとお互いに言い合いながら、わたしたちみんなで泣いた。わたしは涙ながらに、これからなにをしたらいいかを説明した。父と兄たちはすぐにわが家の馬を集めた。ありがたいことに、うちの厩は家に隣接しているために被害をまぬがれていた。ほんの束《つか》の間、わたしは母といっしょに台所のテーブルにすわった。母はわたしの顔を両手ではさんで何度もなでながら、涙を流しつづけた。「彼はわたしに手を出さなかったわ、母さん。彼ならだいじょうぶ」わたしはそう言ったが、マレク王子のことは黙っていた。母はなにも答えず、わたしの髪をただなでるだけだった。

父さんが台所に首を突き出し、「用意ができたぞ」と言った。もう行かなくちゃならない。そのとき、母が「ちょっと待って」と言った。母は寝室に駆けこみ、ひとくくりにされた衣類を持ってきた。わたしの服やらなんやらだった。「オルシャンカの町からだれかに塔まで届けてもらおうと思っていたのよ。春の祭りのときに届けられる贈りものといっしょに」母さんはまたわたしにキスし、もう一度わたしを抱きしめ、離した。選抜の日よりもいっそうつらい別れになった。

父さんは橇で村じゅうをまわった。兄たちが橇からおりて、家々の薪小屋から最後の一本まで薪をかき集め、両腕でかかえて運び、四隅に柱を立てた橇の荷台に積みあげた。荷台が満杯になったところで橇は牛を閉じこめた柵囲いに向かい、わたしはとうとう、哀れな牛たちを見ることになった。

それらはもう牛の姿をしていなかった。胴がふくれあがって異様なかたちとなり、角が巨大化し、ねじれていた。体に矢が刺さったもの、槍が突き立ったものもいて、その矢や槍《やり》が恐ろしい棘《とげ》のように見えた。〈森〉からあらわれる魔物を殺すには、焼くか首を刎《は》ねるしかない。傷はただ彼らを凶暴にするだけだ。胸や四肢に、放たれた火を踏み消したときにできた黒い焦げ痕があるものも少なくなかった。頑丈な木製の柵囲いに突進し、変形した角を振りまわしているが、そこから聞こえてくるのは、あのモウモウという、あまりにもふつうの牛の鳴き声だった。男女がひと固まりになって、フォークや槍やとがった杭《くい》を突き出し、柵に突進してくるものたちを追いはらっている。

何人かの女たちがすでに地面を掘り返す作業をはじめていた。囲いのまわりから雪が除かれ、地面がむきだしになり、もつれた枯れ草がフォークで取り除かれていく。すべての作業を女村長のダンカが取り仕切っていた。彼女が父さんに手を振り、橇が柵囲いに近づくにつれて、馬たちが風のなかに邪悪な魔物の臭いを嗅ぎとり、不安げに息を荒くした。「万事順調」とダンカが言った。「昼前に準備が整うわ。牛たちのあいだに薪と干し草を積みあげて、そこに魔法の秘薬で火をつけたたいまつを投げこむ。秘薬はできるかぎり節約すること。もう一度、同じことを繰り返さなくてはならないときのためにね」最後はわたしに言った。わたしは同意のしるしにうなずいた。

仮眠から目覚めた人々も加わって、みんなが最後のひと踏ん張りに力を合わせた。いったん火を放てば、牛たちは雪崩《なだれ》を打って逃げ出そうとするだろう。棒切れだろうがなんだろうが、武器になりそうなものを手にした人々が、牛たちが逃げ出そうとしたときに備えて一列に陣取った。べつの村人が、柵囲いのなかに干し草だわらを投げこんだ。結束がちぎれ、地面に落ちると同時に、干し草がばらばらになる。兄たちは薪の束を柵のなかに投げこんでいた。わたしは不安な気持ちでダンカのかたわらに立ち、手にしたガラス瓶のなかで魔力が渦巻き、熱を帯びていくのを、いまにも解き放たれて役目を果たすのを察知しているように拍動するのを、指を通して感じていた。ついにダンカが準備完了と判断し、最初に火をつける木束をわたしのほうに突き出した。それは長い一本の丸太のまんなかに縦の割れ目がはいり、そこに小枝や干し草をはさんで、全体をひとつに束ねたものだった。

瓶の封印を破いたとたん、〝火の心臓〟がうなりをあげて瓶から飛び出そうとした。わたしはとっさに瓶の栓を押さえた。秘薬がしぶしぶと瓶の奥にもどったのを見とどけ、さっと栓をはずし、一滴――ほんのわずかなひとしずく――を、丸太の先端にたらした。丸太がたちまち燃えあがり、ダンカがどうにかそれを柵のなかに投げこんだ。彼女はすぐに身を返し、片手を雪だまりに突っこんだ。痛みに耐えているようだ。指に水疱《すいほう》ができ、赤くなっている。わたしが栓をねじこみ、ようやく顔をあげると、柵囲いの半分が火の海になり、牛たちが激しく鳴いていた。

わたしたちはみんな、この魔法の獰猛《どうもう》さに震えあがった。〝火の心臓〟の話は以前にも聞いたことがあった。それは戦争と攻城を物語る長大な歌のなかに登場する。たったひと瓶の〝火の心臓〟を得るために、おびただしい量の黄金が必要とされ、ずば抜けた技能を持つ魔法使いにしか石の大釜で材料を煎じつめることはできない――。わたしは、この秘薬を黙って塔から持ち出したことをだれにも話さなかった。もし〈ドラゴン〉がだれかに怒りをぶつけるのだとしたら、わたしひとりだけで充分だ。

それでも話に聞くのと、実際にその秘薬の魔力を目の前で見るのとは大ちがいだった。わたしたちは度肝を抜かれ、病に冒された牛たちは猛り狂った。十頭の牛が群れになり、柵のきわで杭や棒を持って待ちかまえる人々に突進した。わたしたちはみんな、角で突かれたり咬まれたりするのを、いや、牛と接触することさえ恐れていた。〈森〉の邪悪さはあっという間に伝染する。柵を守る人間の壁のなかから数人が後退し、柵が壊れはじめると、ダンカが叫びをあげた。〈ドラゴン〉は、断固とした決意をもって、修理や修繕、修復などの初級呪文をわたしに教えようとしたけれど、わたしはどれひとつうまく言えたためしがなかった。でも、いちかばちかだ。わたしは父さんのからっぽの橇の荷台にのぼり、柵囲いを指差して呪文を放った。「**パラン・キ**

ヴィータシュ・ファランテム、パラン・パラン・キヴィータム！」どこかでひとつ音節をまちがった。でも、ごくごく小さなまちがいでしかなかったはずだ。宙で砕け散ろうとしていたいちばん大きな横木がさっともとのかたちに戻って、もとの位置におさまり、突然そこから枝が伸び、緑の葉が茂った。古い鉄製の筋交《すじか》いも、もとどおりまっすぐになる。

ただひとり一歩も引かなかったハンカばあちゃん——〝鉄の女〟という称賛をいなすように「棺桶《かんおけ》に片足突っこんだ人間ほど死なないものなのさ」とあとで言った——は、フォークの柄《え》だけを持って立っていた。先端部分はすでに柄からはずれて、一頭の牡牛《おうし》の角のあいだにはさまっている。そして彼女の持つ柄の部分が、呪文を唱えた直後、先端が鋭くとがった鋼鉄の杖《つえ》に変わった。それを見てとるや、ハンカばあちゃんは迷うことなく鋼鉄の杖を、柵を押し倒そうとする牛の口めがけて突き立てた。巨大な牛が柵の手前でどうと倒れ、さらに押し寄せてくる牛たちの壁になった。

あとになってみれば、あれが戦いのもっとも苛酷《かこく》な山場だった。それから数分間、いたるところで戦いはつづいたけれど、仕事はそれよりは楽なものだった。なぜなら、牛たちはすぐに炎に呑みこまれていったからだ。胃のよじれるような異臭があがった。牛たちは恐慌状態に陥って狡《こう》知《ち》を失い、ふたたび、ただのけものに戻った。むなしく柵にぶつかり、つぎつぎに火のなかで息絶えた。わたしはさらに二度、修復の呪文を使い、最後は疲弊しきって、橇の荷台にのぼってきたカシアに支えられた。解けた雪をいれた手桶《ておけ》を持った年長の子どもたちが息を切らして走りまわり、地面に落ちた火の粉を消した。男も女もひとり残らず武器になる棒を手に持ち、炎の熱さに顔をまっ赤にして汗を流し、背中だけは寒さに凍らせて、精根尽きはてるまで立ち働いた。そのかいあって、魔物と化した牛たちは柵囲いのなかにとどまり、火の手も牛たちの感染もそれ以上は拡がらなかった。

とうとう、最後の牛が倒れた。牛から煙がシューッと噴き出し、炎のなかで脂肪がパチパチ爆《は》ぜる。わたしたちは疲れきり、柵囲いのまわりに煙を避けるようにゆるい円をつくった。〝火の心臓〟の勢いがおとろえ、下火になりながらも、呑みこんだすべてを灰に変えていった。多くの人が咳《せ》きこんでいた。話す者も快哉《かいさい》を叫ぶ者もいなかった。祝うようなことはなにもない。わたしたちはみんな、最悪の危機を回避できたことを喜んだが、そのために払った犠牲はあまりにも大きかった。放たれた火によって財産を失ったのはヤジーだけではない。

「ヤジーはまだ生きてるの？」わたしはカシアに声をひそめて尋ねた。

カシアは返事をためらってから、うなずいた。「完全に憑依されてしまったと聞いてるわ」

〈森〉のもたらす病のすべてが治療できないわけではなかった。病にかかった者の命を〈ドラゴン〉が救った例をわたしは知っている。二年前、東から吹く邪悪な風が、川で洗濯していた友人のトゥリナをとらえた。彼女は〈森〉の病に冒され、よろめきながら帰ってきた。バスケットのなかの洗濯物が青灰色の花粉にびっしりとおおわれていた。トゥリナの母親は彼女を家のなかに入れてはならないと判断し、娘の着ていた服を火にくべると、娘を川に連れていって何度も沐浴《もくよく》させた。一方、女村長のダンカがただちにオルシャンカの町に早馬を走らせるよう手配した。

その夜、〈ドラゴン〉が村にやってきた。わたしはカシアの家に行き、裏庭から息を詰めて、トゥリナの家のほうを見守っていた。わたしたちは〈ドラゴン〉の姿を見ることはなかったが、トゥリナの家の二階の窓から青白い光があがるのをはっきりと見た。朝になると、トゥリナの叔母さんが近所の井戸端で、姪《めい》っ子はすぐによくなるだろうとわたしに言った。二日後、トゥリナはひどい風邪から快復したばかりの人のような疲労感をにじませて、村人たちの前にあらわれた。そして、父親が家のそばに井戸を掘ってくれたので、もう川まで洗濯に行かなくてもすむようになったと、うれしそうに話した。

でもあれは、〈森〉からの花粉を含んだ一陣の風がもたらした被害だった。今回は、わたしが物心ついてからいちばんたちの悪い〈森〉の憑依だ。多くの牛がひどい病にかかり、またたく間に穢《けが》れが拡がってしまう可能性があった。そうなったらもう手がつけられないだろう。

わたしたちがヤジーのことを話しているのを聞きつけたダンカが檻に近づいた。彼女はわたしの顔をのぞきこみ、単刀直入に聞いた。「ヤジーのためにできることはあるの?」

わたしにはダンカの心が読めた。もし穢れを祓《はら》えなければ、酷《むご》たらしい死がゆっくりとヤジーを苦しめる。〈森〉は、腐敗が倒木を喰《く》い尽くすように、人の体内に虚《うろ》をつくり、ひたすら毒をまき散らす恐ろしい怪物をそこに残す。もし、できることなどないと答えたら、わたしは無知で疲れきっていますと告白したら、その結果がどうなるかはわかっていた。ヤジーの憑依は深刻だ。そして〈ドラゴン〉が村に到着するまでに少なくとも一週間はかかる。となれば、ダンカは何人かの村の男たちに命じて、彼らをヤジーの家に向かわせるはずだ。彼らはクリスティナを避難させてから、家のなかにはいっていく。ふたたび出てきたとき、彼らは厚い経帷子《きょうかたびら》にくるまれたヤジーの遺体をかついでいる。その遺体はそのまま、穢れた牛たちを焼く炎のなかに投げこまれるだろう。

「試してみたいことがいくつかあります」わたしがそう答えると、ダンカはうなずいた。わたしは橇の荷台からそろりとおりた。「わたしもいっしょに行くわ」とカシアが言い、腕を添えて支えてくれた。言葉を交わさなくても、わたしに助けが必要だということを彼女は察してくれた。わたしたちは重い足どりでヤジーの家に向かった。

ヤジーの家は不便な場所に建っていた。柵囲いからもっとも遠い村のはずれで、林が小さな庭のぎりぎりのところまで迫っている。村の道は午後にもかかわらず、柵囲いに行こうとする人たちで混んでいた。前夜に積もった雪をざくざくと踏みしめて、わたしたちは歩いた。雪だまりを抜けようとするときにドレスのせいでひどくもたついたけれど、着替えのために魔力を使うくらいなら、それをもっと重要なときのために残しておきたかった。ヤジーの家に近づくと、彼の声が聞こえてきた。喉から絞り出すような、止《や》むことのないうなり声だ。一歩近づくたびに、そのうなりは大きくなる。勇気を奮い起こして、扉をノックした。

小さな家なのに、長いあいだ待たされた。ようやくクリスティナが扉をわずかにあけて、顔をのぞかせた。わたしがだれかわからないようだった。クリスティナ自身も以前とはすっかり変わっていた。両目の下に濃い紫のくまができ、おなかは赤ん坊を宿して大きくなっている。「アグニシュカが塔から助けに来てくれたわ」と言うカシアの顔を、クリスティナはじっと見つめ、わたしに視線を戻した。

かなりの間をおいて、クリスティナは「はいって」とかすれた声で言った。

玄関扉に近い部屋の暖炉のそばにロッキングチェアがあり、彼女はずっとそこにすわっていたようだ。おそらくは、村人たちがやってきてヤジーを連れ去るのを待っていたのだろう。奥にあるもうひと部屋とのあいだを仕切るのは、カーテン一枚きりだった。クリスティナはロッキングチェアに戻り、腰をおろした。家のなかにはいると、うめき声はさらに大きくなった。わたしはカシアの手を握りしめ、カーテンに近づいた。カシアが手を伸ばし、カーテンを引いた。

夫婦のベッドに横たわるヤジーは、丸太をつなぎ合わせたような、醜怪《しゅうかい》で鈍重な生きものに変わっていた。それでも、この動きの鈍さと体の重さが幸いしたようだ。ヤジーはロープで両手両足をベッドの四隅に縛りつけられていた。さらに腹の上にロープが渡され、ベッドを何周もして、起きあがれないように固定していた。つまさきが黒く変色し、爪は剝《は》がれ落ち、ロープにこすられる部分がぱっくりと開いている。ヤジーはロープに抗《あらが》いながら、うめいていた。舌が黒ずんでふくれ、いまにも口をふさいでしまいそうだ。わたしたちが部屋にはいると、ヤジーはぴたりと動きを止めた。頭だけ持ちあげ、わたしをまっすぐ見すえ、にやりと笑った。歯が血で染まり、白目が黄ばんでいる。ヤジーはケタケタと笑い出し、「なんて恰好してやがる」と言った。「この小生意気な魔女め。なんてざまだ、なんてざまだ！」禍々《まがまが》しい歌のように声が高くなったり低くなったりする。ヤジーがロープに逆らって上体を起こそうとした勢いで、ベッドが床から跳ねあがり、わたしのほうへわずかに移動した。彼はにたにた笑いながらわたしを見た。「アグニシュカちゃん、おいで、おいで、おいで〜」子どもの遊び歌のような節をつけて呼びかける。ぞくりとした。彼が上体を起こそうとするたびに、ベッドが床から跳ねて少しずつ近づいてくる。わたしは震える手で秘薬を入れた袋を開き、彼のほうを見ないようにした。〈森〉に憑依された人間にここまで近づいたのははじめてだ。カシアは、わたしの肩に手をかけたまま背筋を伸ばして立ち、悲鳴ひとつあげなかった。彼女がいなければ、わたしはきっと逃げ出していただろう。

〈ドラゴン〉がマレク王子を救うときに使った呪文は覚えていなかったが、料理や掃除でつくる切り傷や火傷を治療する呪文を教えられていた。それを低い声で唱えながら、ひと口分の霊薬《エリクサー》を大きなスプーンにそそいだ。鼻のひん曲がりそうな腐った魚の臭いがたちのぼる。カシアとともに用心しながらヤジーに近づいた。ヤジーはわたしのほうを向いて歯をカチカチと鳴らした。ロープに縛られた血だらけの手をよじり、わたしを引っかこうとする。わたしは怖《お》じけづいた。咬みつかれるのだけはぜったいにごめんだ。

カシアが「待って」と言い、もうひとつの部屋に行き、暖炉用の火かき棒と厚い革手袋を持ってきた。カシアが部屋にはいり、また出ていくのを、クリスティナがうつろな目で見つめていた。

わたしとカシアは火かき棒をヤジーの喉に渡し、両側から彼の体をベッドに押さえつけた。そして、恐れを知らないカシアが片手に革手袋をはめ、手を伸ばし、彼の鼻をつまんだ。ヤジーが頭を激しく振っても、けっして鼻から手を離そうとしなかった。とうとう、息苦しくなったヤジーが口をあけた。わたしはすかさず、ひと口分の霊薬を彼の口に流しこみ、さっと跳びのいた。ヤジーがあごを突きあげて咬みつこうとしたけれど、ヴェルヴェットの袖《そで》のレースを引きちぎられるだけですんだ。そのあいだも、震える声で呪文を唱えつづけた。カシアもすばやく逃れて、わたしのそばに戻ってきた。

霊薬がヤジーの体内にはいっても、マレク王子のときのようなまばゆい輝きは出現しなかった。それでも、恐ろしい呪詛《じゅそ》の声がやみ、霊薬の淡い光が喉を通過していくのが見えた。ヤジーがあおむけのまま体を左右にひねり、しわがれた抵抗のうめきをあげた。わたしは呪文を唱えつづけた。両目から涙がこぼれ落ちた。疲労困憊《こんぱい》していた。〈ドラゴン〉の塔に住みはじめたころ、疲れきって体調を崩したが、あのときよりひどい。それでも、目の前の恐怖の事態を変えられるかもしれないと思うと、呪文を中断するわけにはいかなかった。クリスティナがゆっくりと立ちあがり、ドアのところまで来た。その顔にかすかな希望が宿っていた。霊薬は熱い石炭のようにヤジーの腹にとどまって光りつづけ、胸や手首の血まみれの傷がふさがれていった。さらに呪文を唱えつづけていると、緑のもやもやしたものが霊薬の光の上に、満月にかかる叢雲《むらくも》のようにかぶさった。緑のもやもやはさらに増えつづけ、輝きを消すほどに濃くなった。ヤジーはじょじょに抗うのをやめて、ベッドの上で力を抜いた。わたしは呪文の声を落としていき、やがて沈黙した。かすかな希望をいだいて、じりじりとヤジーに近づいた。だが突然、彼は頭をもたげて、狂気に満ちた黄色い目をむいて、またもやわたしに言った。「もう一度やってみな、アグニシュカちゃん」犬のように空気に咬みつき、カチカチと歯を鳴らす。「ここに来て、もう一度やってみな。ここにおいで、おいで、おいで〜」

クリスティナが苦悶《くもん》の叫びをあげ、ドア枠に背中をあずけたまま、ずるずると床に崩れ落ちた。涙で目がひりひりする。失敗かもしれない……。悪寒とむなしさに体が震えた。ヤジーが不気味な笑い声をあげ、ふたたびベッドを揺すりはじめた。ベッドが跳ね、四本の脚が木の床をズシンズシンと打つ。前と同じだ……なにも変わっていない。〈森〉の勝利だ。穢れが進み、引き返せないところまでいってしまったのだ。「ニーシュカ?」カシアが悲しげな低い声でわたしに呼びかけた。わたしは手の甲で涙をぬぐい、やりきれない気持ちでもう一度、持参した袋のなかをのぞきこんだ。

「クリスティナを家の外に連れ出して」わたしは言った。カシアがクリスティナを助け起こし、外に連れ出そうとする。クリスティナは低い嗚咽《おえつ》をもらしていた。カシアが振り返って心配そうにわたしを見つめた。ほほえみを返したかったけれど、くちびるが思うように動かなかった。

ベッドに近寄る前に、厚いヴェルヴェット地の上《うわ》スカートを剝ぎ取り、それを顔に巻きつけた。窒息しそうなほど鼻と口をおおうように幾重にも布地を巻いた。それから息を深く吸って止め、灰色の液体が揺れる瓶の封印を破き、にやにや笑いながらうなっているヤジーの顔に、石化の秘薬をほんの少しそそぎかけた。

瓶の栓をすばやく閉め、ぱっと跳びのいた。そのときにはもう、ヤジーは息を吸いこんでいた。口と鼻に秘薬の煙がはいっていくのが見えた。彼の顔を束の間、驚きの表情がよぎり、つぎの瞬間には肌が灰色に変わり、石化がはじまった。ヤジーは口と目を開いたまま沈黙の淵《ふち》に沈んだ。体は完全に動きを止め、両手もその瞬間の位置に固定されたまま、ぴくりとも動かなくなった。穢れ特有の腐敗臭が消えていく。石が波のように彼の体を襲い、支配した。わたしは震えながら安堵《あんど》と恐怖を同時に味わった。いまは縛りあげられ、正気を失って猛々しい怒りに顔をゆがめた男の石像がベッドの上にある。

わたしはしっかりと栓をしたことを確かめてから、瓶を袋に戻し、家の扉をあけた。カシアとクリスティナが雪に足をうずめて立っていた。クリスティナの涙で濡《ぬ》れた顔に絶望が刻まれている。わたしはふたりを家のなかに招き入れた。クリスティナは狭いドアロからベッドの上の、生命活動を一時的に止めた夫をじっと見た。

「彼はどんな痛みも感じてないわ」と、わたしは言った。「時の流れすらも感じてない。だから苦しんでないことだけは、請け合うわ。そして、〈ドラゴン〉が穢れの取り除き方を知っていれば……」わたしは最後まで言えなかった。クリスティナが自分の体重を支えきれなくなったようにぐったりと椅子にすわり、うなだれた。わたしは、彼女のために誠意を尽くしたと言えるだろうか、全力を出しきったと言えるだろうか、そんな考えが頭をよぎった。「わたしには彼を救う方法がわからないの」わたしは声を落として言った。「でも……でも、もしかしたら、〈ドラゴン〉にはわかるかもしれない。だから待ちましょう。そこに賭ける価値はあると思うの」

ヤジーの家に静寂が訪れた。少なくともうめき声は聞こえず、穢れの臭いもしない。クリスティナの顔からうつろな表情が消えた。彼女はいま、自分の大きなおなかを見おろし、そこに手をあてがっている。臨月間近のおなかは、服を着ていても、なかの赤ん坊が動くようすがわかった。クリスティナはわたしを見あげ、「乳牛《ちちうし》は？」と尋ねた。

「焼かれたわ、ぜんぶ」と、わたしが答えると、彼女はまたうなだれた。夫もなく、牛もなく、おなかには赤ん坊がいる。もちろん、ダンカが彼女を助けようとするだろうけれど、これからは村のだれにとっても苦しい一年になるだろう。ふいに、あることを思いついて、わたしは言った。「わたしが着られそうな服はない？　これと交換してもらえない？」クリスティナが顔をあげた。「このドレスじゃ、あと一歩歩くのだって我慢できないわ」クリスティナが半信半疑のようすで、接ぎあてのある古い手織り布の服と、荒い毛織りの外套《がいとう》を持ってきた。わたしは喜んでヴェルヴェットと絹とレースで仕立てられた、やたらとかさばるドレスを脱ぎ、テーブルのかたわらに置いた。これなら牝牛《めうし》一頭を買えるぐらいの値がつくだろう。そしてこの村では、ドレスよりも乳を出す牛一頭のほうに高い価値がある。

　日が落ちるころ、わたしとカシアは家の外に出た。柵囲いの火はまだ燃えており、村の向こう端からオレンジ色の炎がたちのぼっていた。すべての民家から人が出払っている。薄い服地を通して冷気が滲《し》みこんできた。わたしは精根尽きはて、雪をかき分けていくカシアのあとからよろよろと進んだ。途中で、カシアが振り返って手を差しのべ、体を支えてくれた。わたしの胸にはひとすじの希望の光が差していた。すぐには〈ドラゴン〉の塔に戻れないのだから、母さんのところへ行って、〈ドラゴン〉が迎えにくるのを待とう――。この村にいるのだから、わが家に行くのは当然じゃないだろうか。「彼がやってくるまで、少なくとも一週間かかるわ」と、わたしはカシアに言った。「そして、ことによると、彼はわたしにうんざりして、このまま村に残しておこうと考えるかもしれない」そう言ったあとで、たとえ考えても口に出してはいけないことのような気がした。「まだだれにも言わないで」と、わたしはあわてて付け加えた。カシアが立ち止まって、わたしを両腕で強く抱きしめた。

「あたしは〈ドラゴン〉の塔に行くことを覚悟してたわ」と、カシアが言った。「この何年もずっと――自分は胸を張って行くんだと覚悟して生きてきた。でも、あなたが連れていかれるのには耐えられなかった。なにごともなかったみたいに毎日が過ぎていくのが……まるで、あなたが最初からここにいなかったみたいに――」カシアがぴたりと黙った。わたしたちは互いに手を握り、泣きながら、ほほえみながら、ふたりだけで立っていたのに、一瞬にして彼女の表情が変わり、わたしの腕をつかんでぐいっと引き寄せた。わたしは背後を振り返った。

そいつらは群れになって、木立の奥からゆっくりとあらわれた。硬い雪面を砕かずに歩ける爪の大きく広がった足で、歩調を乱すことなく近づいてきた。灰色の敏捷《びんしょう》なオオカミたちが近くの森で獲物を狩ったり、弱った羊を襲ったりすることはよくあった。でも、狩人を見れば逃げるのがふつうだった。いま近づいてくるのは、そんなオオカミとはちがう。白い毛が密生した背中はわたしのみぞおちぐらいまであり、ピンクの舌がだらりとたれ、大きなあごにぎっしりと歯が生えていた。巨大なオオカミどもは淡い黄色の目でわたしたちを——いや、わたしをじっと見た。最初に発病した牛にはオオカミのような咬み痕があったと、カシアから聞いたことを思い出す。

先頭で群れを率いるオオカミは、ほかのオオカミよりわずかに小さく、わたしのほうを向いて鼻をひくひくさせ、目をそらすことなく首を少し傾けた。さらに二頭が木立のなかからあらわれて群れに加わった。先頭のオオカミが司令を出したかのように、群れがわたしを扇形に取り囲んだ。これから狩りをする気だ。わたしを狩ろうとしている。「カシア」と、わたしは言った。「カシア、逃げて！　走って、早く！」心臓が激しく打つ。カシアの手を振りほどき、肩から吊《つる》した袋のなかをさぐった。「カシア、逃げて！」わたしは叫び、瓶の栓を抜いて、石化の秘薬を跳びかかってきた先頭のオオカミに投げつけた。

灰色の霧がオオカミのまわりに立ちこめ、わたしの足もとに岩のような大きなオオカミの石像がごろんと転がった。うなりをあげてわたしの足に咬みつこうとしたまま、あごが固まっている。灰色の霧の端をかすめたもう一頭は、しばらく前足で雪をかきながら、ゆっくりと石化した。

カシアはひとりで逃げなかった。いちばん近い民家、エヴァの家をめざして、起伏のある道のりを、わたしの腕をつかんで引っ張った。オオカミの群れから復讐《ふくしゅう》を誓うような遠吠《とおぼ》えがあがった。石像となった二頭の臭いを用心深く嗅いだのち、一頭が甲高く吠《ほ》えて、それを合図に全頭が集まった。そして、わたしたちのほうを向き、跳ねるように追ってきた。

エヴァの家まで来ると、カシアは庭の門扉《もんぴ》の奥にわたしを引っ張り、扉をばたんと閉じた。オオカミどもはまるでシカが跳ねるように門扉を軽々と跳び越えた。いま、〝火の心臓〟をなんの防御もなく、投げることはできない。そのすさまじい威力を目《ま》の当たりにしたばかりだ。へたをすれば村全体を、もしかしたら谷全体を焼き尽くしてしまうかもしれない。もちろん、カシアとわたしは焼け死ぬだろう。わたしは、〝火の心臓〟ではなく、小さな緑のガラス瓶を袋から取り出した。これでなんとか、わたしたちが家のなかにはいるまでオオカミどもの気をそらせないだろうか。いつだったか、わたしがこの秘薬の効果を尋ねると、〈ドラゴン〉はむっつりと「草を生やす」と答えた。いきいきとした緑の色合いにわたしは親しみを覚え、彼の実験室にある怪しく冷ややかな魔術の品々とはどこかちがうと思っていた。「おびただしい数の種をまく。畑を焼きはらったあとでないと、役に立たない」と、〈ドラゴン〉はつづけて言った。わたしがこの緑の秘薬を持ってきたのは、〝火の心臓〟に焼かれた土地に新たな牧草を生やせるかもしれないと考えたからだった。震える手で瓶の栓を抜いた。指先についたわずかなしずくから鮮烈な香気が立ちのぼった。春の若草や若葉をつぶしたような粘り気のある液体だ。わたしは手のひらのくぼみに秘薬をそそいで、雪におおわれた庭にまき散らした。

迫ってくるオオカミどもに、緑の蔓《つる》が、すでに枯れたはずの野菜畑から襲いかかった。太い蔓は蛇のようにすばやくオオカミどもをとらえ、足に巻きつき、わたしたちに到達する寸前の一頭を地面に引きずり倒した。一年が一分に凝縮されたように、あらゆる作物がいきなり生長しはじめた。豆やホップやかぼちゃがいたるところで芽を吹き、途方もなく大きく育ち、わたしたちの行く手をふさいだ。オオカミどもは緑の蔓と戦い、咬みつき、引き裂いていた。蔓はさらに太くなり、ナイフほどもある大きな棘を出した。一頭のオオカミが木の幹のようにふくらんだ螺旋《らせん》状の蔓に押しつぶされ、べつの一頭が重いかぼちゃの直撃を受けて倒れ、かぼちゃは地面にぶつかって破裂した。ぽかんと見ているわたしの腕を、カシアがつかんだ。わたしはオオカミどもに背を向け、彼女といっしょによろよろと歩いた。カシアがどうがんばっても玄関扉があかないので、わたしたちは小さな畜舎に向かった。雨除け程度の簡素な豚小屋だったけれど、なかに飛びこみ、扉を閉めた。なかはからっぽだった。そしてここにも、干し草用のフォークはなかった。柵囲いの戦いのために持ち出されたにちがいない。武器として使えそうなものは、薪割り用の小さな斧《おの》しか残っていなかった。カシアが扉に閂《かんぬき》をかけるあいだ、わたしは選ぶ余地もなく斧を手に取った。生き残ったオオカミどもが爆発的に緑が生長した畑から逃れ、わたしたちのほうに近づいてきた。後ろ肢立ちになって扉に爪を立てたり咬みついたりする音がひとしきりつづき、ふいに不気味な沈黙が訪れた。つぎにオオカミどもが移動する足音が聞こえた。そして一頭の遠吠えが、畜舎の扉とは反対側の、小さな高窓の外から聞こえた。わたしたちはびくっと振り返った。三頭のオオカミが小さな高窓からつぎつぎに跳びこんでくる。残りのオオカミが窓の外で遠吠えを繰り返した。

頭のなかがまっ白になった。教わった呪文のなかからオオカミを撃退できそうなものをなんとか思い出そうとした。あの緑の秘薬のおかげでわたしにも活力がよみがえったのかもしれないし、破れかぶれの底力だったのかもしれない。わたしは疲れから回復し、もう一度呪文を使えそうな気がしてきた。なのに、肝心の呪文が浮かんでこない。ふと、〝ヴァナスターレム〟なら鎧《よろい》を呼び出せるんじゃないかと考え、当てずっぽうに、台所の包丁を研《と》ぐ呪文とごちゃまぜにしてみた。「ロータータレム……？」唱えるのと同時に、足もとにあった古びたブリキの水飲み皿をつかみ取った——それがどうなるかなんて見当もつかず、なんとかなれと祈るような気持ちで。きっと魔法がわたしと魔法自身を救おうとしたのだろう。水飲み皿が突然、平らに延びて、大きな厚い鋼鉄の楯《たて》に変わった。オオカミどもがまさに襲いかかってくる瞬間、カシアとわたしは畜舎の隅っこで楯の後ろにうずくまった。

カシアがわたしの手から斧を奪い、端からまわりこんでくるオオカミの前肢や鼻づらに斬《き》りつけた。ふたりで楯の持ち手を必死に握りしめ、オオカミたちに奪われないようにした。そのとき一頭のオオカミが――オオカミがだ！――畜舎の扉に近づき、鼻先で閂の横木を押し出し、扉をあけた。

こうして群れの残りのオオカミまで畜舎にはいってきた。もうどこにも逃げられない。ここで使えそうな秘薬はない。カシアとわたしは身を寄せ合って楯にしがみついた。そのとき、背後の壁がいきなりめりめりめりと裂けて、わたしとカシアは雪の上に投げ出され、見あげるとそこに〈ドラゴン〉がいた。オオカミどもが高い声で吠え、新たな敵に襲いかかろうする。〈ドラゴン〉は片手をあげて、長い呪文をひと息で唱えた。オオカミどもが宙に跳んだまま、いっせいに砕けた。おぞましい音を立てて骨が砕け、息絶えたオオカミどもが雪の上につぎつぎと折り重なった。

カシアとわたしは、オオカミの死体がどさどさと降ってくるあいだも、まだお互いにしがみついていた。〈ドラゴン〉を見あげると、怒りのまなざしで見おろしてきた。怒声が飛んだ。「この愚かしい事態はぜんぶきみのせいか。このとことんとんまの役立たずの頭のイカレた小娘のばかた――」

「危ない！」カシアが叫んだが、遅かった。足を引きずった、背中がかぼちゃ色に染まった最後の一頭が、庭の塀《へい》を越えて跳びかかってきた。〈ドラゴン〉は振り返ると同時に短い呪文を放ったが、オオカミの前肢の爪が彼の前腕を引っかいた。オオカミは死に、鮮血が彼の足もとに三滴こぼれ、雪を赤く染めた。

〈ドラゴン〉が片手で肘をつかんで、地面に膝をついた。毛織りの黒い服の袖が裂けている。引っかき傷の周辺が、穢れのしるしである濃い緑色に変わりつつあった。その禍々しい色は、彼がしっかりと指でつかんだ肘から心臓のほうへは拡がっていない。穢れに抗うように彼の指が淡い光を発しているが、前腕の血管がみるみる腫《は》れていく。わたしは袋に手を突っこみ、霊薬《エリクサー》の瓶を取り出した。飲むために手渡そうとすると、「ここにかけろ」と、彼が歯を食いしばりながら言った。わたしは霊薬を彼の前腕にそそいだ。わたしもカシアも〈ドラゴン〉自身も息を詰めて見守った。しかし、黒ずんだ緑色が消えることはなく、ただ拡がる速度が遅くなっただけだった。

「塔へ」と、〈ドラゴン〉が言った。ひたいから汗が噴き出し、口をきくのもやっとなほどだ。「いいか、こうだ。〝ゾキネン・ヴァリース、アケネズ・ヒニース、コズホネン・ヴァリース〟」

わたしは〈ドラゴン〉をまじまじと見つめた。まさか、このわたしに瞬間移動の呪文を唱えさせるつもり？　そこまで信用していいの？

しかし、彼はそれ以上なにも言わなかった。持てるかぎりの力で穢れを押し返そうとしているのだ。そしてわたしは、いまになって、かつて彼が言ったことを思い出す。たとえ未熟で役立たずの魔女だろうが、魔力を持つものが〈森〉に憑依されたら、恐ろしい怪物に変わる――。だとしたら、王国屈指の魔法使い〈ドラゴン〉が憑依されたとき、いったいどんな恐ろしいことが起きるんだろう?

わたしはカシアのほうに向き直ると、袋から〝火の心臓〟の瓶を取り出し、彼女の手に押しつけた。「ダンカに伝えて――かならず塔に使者を送るようにって」覚悟を固め、これからすべきことを手短に伝えた。「使者が塔に着いたとき、わたしたちふたりが出てきて、万事うまくいっていると言わなければ……いいえ、わたしたちに少しでも怪しいところがあれば……これで塔を焼きはらって」

カシアはわたしのことが心配でたまらないと目で訴えながらも、了承のしるしにうなずいた。わたしは〈ドラゴン〉のかたわらに膝をついた。彼はわたしに「それでよし」と言い、念を押すようにカシアを一瞥《いちべつ》した。自分のもっとも恐れることがけっして思い過ごしではないことを、わたしは確信した。彼の腕をつかんで目を閉じ、塔の部屋を思い描く。そして、呪文を唱えた。

6
癒やしの魔術、幻影の魔術

わたしは〈ドラゴン〉をわきから支え、塔の廊下を進んで、自分の小さな寝室にたどり着いた。ここから脱出したときのまま、部屋の窓から絹のドレスでつくったロープがぶらさがっていた。わたしたちが着いたのは塔の最上階で、ここから長い階段をくだって彼自身の寝室まで彼を連れていくのはとうてい不可能だった。ベッドに寝かせるときでさえ、その体はとてつもなく重かった。彼は穢《けが》れが拡がるのを防ごうと、傷ついた腕をもう一方の手で押さえつづけていた。わたしは彼の頭を枕に乗せ、顔をのぞきこんだ。心配でたまらない。なにか言ってくれない？　これからなにをしたらいいのか教えて……。なにも返ってこなかった。彼の目は天井を向いているのに、なにも見ていなかった。オオカミの爪で裂かれた傷が、もっともたちの悪い毒蜘蛛《どくぐも》に咬《か》まれたように腫《は》れあがっていた。呼吸は荒く、彼の指がつかんでいるところより下の前腕が禍々《まがまが》しい緑に――ヤジーの皮膚と同じ緑に変わり、爪が黒ずみはじめている。

わたしは書斎をめざして階段を駆けおりた。急ぐあまり足をすべらせて血がにじむほど皮膚をすりむいたのに、そのときはなにも感じなかった。書斎には膨大な量の書物がいつものように美しく整然と、どんな要求にも応えてみせると言いたげに並んでいた。近ごろでは、一部の書物には親しみを覚えるようになっている。以前なら、自分の舌にうまく乗らない呪文《じゅもん》ばかりをおさめた本を宿敵と見なし、羊皮紙のページに触れるだけで指が痒《かゆ》くなるようないやな感じがしたものだ。わたしは梯子《はしご》をのぼり、何冊かの本を書棚から抜き取った。片っぱしからページをめくって調べてみたが、なんの成果も得られなかった。キンバイカの葉を蒸留してつくる精油にさまざまな効用があるという記述を見つけたけれど、今回は使えそうにない。薬瓶を正しく密封する六種類の方法について読んでいるうちに、こんなものに時間を費やしていることが腹立たしくなってきた。

それでも無駄な努力をつづけたおかげであせりが遠のき、少しは頭がはたらくようになった。つまり、〈ドラゴン〉がわたしの教科書代わりに使ったこういう本のなかに、この一大事を乗り切るための答えはまず見つからないだろう、と気づいたのだ。〈ドラゴン〉自身が、こういう本に書かれているのは単純な呪文やどうでもいいことばかりで、ちょっとでもおつむのまわる魔法使いならすぐに覚えてしまうだろう、と言っていた。それくらい初級の魔法書なのだ。わたしは心もとなく、〈ドラゴン〉自身の読む本がおさめられた書棚のほうに向かった。それらの本にはぜったいに触れるなと厳命されていた。革表紙に金文字の書名が型押しされた新しい本、触れるだけで砕けてしまいそうな古い本――。縦寸法がわたしの腕の長さくらいある大きな本も、手のひらにおさまるほど小さな本もある。わたしは本の背表紙に指をすべらせ、勘にまかせて小さな一冊を引き抜いた。ページのあいだにびっしりと紙がはさまれている。すりきれた革表紙に、簡素な文字で書名が刻印されていた。

その中身は、細かな手書き文字で綴《つづ》られた、魔法に関する覚え書きだった。筆跡にくせがあり、省略語もいっぱいあって、最初は読むのに苦労した。一方、どのページにも一枚、ときには複数のメモがはさまれていた。そのメモは〈ドラゴン〉の筆跡によるもので、それぞれの呪文について自分のしたことが何種類も具体的に、つぎの計画まで添えて書きとめられていた。これまでの本より期待できそうに思えたのは、そのメモから彼の声が語りかけてくるような気がしたからだ。

本には、傷の治療と消毒の呪文が十種類以上も書きつらねてあった。病気や壊疽《えそ》などによる損傷を治すための呪文で、邪悪な穢れに対する魔術ではないけれど、試してみる価値はありそうだ。わたしはひとつの処置に関する項を読み進んだ。毒された傷口を切開し、ローズマリーとレモンピールで湿布をほどこすこと、そこに〝息を吹きこむ〟こと――。〈ドラゴン〉がこの魔法について、四枚の紙にびっしりとメモをとっていた。横線で区切りを入れながら、五十種類ほどの手法の変化が克明に記録されている。たとえばローズマリーの量の変化――摘《つ》みたてか乾燥させたものか、レモンの量の変化――果肉の外のわたは入れるのか入れないのか。使うナイフは鋼鉄か鉄製か、呪文はあれかこれか……。

どの試みが成功したのか、結果は書かれていなかった。でも、ここまで彼が熱心に取り組むなんて、よほど役に立つと見こんだからじゃない？　いまわたしに必要なのは、ほんの二言、三言でいいから、言葉を口に出せるようになるまで彼を回復させること。それからは彼の指示どおりにすればいい。わたしは台所に駆けおり、吊《つる》してあったローズマリーと一個のレモンを手に取った。清潔な果物ナイフと洗いたてのリネンを用意し、鍋でお湯を沸かした。

それから、おそるおそる石のまな板にのった大きな肉包丁を見おろした。もしわたしになにもできなければ、会話できるまで彼の体力を回復させられなければ、いったいどうなってしまうんだろう？　うまくいくかどうかはわからない。腕の傷を切開するなんて、ほんとうにできるの？でも、わたしはベッドに横たわるヤジーの姿を見てしまった。小道ですれちがうときにはいつも会釈《えしゃく》をしてくれた、哀しげでもの静かなかつての姿からは想像もつかない、全身が樹皮のようにひび割れた怪物に変わりはてたヤジーの姿を。クリスティナの魂を抜かれたような顔もよみがえってくる。わたしはつばをごくりと呑《の》み、肉包丁をつかんだ。

よけいなことは考えないと心に決めて、果物ナイフと肉包丁を砥石《といし》で研《と》いだ。そして、用意したほかの品々といっしょに、塔のてっぺんの部屋まで運んだ。窓もドアも開け放っているのに、小さな部屋には穢れのおぞましい腐臭が立ちこめていた。胃がひっくり返りそうな、すさまじい臭いだ。〈ドラゴン〉が穢れに冒されていくのをただ見ているなんて、まっぴらだった。彼の鋭い切れ味がなまっていくところを、その辛辣《しんらつ》な舌が怒鳴ったり毒づいたりするのを忘れていくところを、ぜったいに見たくなかった。彼の呼吸はいっそう浅くなり、両目はなかば閉じられ、顔色はひどく青ざめていた。わたしはリネンで彼の片腕を巻き、きつく縛った。レモンの皮を太めの幅にむき、ローズマリーの葉を茎からしごきとり、すべてを砕いて熱い湯のなかに落とした。たちまち鮮烈な芳香が立ちのぼり、腐臭を追いはらった。わたしはくちびるを嚙《か》みしめ、覚悟を固め、腫れあがった傷を果物ナイフで切り開いた。濃い緑の粘液が噴《ふ》き出してきた。そこに何杯もカップでお湯をそそいで、ようやくきれいになった傷口に香草とレモンの皮をのせ、リネンでしっかりと包んだ。

〈ドラゴン〉のメモには〝息を吹きこむ〟とどうなるかについてなにも書かれていなかったが、わたしはベッドに身をかがめ、呪文を唱えながら傷口に息を吹きかけた。あれもこれもと、いくつもの呪文を試した。どれもみな、わたしが口にすると、ぎこちなくて、ぼんやりして、当たりを引いたという感じがしなかった。そして実際、なにも起こらなかった。みじめな気持ちで、もう一度、本の書き手の難解な文字を目で追った。下線の引かれた箇所にこう書いてある――「**カ**

イとティハスは善き歌のように唱えるがよし。効果絶大なり」。〈ドラゴン〉の呪文は、音節がさまざまに変化して、それぞれがからみつくように連結し、長い複雑なフレーズをかたちづくる。それがいつも、わたしの舌をつまずかせた。わたしは彼のやり方をまねるのをあきらめ、もう一度身をかがめて、「**ティーハス、ティーハス、カイ・ティーハス、カイ・ティーハス**」と歌うように何度も唱えた。繰り返しているうちに、それはいつしか、百年以上も生きながらえた命を言《こと》祝《ほ》ぐための歌のようになった。

奇妙な言葉なのに、そのリズムは単純で親しみやすく、心を安らかにしてくれた。わたしはそこに込められた意味について考えるのをやめた。考える必要などなかった。呪文がわたしの口を満たし、カップの水のようにあふれ出した。正気をなくしたヤジーの笑いと、〈ドラゴン〉の体内の淡い光をかき消す毒々しい緑の雲のことが頭から遠のき、歌の心地よいリズムが家族と笑顔で囲む祝いの食卓の思い出を呼びさました。そしてついに、魔力があふれ出した。それは、〈ドラゴン〉と呪文の稽古をするときのように、一回だけわたしから飛び出していく魔力ではなかった。呪文を唱える声がまるで川の流れのように魔力を運びつづけていた。自分がけっして涸《か》れることのない水差しを持って川辺に立ち、淡い銀色の水を早瀬にそそぎつづけているような気がした。

両手の下からローズマリーとレモンがいっそう鮮烈に香り立ち、穢れの腐臭を圧倒した。傷口からどくどくと緑の粘液があふれ出してきた。腕の変色が引いていかなければ心配になってしまうほど、すさまじい勢いで粘液が噴出する。それとともに皮膚から緑の色合いが引いて、黒ずんで腫れあがった血管がもとに戻っていく。

息をするのがだんだん苦しくなってきた。でも、終わりが近いことはなんとなくわかった。わたしの仕事はもう終わったのだ。歌うように唱えていた呪文をゆっくりと収束させ、最後は高音と低音のあいだをなめらかに行き来するハミングに変えた。〈ドラゴン〉の肘からもれる淡い光が力強い輝きに変わった。そして突然、肘をつかんだ彼の指からいくすじもの光が放たれ、血管を走り抜け、その支流に広がった。腐敗は一掃された。傷口がふさがり、皮膚の色が完全にもとどおりになった――つまり、日光に当たらない人特有の不健康そうな青白い肌に。でも、これがいつもの彼なのだ。

わたしは息を詰めて、この期待以上の効果を見守った。全身にも変化があらわれていた。彼は深く息を吸いこみ、天井を見あげて、まばたきした。その目に意識が戻っていた。肘をきつくつかんだ指が一本、また一本と離れていく。安堵《あんど》するあまり、泣きそうになった。まだ信じられない気持ちと希望が渦巻いた。わたしはベッドのかたわらにひざまずき、彼の顔を見つめてくちびるに笑みをつくろうとした。彼がわたしを見つめ返してきた――驚きの入り交じった、怒りの表情で。

〈ドラゴン〉はもがきながら枕から頭をもたげ、上体を起こした。ローズマリーとレモンの湿布を腕から剝《は》ぎ取り、つかんだ湿布を信じられないという面持ちで見つめた。体を折って、自分の脚の上にのった小さな覚え書きの本を手に取った。施術しながらいつでものぞけるように、わたしがそこに置いたのだ。彼は開かれたページの呪文を見つめ、本を返し、自分の目を疑うように背表紙を確かめたあと、わたしに向かってまくしたてた。「なんだこれは！　ありえない！　ぼんくらの手に負えるわけがないんだ！　きみはいったいなにをした？」

わたしはむっとして、床に膝をついたまま背中を起こした。なによ、その言い方！　わたしはあなたの命を救っただけじゃなくて、最悪の運命からあなたを救ってあげたのよ。〈森〉が憑依《ひょうい》して、あなたから生まれたかもしれない魔物から、この王国を救ったんだから……。「じゃあ、なにをすればよかったの？」わたしは気色《けしき》ばんで言った。「なにをすればいいかなんて、わたしにわかるわけないわ。でも、とにかく効いたのよ、そうじゃない？」

なぜか彼はこれを聞いて逆上した。ベッドから起きあがり、手にした本を部屋の壁に向かって投げつける。本にはさまれていたメモが散らばった。〈ドラゴン〉は無言で廊下に飛び出した。「わたしに感謝するのね！」わたしは彼の背中に叫んだ。わたしもかんかんに怒っていた。でも、〈ドラゴン〉の足音が消えてすぐ、彼がけがを負ったのはわたしの命を救おうとしたからだったと思い出した。彼はわたしを助けに来るために、きつい長距離の瞬間移動を自分に強いたのだ。

そう考えると、ますます気持ちが落ちこんだ。無理して部屋を掃除し、ベッドを整えてみたが、同じだった。飛び散った汚れは取れそうにないし、なにもかもそこはかとなく変な臭いがする。とうとう、今回にかぎり魔法を使おうと決心した。〈ドラゴン〉から教えられた呪文のひとつを唱えようとしたが、ふと思い直し、部屋のすみっこに落ちているあの覚え書きの本を拾い、使えそうな呪文はないかとさがしてみた。〈ドラゴン〉がわたしに感謝しなくても、わたしはこの小さな本と、これを書いた過去の魔法使いだか魔女だかに感謝している。ありがたいことに、部屋を浄化する魔法がすぐに見つかった。「**〝ティーシュタ〟は仕事の手順を示しつつ、節をつけて歌うがごとく唱えるがよし**」わたしはその呪文を、頭のなかで、小鳥のさえずりのように節をつけて唱えた。呪文を唱えながら、汚れて湿ったベッドの上掛けをめくった。部屋の空気がひんやりしたが、肌を刺すような寒さではなく、むしろすがすがしかった。呪文を終えたときには、シーツも枕も上掛けも洗濯したてのようにぱりっとして清潔になり、上掛けからはまるで夏の干し草のようなさわやかな香りがした。いま一度ベッドを整え、よっこらしょと腰をおろし、はっとした。心の底にたまっていた憂鬱《ゆううつ》の澱《おり》が消えている。それといっしょに、体じゅうから力が抜けてしまったみたいだ。わたしはベッドに横たわり、上掛けを引きあげるだけで残りの力を使いはたし、そのまま眠りに落ちた。

そして、安らかに、おだやかに、ゆっくりと目覚めた。窓から差す日を浴びながら、ぼんやりとした頭が、〈ドラゴン〉がこの部屋にいるという事実をじょじょに呑みこんでいった。

　彼は窓辺の小さな椅子に腰かけ、わたしを怖い目で見つめていた。わたしは上体を起こし、目をこすり、彼を見つめ返した。彼の手のなかに、あの小さな覚え書きの本がある。「なぜ、これを選んだ？」彼がきつい口調で尋ねた。

「メモがいっぱいはさんであったからよ！　だから、重要な本にちがいないと思ったの」

「重要なものか！」彼はそう言ったが、激しい怒りが嘘《うそ》を暴いていた。「こんなもの、役に立つはずがない。これが書かれてからおよそ五百年間、ずっと役に立ったためしがなかった。百年間を研究に費やしても、役に立たないということ以外、なにもわからなかった」

「そう。でも、きょうは役立たずじゃなかったわ」わたしは胸の前で腕を組んだ。

「ローズマリーをどれだけ使った？」彼が尋ねた。「レモンはどれくらいだ？」

「あなたは一覧表の素材をあらゆる量で試してたわね！　それって、あんまり重要な問題じゃないと思うの」

「しくじってばかりのまぬけに意見されるとはな！　あの一覧表じたいがまがいものなんだ」〈ドラゴン〉が怒鳴った。「あの組み合わせでは、まったく効果がなかった。どれもこれも、なにを混ぜても、どんな呪文を唱えても――きみはいったいなにをしたんだ?」

わたしは彼をじっと見つめた。「いい香りがするような量を使っただけ。お湯にひたしたら香りが強くなったから、同じページにあった呪文を唱えたの」

「ここには呪文なんかない! 短い音節がふたつきりだ、こんなものに魔力が――」

「歌うように唱えつづけたら、魔力があふれてきたわ。あなたが生きてきた長い歳月を言祝ぐように歌ったらね」この言葉に、彼は顔をまっ赤にして憤慨《ふんがい》した。

それから一時間、どんなふうに呪文を唱えたかについて微に入り細を穿《うが》ち尋ねられた。彼はますますいらだった。どんな質問にも、わたしがまともな答えを返せなかったからだ。彼は正確な音節と反復の回数について知りたがった。彼の腕にどれくらい近づいたのかを知りたがった。ローズマリーの枝の数、レモンの皮の量……。そういったことに精いっぱい答えようとしたけれど、努力しながらも、すべてがまちがっているような気がしてきた。そしてとうとう、かりかりしながらなにやら書きつけている〈ドラゴン〉に向かって、わたしは言った。「でも、こんなことは、どれひとつだいじなことじゃないわ」彼が頭をもたげ、剣呑《けんのん》な目でわたしをにらんだ。でも、わたしは言うのをやめなかった。理屈ではなく、確信があったからだ。「それはつまり……たんなる道よ。目的地に通じる道はひとつじゃないわ」彼のメモを手で示して言った。「あなたは大通りをさがしてる。でも、そんなものはないわ。道を見つけるのって、林できのこや木の実やイチゴをさがすようなものよ」思わぬ言葉が口を突いて出た。「大通りじゃなくて、木立や茂みを抜けていく道を見つけなければ……。そして、それは毎回、ちがうんだわ」

わたしは誇らしく言葉を締めくくった。自分なりに納得のいく説明にたどり着けて、うれしかった。ところが、〈ドラゴン〉はペンを投げ出し、椅子の背に乱暴に背中をあずけた。「たわごとを抜かすな」ため息のような声をもらし、鬱憤のこもったまなざしを自分の腕に向ける。まるで、自分がまちがっていたことを認めるくらいなら、穢れが戻ってきたほうがましだと思っているみたいに。

彼はじろりとわたしをにらんだ。わたしだって、いいかげん腹が立ってきた。喉が渇いて、おなかがぺこぺこで、クリスティナからもらった古い手織り布の服は片方の肩が出てしまうので、ちっとも暖かくならなかった。うんざりして立ちあがり、彼の怖い顔も気にせずに告げた。「わたし、台所に行くわ」

「勝手にしろ」彼はぴしゃりと言い返し、足早に書斎に向かった。それでも、自分の疑問に答えが見つからないことに我慢がならなかったようだ。わたしがチキンスープをつくっていると、水色の革表紙に銀文字を型押しした、新たな美しい大型本を持って台所にあらわれた。彼はその本をテーブルのまな板の横に置き、断固とした口調で言った。「いいだろう、きみと療術《りょうじゅつ》の相性がよいことは認めることにする。だからこそ、きみは適正な呪文を直観で見つけた——たとえ、あとから正確に思い出せないまぬけだとしても。そして、きみが魔法のあらゆる分野において能なしである理由もここにある。つまり、療術というのは魔術のなかではかなり特殊な枝葉にすぎない。しかし、もし療術の訓練だけに絞りこむなら、きみはそれなりの進歩を遂げるかもしれない。さて、そういうことだ。まずはグローシュノの初級呪文からはじめることにしようか」彼はその美しい本に手を伸ばした。

「昼食を食べてしまうまでは、そんな気になれないわ」わたしはにんじんを切る手を休めずに言った。

彼は小声で、手に負えない強情者だとか、そんなことをぶつぶつ言った。わたしは取り合わなかった。わたしができあがったスープを椀《わん》によそってテーブルに置くと、彼は満足そうに飲んだ。スープにはパンもひと切れ添えた。そのパンを焼いたのはまだおとついのことだ。自分が塔から離れていたのが、たったの一昼夜だったなんて信じられない。まるで千年の月日が流れたような気がした。「キメラ獣はどうなったの?」わたしもスープを口に運びながら尋ねた。

「ヴラディミールがぼんくらでなくて、助かった」〈ドラゴン〉が魔法で取り出したナプキンで口をぬぐいながら言った。ヴラディミールが黄の沼男爵のことだと気づくまで、少し時間がかかった。「ヴラディミールは早馬を送り出したあと、仔牛《こうし》を餌《えさ》に、彼の軍団の槍《やり》兵を使って魔物を黄の沼領の端まで追いこんだ。十名の槍兵が命を落としたが、魔物は山越えの道から馬で一時間とかからない距離まで近づいた。そのおかげで、わたしはすぐにそいつを仕留めることができた。小さなキメラ獣だった。小馬ほどの大きさしかなかった」

〈ドラゴン〉の厳しい口調が腑《ふ》に落ちず、わたしは尋ねた。「それのどこがまずいの？」

彼はいらだってわたしを見返した。「罠《わな》に決まっているだろう」頭のはたらく人間なら気づいて当然だと言いたげだった。「ドヴェルニク村に穢れをまき散らし、村を壊滅させるまで、わたしを遠ざけておこうというもくろみだった」彼は自分の腕を見おろし、手を開いたり結んだりした。すでに緑の毛織り地で袖口《そでぐち》に金の留め具のあるシャツに着替えていて、腕は隠されている。そこにまだ傷痕があるのかどうかも、わたしにはわからなかった。

「それじゃあ」と、思いきって尋ねた。「わたしが村に行ったのはよかったのね？」

〈ドラゴン〉が真夏の日なたに置きっぱなしのミルクを飲んだときのような顔になる。「よくも言えたものだな。五十年分にも相当する貴重な秘薬をわずか一日足らずで使いきっておきながら。そこまでたやすく使えるものなら、それぞれの村長に五、六瓶あずけておけば、わたしがわざわざ谷の村々まで出向く必要もないじゃないか――そういうことを、きみは考えつきもしないのか？」

「どんな貴重な秘薬だろうと、人の命よりたいせつであるはずがないわ」わたしは言い返した。

「きみが救おうとした命に百年の価値はない。これからせいぜい三ヵ月しか生きられない命だ」

〈ドラゴン〉が言った。「いいか、よく聞いておけ。わたしはいま、ひと瓶の〝火の心臓〟をつくっている。国王から金貨を提供されて着手したのは六年前だ。仕上げるまでにあと四年はかかる。それまでにわたしの手もとにある備蓄を使いきってしまったら、なにが起こると思う？ローシャ国は寛大にもわれわれが飢えないように畑を焼きはらうのを控えるだろうか。わがポールニャ国が和平を請い、いずれは見返りをあたえるだろうと見なし、攻撃してこないだろうか。きみが使ったほかの秘薬にも、同じくらいの費用と手間がかかっている。ローシャ国には秘薬をつくれる熟練の魔法使いが三人。一方、わがポールニャ国にはふたりしかいない」

「でも、いまはローシャ国と交戦してるわけじゃないわ！」わたしは納得しなかった。

「春が来れば、また戦争になるだろう。〝火の心臓〟と〝石の肌〟を浪費したことが歌になってローシャ国まで伝われば、やつらはいまなら優勢に戦えると考える」彼はここで一拍おき、含みを持たせるように言った。「あるいは、ポールニャ国には〈森〉の穢れを浄化できる強力な療術師《ヒーラー》がいるという歌がローシャ国まで伝わる。やつらはこう考えるだろう──その療術師がなおも修業を積むなら、いま戦わなければ、すぐにも敵方に分《ぶ》が傾くだろうと」

わたしは口のなかのパンをごくりと呑みくだし、スープの椀に視線を落とした。〈ドラゴン〉は、ローシャ国がわたしのせいで戦争を仕掛けてくると言っている。わたしがしたことのせいで、もしくは、わたしがするかもしれないと彼らが想定することのせいで、戦争がはじまると。

そう聞いても、現実感が湧いてこなかった。でも一方、〈ドラゴン〉が不在のときに、谷の村々から烽火《のろし》があがるのを見たときの恐怖がよみがえる。愛する人たちを助けたいのに、自分がどんなに無力かをわたしは思い知らされた。秘薬を持ち出したことはいまも後悔していない。けれどもうこれ以上、自分が呪文を習得できるかどうかがたいしたことじゃないなんて、そんなふりをすることはできなくなった。

「わたし、ヤジーを助けられると思う？　もちろん、魔法の修業を積んだらっていう話だけど、わたしにできると思う？」わたしは彼に尋ねた。

「完全に穢れに冒された男を助けるだって？」〈ドラゴン〉は顔をしかめて、わたしをにらんだ。でも、しぶしぶのていで、これだけは認めた。「まあ、きみは、わたしを助けられなかったわけじゃないからな」

わたしは残りのスープを飲みほすと、椀をわきへのけ、傷とくぼみだらけのテーブル越しに彼を見つめて、きっぱりと言った。「いいじゃない、やってみましょうよ」

残念なことに、魔法を学びたいという意欲と魔法の上達は完全にべつものだった。わたしはグローシュノの初級呪文に手こずり、メトローダの召喚《しょうかん》魔法を試しても、なにひとつ呼び出せなかった。それから三日間、〈ドラゴン〉は療術の呪文だけに絞った特訓をわたしに課した。でも結局、前と同じように失敗ばかりで、なにかがまちがっているとしか思えなかった。ついに四日目の朝、わたしは意を決して、あの小さな覚え書きの本を手に、ずかずかと大股歩きで書斎にはいった。〈ドラゴン〉は眉をひそめたけれど、わたしは彼の目の前のテーブルに本を置いて言った。「なぜ、この本から教えてくれないの?」

「教えられないからだ」彼はにべもなく返した。「彼女の単純きわまりない呪文のいくつかを、どうにか使えそうなかたちにまとめることはできた。しかし、どれもこれも高度な魔術ではない。どれほど彼女の悪名がとどろいていようが、実際には、この本にはなんの価値もない」

「悪名が……とどろく?」わたしは本を見おろした。「これを書いたのはだれ?」

彼は顔をゆがめ、「バーバ・ヤガーだ」と答えた。ぞくりとした。〝妖婆《ようば》ヤガー〟はとうの昔に死んでいる。彼女についての歌もあるにはあるが、旅の歌唄《うた》いたちはそれらを用心深く、夏の昼間にしか歌おうとしない。バーバ・ヤガーは五百年前に死んで、墓に埋められた。ところがいまから四十年前のこと、ローシャ国の生まれたばかりの皇子《おうじ》の洗礼式に、死んだはずのヤガーが姿をあらわした。バーバ・ヤガーは立ちはだかる衛兵六人をヒキガエルに変えて、ふたりの魔法使いを眠らせ、赤ん坊の皇子の前に進み出て、しかめっつらでその顔をのぞきこんだ。そしてまた背筋を伸ばすと、怒りの叫びをあげた。「われ、時の流れからはじき出されたり!」そして、雲のような煙とともに姿を消したという。

つまり、一度死んだからといって、バーバ・ヤガーみずから呪文の覚え書きを取り返しにこないという保証はないということだ。でも、〈ドラゴン〉は、それにおびえるわたしにいらいらして言った。「子どもみたいな泣きっつらはやめろ。世間がなにを妄想しようが、バーバ・ヤガーは死んだ。もし、彼女がほんとうに時の冥界《めいかい》をさまよっているのなら、自分の噂話《うわさばなし》をこそこそ盗み聞いてまわる程度ではすまないはずだ。この本を手に入れるために、わたしは法外な大金と手間を費やした。この手に落ちたときはうれしかった。しかしそのあと、中身が未完成だと知ってはらわたが煮えくり返ったがな。これは彼女が覚え書きとして使った、ただの雑記帳にすぎない。実際の呪文に関して、具体的なことはなにひとつ書かれていない」

「わたしが試した四つは、みごとに効果があったわよ」わたしは彼を見つめた。

彼はまったく信じず、では目の前で実際にやってみせろという話になった。そこで、いくつかやってみせたが、どれもみなよく似かよっていた。つまり、呪文としぐさと薬草などの組みあわせ。特別なものはなにもいらない。呪文は厳密でなくてもいい。実際に試してみると、〈ドラゴン〉が言ったとおり、バーバ・ヤガーの呪文は人には教えられない種類のものだった。わたし自身が、その呪文を唱えたときになにをしたのか思い出すことができないのだから、その手順を選んだ理由を人に説明できるわけがない。それでも、厳格で複雑きわまりない〈ドラゴン〉の呪文に苦労したわたしに、ヤガーの呪文は言いようのない解放感をあたえてくれた。わたしが最初に言ったことはまちがっていない。ヤガーの呪文を唱えることは、はじめて分け入る樹林で道をさぐっていくようなものだ。バーバ・ヤガーの言葉は、採集の経験豊かな人が道案内する声だ――〝北の斜面をおりたところにブルーベリーがあるよ。こっちの樺《かば》の木の根もとには、おいしいきのこがあるよ。左のイバラの茂みには楽に抜けられる道がある〟。彼女はわたしがどうやってブルーベリーまでたどり着こうが気にしない。わたしに方向を示すだけ。足で地面を確かめながらそこにたどり着く道をさがすのは、わたし自身の役割なのだ。

〈ドラゴン〉はそういうやり方が大の苦手で、見ていると気の毒になってしまうほどだった。しまいには、わたしが呪文を唱える横に立ち、わたしの言葉やしぐさの一部始終をペンで記録しはじめた。シナモンの匂いにむせたくしゃみのことまで書きとめ、わたしが呪文を終えると、それを忠実に再現しようとした。そんな彼を見ているのはものすごく妙な気分だった。時間をずらして鏡に映った自分が、実際よりもよく映っている、そういう感じだ。わたしがやったとおりに、彼はなにもかもきっちりと再現した――ただし、もっと優雅に、もっと精緻《せいち》に。わたしの曖昧《あいまい》な音節もすべて明瞭に発音した。でも、最後までいかないうちに、わたしはちがうと口をはさみたくてうずうずしてくる。我慢しきれず途中でさえぎると、彼はけわしい目でわたしをにらんだ。わたしはあきらめ、彼がやぶのなかに迷いこんで出られなくなるのを見守った。結局、呪文を最後まで唱えても、なにも起こらなかった。「〝ミコ〟ってあそこで言わないほうがよかったわね」

「きみが言ったんだ！」彼は息巻いた。

わたしはやれやれと肩をすくめた。言ったかどうか疑っているわけじゃない。正直に言って憶《おぼ》えていないだけ。「わたしが言ってもだいじょうぶだったことが、あなたが言うと、まちがってるの。なんていうか、あなたが道をたどると、途中で木が倒れてきたり、生け垣がどんどん生長したりする。でも、あなたはそれでも道を突き進もうとする。まわり道を取るんじゃなくて、生け垣を――」

「生け垣なんかあるか！」〈ドラゴン〉が咆《ほ》えた。

「そんなふうに考えるのは、もしかしたら……」わたしは宙を見つめながら、言葉をさがした。「あまりに長くひとり室内にこもりつづけて、命あるものがどんどん変わっていくことを忘れてしまったからじゃない？」

彼はものすごい剣幕《けんまく》で、わたしに書斎から出ていけと命令した。

それでも、わたしは〈ドラゴン〉のおかげで魔法を上達させた。その週、彼はずっと機嫌が悪かった。でも、週末になると、書棚の奥から魔法書を何冊か抜き出した。どの本もほこりっぽく、長いあいだ開かれた形跡がなく、バーバ・ヤガーの魔法書と同じように曖昧な呪文が書きつらねてあった。心の通い合う友のように、それらの本はわたしの手によくなじんだ。彼はひとまとめにしたそれらの本を、ほかの魔法書の記述と照らし合わせ、そこから得た知識をわたしに伝え、実践を課した。高度な魔術に伴う危険についても警告した。手綱《たづな》を失うと、呪文が勝手に暴れ出すことがある、と。魔法に没頭しすぎて白日夢に迷いこみ、喉を潤すことすら忘れて死んでしまうとか、能力の限界を超えた呪文を試して、生命力を吸い取られてしまうとか。なぜわたしに適した呪文があって、それらが効果をあげるのか、その理由を彼は解き明かせなかったが、そのかわり、わたしの呪文の成果を厳しく判定した。わたしは、呪文を唱える前になにを起こそうとするかを伝えなければならず、宣言どおりの成果を出せないと、それができるまで、同じ呪文を何度でも唱えさせられた。

要するに、彼なりに精いっぱい努力して、わたしに魔法を教えようとした。たとえそこが彼にとって異国だったとしても、わたしがはじめての樹林をさまよい歩くのを助けてくれた。わたしのあげる成果にあいかわらず憤慨したけれど、それは嫉妬《しっと》からではなく、主義の問題だった。わたしのぞんざいなやり方で成功するのが、ものごとの秩序をなによりも重んじる彼の流儀に合わないのだ。わたしが呪文で明らかな失敗をしたのに成果が出たときも、彼は渋い顔になった。

新たな特訓がはじまって一ヵ月がたったある日、一輪の花の幻を生み出そうと四苦八苦するわたしを、彼がにらみつけていた。「わかんない……」と、わたしは言った。正直なところ、泣きごとだった。幻影の魔術は途方もなくむずかしい。最初の三回は、ぼろぼろの綿のようなものしか出てこなかった。四回目で、ようやく野薔薇《のばら》と呼べそうなものが宙に出現したが、鼻を近づけると、とんでもない臭いがした。「ほんものの花を育てるほうがよっぽどかんたんだわ。なんでこんなことをわざわざ……」

「もっと大きな幻がつくれたらと考えてみろ」〈ドラゴン〉は言った。「断言しておくが、幻の軍隊を呼び出すほうが、実在の軍隊をつくるよりも、ずっとかんたんだ。どうして、これしきのことができない？」わたしの魔法のひどさが我慢の限界を超えると、彼はいつも声を荒らげた。「きみは呪文をいつも同じ調子に保てない。変えてしまうんだ、呪文の言葉も、唱え方も、手の動きも――」

「でも、ちゃんと魔力をそそいでるわ――うんとたくさんの魔力をね」言い返しても、気持ちは晴れなかった。

最初に課せられた呪文はかんたんで、魔力をそそいで精も根も尽きはてることはなかった。わたしは安堵し、修業のいちばん苦しい時期は越えたのだと誤解しそうになった。つまり、いまのわたしは――〈ドラゴン〉がなんと言おうが――魔法の極意をつかみかけているのだ、と。たしかに、魔法はどんどん上達した。最初のころは彼が怖くて発奮した。つぎにあたえられた課題も、最初のものと大差はなかった。わたしにもこなせるだろうと彼が期待した、言ってみれば〝おまじない〟のような呪文だ。そして実際に、わたしはなんなくこなしてみせた。ところが、彼はそのあと情け容赦なく、本格的な呪文を課すようになった。こうしてなにもかもふたたび――前のように耐えきれないほどではないとしても――ものすごくむずかしくなった。

「魔力をそそいでいるだって？　それでこのざまとは！」彼はいらだってシュッと息を吐いた。

「もう魔力の道は見つけたわ！　わたし、まだそこにいるのよ。あなたには――感じとれない？」わたしは宙に浮かぶ花を囲った両手を彼のほうに勢いよく突き出した。彼は眉間にしわを寄せ、それを包むように両手を寄せて、呪文を唱えた。「**ヴァディヤ・ルーシャ・イリーカド・トゥーイ**」もう一輪の花がわたしの花の上空にあらわれた。二輪の薔薇の花が同じ場所に浮かんでいる。彼の薔薇は、わたしが最初に思い描いたとおりの、花弁が三重になった、ほんのりとよい香りのする花だった。

「同じものをつくってみろ」彼はなにかに気をとられているようにうわの空で言い、指をかすかに動かし、数歩動いた。それによってお互いの生み出した幻がひとつに重なり、もはやどちらがどちらとも区別がつかなくなった。「あ……」と、彼が声をあげた。その瞬間、わたしは彼の魔力を垣間見た。それは、彼のテーブルの中央に置かれた不思議なぜんまい仕掛けの時計に似て、精密で、あらゆる細部が輝き、小刻みに動いていた。とっさに、わたしは彼の魔力と自分の魔力を結びつけようとした。彼の魔力が粉挽《こなひ》き小屋の水車で、わたしの魔力がそれを回転させる水の流れ……。頭のなかで想像した。「きみはいったいなにを――」彼がまだ言い終わらないうちに、わたしたちの手のなかにある一輪の薔薇が生長しはじめた。

薔薇だけではなかった。緑の蔓草《つるくさ》が書棚をあらゆる方向に這《は》いのぼっていく。古い書物にからみつき、巻きつき、ついに高窓に達するまで。戸口のアーチの一部をなす高い柱が、長い枝を広げた樺の木々に埋もれた。床には苔《こけ》、スミレの花。優美な羊歯《しだ》が葉を開いた。いたるところに花が咲いている。見たこともない花々だ。宙で揺れる奇妙な花、花弁のとがった、あでやかな花……。花々の香りが濃密に立ちこめた。ほかにも押しつぶされた葉の匂い、刺激的な香草の匂い。わたしはまわりの神秘的な光景に見とれた。魔力はわたしのなかからいまもやすやすとあふれ出してくる。「あなたの言ってた〝大きな幻〟って、こういうこと？」わたしは彼に尋ねた。彼にとっては、こんな幻を生み出すことも、一輪の花と同じようにむずかしくないのだろう。ところが、そうではなかった。彼もまたこの花々の氾濫《はんらん》に驚いていた。

彼は、わたしを見つめた。うろたえていた。予期せぬなにかに出くわしたときのような、わたしにはじめて見せる、心もとなげな表情で。彼のほっそりした手がわたしの手を包み、わたしたちはなおもいっしょに一輪の薔薇の花を支えていた。魔力がわたしのなかを流れ、歌っている。それに応えるように、彼の魔力が同じ旋律を低く奏でている。ふいに奇妙な狂おしさと恥ずかしさを覚え、わたしは彼の手のなかから自分の手を引き抜いた。

7 カシアがさらわれて

翌日はまる一日、彼を避けて過ごした。愚かにもうまくいったと思ったが、彼もわたしを避けているのだと、あとになって気づいた。彼が魔法の授業をないがしろにすることはそれまで一度もなかったからだ。避けられている理由は考えたくなかった。骨の折れる授業にふたりとも休日がほしくなっただけだ。そう片づけようとしたけれど、結局、寝苦しい夜を過ごし、翌朝、目をしばたたかせ、神経をぴりぴりさせて書斎に向かった。わたしが部屋にはいっても、彼は視線をあげず、「〝フルムケア〟から始める。四十三ページ」と、そっけなく言うだけだった。〝フルムケア〟は前とはまったく異なる呪文《じゅもん》で、彼は本をかかえこむように頭を低くした。わたしもこれ幸いと自分の課題のなかに逃げこんだ。

それから四日間、ほとんど黙りつづけて過ごした。そのまま一ヵ月、一日にふた言、三言しか交わさない日々がつづいてもおかしくはなかった。ところが五日目の朝、一台の馬橇《ばそり》が塔に近づいてくるのを、わたしは書斎の窓から見つけた。手綱《たづな》を握っているのはオルシャンカの町に住むボリスで、カシアの母親のヴェンサもいっしょだった。小さくうずくまったヴェンサの青ざめた丸顔が、ショールのあいだからわたしを見あげていた。

あの烽火《のろし》があがった夜以来、ドヴェルニク村からだれかがやってくるのははじめてだった。

カシアに託した〝火の心臓〟は、ドヴェルニク村の女村長ダンカによってオルシャンカの町まで届けられた。〝火の心臓〟が書状とともに谷の村々を通過するたびに、粛々《しゅくしゅく》と護衛が集められていった。そして、わたしが帰還の呪文で〈ドラゴン〉を塔まで運んだ日から四日目、彼らは大挙して塔にやってきた。想像を絶する恐怖と向き合う覚悟を固めた、農民や職人からなる勇敢な男たちの一団だった。彼らは、〈ドラゴン〉が快復したことをすぐには信じようとしなかった。

オルシャンカの町長が肝っ玉太く、〈ドラゴン〉に腕の傷を町の医者に診せるように求めた。〈ドラゴン〉はしぶしぶ服の袖《そで》をまくったが、そこには白っぽくなったかすかな傷痕が残るのみだった。彼は、ついでに血も見るがいいと言い、指先から赤い鮮血をしたたらせた。しかしそれでも彼らは納得せず、一行のなかにいる紫の法衣をまとった老司祭に〈ドラゴン〉のために祈らせるよう提案した。これがとうとう、〈ドラゴン〉を怒らせた。彼は老司祭に「どうしてきみは、こんな茶番に付き合うのか?」と詰め寄った。旧知の間柄らしかった。「きみには穢《けが》れに冒された者たちの最期の告解を、これまで十数人はまかせてきた。穢れ人《びと》のなかに、ひとりでも紫の薔薇《ばら》を宙から出す者がいただろうか？　穢れから浄化されたと宣言する者がいただろうか？　彼らはふつうの人間だった。わたしは彼らとはちがう。そしてもし、わたしが穢れに冒されているのなら、わたしのために祈って、なんの役に立つというのだ」

「つまり、全快なさったということですね」老司祭が冷ややかに言い、これで、男たちもようやく信じる気になったようだった。オルシャンカの町長がほっとした顔で〝火の心臓〟を〈ドラゴン〉に手渡した。

当然ながら、そこにわたしの父や兄は来ることを許されていなかった。ドヴェルニク村からはひとりも来ていなかった。もしもの場合、わたしが塔もろとも焼かれるところに立ち合って嘆き悲しむことのないよう配慮されたのだった。そこに来た男たちは、〈ドラゴン〉のそばに立つわたしをじっと見つめていた。その顔に浮かんでいたものを、なんと呼べばいいのかわからない。わたしは簡素なふだん着に戻っていたけれど、立ち去るときに彼らが見せたまなざしは、敵意こそないものの、もうドヴェルニク村の樵夫《きこり》の娘を見るまなざしではなかった。それは、わたしがマレク王子をはじめて見たときのまなざしだった。彼らはわたしを世界の外側にいる人間として見ていた。馬で通りすぎれば、じっと見つめはするけれど、自分たちの人生にはけっして関わることがないとわかっている外側の人間……。わたしは彼らのまなざしにひるみ、塔のなかへ戻れることにむしろ安堵《あんど》した。

わたしがバーバ・ヤガーの魔法書を持って書斎におりたのは、その日のことだった。わたしは、その木を前にして彼に訴えた。もうごまかすのはやめて。わたしにはわずかながら療術《りょうじゅつ》の才能があるって、あなたはわたしに思いこませようとしている。療術はできるけど、ほかの分野はからきしだめだって。そうじゃないはずよ。わたしにもできる、わたしに合った魔法をもっと学ばせてくれれば――。

故郷に手紙を書こうとは思わなかった。〈ドラゴン〉は許してくれたかもしれないが、わたしはそうしなかった。なにを書けばいいかわからない。わたしは故郷の村まで行った。そして、村を救った。なのにもう、そこはわたしの場所ではなかった。友だちと連れだって村の広場へダンスを踊りに行くことはできない――半年前のわたしが、〈ドラゴン〉の書斎にはいって彼のテーブルにつくことなどできなかったのと同じように。

でも、書斎の窓からヴェンサの顔を見たとき、故郷に対するそんな複雑な思いを忘れた。わたしは魔法で出現させたものを宙に放り出したまま――それをぜったいにやるなと〈ドラゴン〉に厳しく言いわたされていたのに――階段を駆けおりた。背後で彼がなにか叫んだけれど、まったく頭にはいらなかった。もしカシアが来られるなら、母親のヴェンサがここに来るはずがない。それだけで頭がいっぱいだった。階段の最後の数段を一気に跳びおり、広間を駆け抜け、玄関扉の前でわずかに立ち止まり、「**イッロナール、イッロナール!**」と叫んだ。からまった糸をほぐすための呪文にすぎなかったし、唱えるときに舌がもつれてしまったが、わたしはそこにありったけの魔力を投げ入れた。まわり道を見つけるより、鉈《なた》を振りおろしながら茂みを突き進んだほうがいいと思えるほど、切羽《せっぱ》つまっていたのだ。玄関扉が驚いたようにガタッと跳ねあがって開き、わたしの前に道を開いた。

わたしは扉を抜けて、がくりと膝をついた。〈ドラゴン〉の教えのとおり、強力な呪文であればあるほど体力を奪う。それがいやというほどわかった。それでもよろよろと立ちあがり、ドアをたたこうとしていたヴェンサの手を取った。ヴェンサは、近くで見ると、くしゃくしゃの泣き顔になっていた。髪は乱れて後ろに流れ、一本の太く長いおさげがたれている。寝間着の上にスモックをはおっているだけで、あちこちが破れ、泥まみれになっていた。「ニーシュカ」彼女はわたしを愛称で呼び、両手をきつく握り返した。激しい感情で力がこもり、彼女の爪がわたしの皮膚に食いこんだ。「ニーシュカ、ここに来るしかなかったんだよ」

「話して」わたしは言った。

「今朝、あの子がやつらにさらわれた――水汲《みずく》みに行って」ヴェンサが言う。「三体……〈歩くもの〉が三体、いた」

たとえ一体であろうが、〈森〉から〈歩くもの〉があらわれて村人を果実のように摘《つ》んでいくのは、悪い春が来る前ぶれだった。わたしも一度だけ、うんと遠くから木々を透かして〈歩くもの〉を見たことがある。それは最初、枝のような四肢を持つ巨大な昆虫に見えた。茂みのなかにいたので全身は見えなかったが、関節がありえない方向にねじ曲がっているのが不気味だった。そして、そいつがいきなり立って動き出したときには、身の毛がよだち、吐き気が込みあげた。〈歩くもの〉には枝のような手足と、小枝のような指がある。彼らは林のなかを用心深く歩き、小道や水場や空き地に近い場所を見つけて、待ち伏せをする。近づいた者は、まず助からない――斧《おの》を持った屈強な男たちがそばにいて、なおかつ火がなければ。わたしが十二歳のとき、ザトチェク村の半哩《マイル》先で、人間が〈歩くもの〉に襲われた。ザトチェク村はこの谷の東端にある、〈森〉にいちばん近い小さな村だ。捕まったのは、洗濯する母親のところへ手桶《ておけ》を持っていこうとした小さな男の子だった。母親は息子が引っさらわれるのを見て、悲鳴をあげた。近くにいた女たちも大声をあげると、〈歩くもの〉の動きが鈍くなった。

最後は炎で〈歩くもの〉の行く手をふさいだが、結局、そいつを斧でばらばらにするのに一日かかったという。〈歩くもの〉につかまれた子どもの手足が折れていた。そいつは、胴体にあたる太い幹を切断されるまで男の子を放そうとせず、そのときでさえ、子どもをつかんだ枝のような指を折るのに屈強な男が三人がかりで挑まなければならなかった。男の子は、手足のいたるところに、ひび割れた樫《かし》の粗皮《あらかわ》のような傷を負ったという。

〈歩くもの〉に〈森〉に連れこまれた人は、さらに悲惨だ。彼らがその後どうなるかはだれにもわからない。でもときどき、〈森〉から戻ってくる人がいる。彼らはもっともおぞましいかたちで穢れに冒されている。〈森〉から戻ってきた人はよく笑い、快活で、どこも傷んでいないように見える。その人が〈森〉から戻ってきたことを知らず、しかも、よほど親しくなければ、半日しゃべっていても、前と変わったことには気づかないだろう。やがて、その人としゃべっていた村人が、ナイフを取り出し、自分の手に切りつけ、目をえぐり、舌を切り落とす。恐ろしいことに、穢れ人《びと》はそれでも笑いながらしゃべりつづけている。そのままナイフを奪い、しゃべっていた相手の家のなかへ、その人の子どものほうへと向かう。倒れた人は目が見えず、舌が喉に詰まり、助けを呼ぶことすらできない――。

だから、愛する人が〈歩くもの〉にさらわれたとき、その人のために願えることがあるとすれば、それは死だ。死んでいることが唯一の希望になる。でも、〈森〉で死んだかどうかなんて、だれにも確かめようがない。その人がある日忽然《こつぜん》とあらわれ、死んではいないとわかり、否応なく村人たちから追われる存在となるまでは。

「カシアがまさか……カシアがまさか……」わたしは言葉が出てこなかった。

ヴェンサがうなだれ、わたしの両手に顔をうずめて泣いた。彼女の手がわたしの両手を鉄のやっとこのようにきつくつかんでいる。「お願い、ニーシュカ……お願い」ヴェンサは声を嗄《か》らし、絶望に打ちひしがれていた。ヴェンサがここへ来たのは、〈ドラゴン〉に助けを求めるためではないだろう。それが無駄であることくらい、道理をわきまえた彼女なら知っている。彼女はわたしに助けを求めようと、ここまでやってきたのだ。

ヴェンサは泣きつづけていた。わたしは彼女をなかに招き入れ、玄関横の小さな部屋に通した。〈ドラゴン〉がいかにも不愉快そうにはいってきて、彼女にグラス一杯の液体を突き出した。彼女がおびえてわたしの後ろに隠れ、顔を伏せたので、わたしがその液体を彼女に手渡した。それを飲みほすと、ヴェンサの体からみるみる力が抜けた。わたしは彼女の体を支えて階段をのぼり、わたしの部屋に案内した。ベッドに横たわっても、彼女は目を見開いたままだった。

〈ドラゴン〉がドア口に立って、わたしたちを見つめていた。わたしはヴェンサの首からロケットのペンダントをはずした。そのロケットにはカシアの髪がはいっている。あの選抜の日の前夜、ヴェンサはせめて娘を思い出せるものを残しておこうと、カシアの髪を切ったのだった。

「もし、わたしが〝ロイターラル〟を使えば――」

〈ドラゴン〉が首を横に振った。「それでなにを見つけるつもりだ？　笑いつづける死体か？　やめておけ。その娘はもうこの世にいない」彼はヴェンサをあごでしゃくった。彼女のまぶたが閉じようとしている。「ひと眠りすれば、落ちつくだろう。御者《ぎょしゃ》にはあしたの朝来るよう言っておけ。彼女を家まで送り届けるようにと」

彼は背中を向けて立ち去った。事実をたんたんと告げられたことがなによりつらかった。彼はわたしを怒鳴りつけもせず、ばかたれとののしりもしなかった。たかが村娘ひとりの命のために、〈森〉までのこのこ出かけていって自分まで憑依《ひょうい》されるつもりか、とは言わなかった。秘薬を使ったり宙から花を出したりするのに成功しただけで、〈森〉に奪われただれかを助けられると思いあがるとは、なんという愚かなやつだ、とも言わなかった。

その娘はもうこの世にいない、い、い、い。歯に衣《きぬ》着せぬ言い方だったが、そこには憐《あわ》れみさえ交じってい た。わたしは眠っているヴェンサのかたわらにすわった。手足がかじかむほど寒かった。ヴェンサの荒れて赤らんだ手を自分の膝に置いて、しっかりと握った。外では夕闇が落ちていく。もし〈森〉のなかでまだ生きているなら、カシアはいま、日没の光が薄れていくのを木《こ》の間越しに見あげているだろう。木のなかから人間ひとりをえぐり出すのに、いったいどれくらいの時間がかかるんだろう？　カシアの手足に、〈歩くもの〉たちの枝のように長い指がからみつくところが頭に浮かんだ。〈歩くもの〉たちだけが、彼女がいまどうなっているか、これからどうなるかを知っているのだ。

わたしは眠っているヴェンサを残し、階下の書斎におりた。〈ドラゴン〉は机に向かって、彼自身で記帳している大きな帳簿の一冊を調べていた。わたしは戸口に立ち、その背中を見つめた。「きみが彼女をたいせつに思う気持ちはわかる」彼は振り返ることなく言った。「だが、誤った救済は、彼女のためにならない」

わたしは言葉を返さなかった。小さくて端がすり切れたバーバ・ヤガーの魔法書がテーブルの上で開かれたままになっている。わたしはその週、ヤガーの魔法書のなかから大地の魔法に関する項ばかり読んでいた。〝フルムケア〟と〝フルメーデシュ〟と〝フルミーシュタ〟。魔法によって生まれる炎や宙に浮かぶ幻影とはちがって、これらの呪文は実在するものに作用し、永続的な効果を持つ。わたしは〈ドラゴン〉に気づかれないようにヤガーの魔法書をポケットにすべりこませると、踵《きびす》を返し、足音を忍ばせて階段をおりた。

ボリスはまだ外で待っていた。わたしが塔から出ていくと、ボリスのわびしげな長い顔が毛布を掛けられた馬のあいだからのぞいた。「お願い、〈森〉まで連れていって」

彼がうなずき、わたしは橇《そり》に乗りこんだ。馬たちの準備が整うあいだに、備えつけの毛布を体に巻きつけた。ボリスも橇に乗り、馬たちに話しかけ、手綱の鈴を鳴らした。橇が雪道を走りはじめた。

月が高くのぼっていた。美しい満月で、一面の銀世界に青白い月光が降りそそいでいる。わたしはヤガーの魔法書を開き、馬の足を速める呪文を見つけた。その呪文をやさしく歌いかけると、馬たちは耳をそばだてた。吹きつける風の音がくぐもり、耳を満たした。風がほおを打ち、視界がにじんでいく。凍った糸繰《いとく》り川が淡い銀色の道のように伸びていた。東のかなたにそびえる濃い影がしだいに大きくなる。影はどんどん大きくなり、やがて馬たちが集中力を失い、速度を落とし、最後には勝手に足を止めて、動かなくなった。世界もまた動きを止めた。わたしたちは松林の枝がおおいかぶさる下にいた。〈森〉は前方の、けものの足跡ひとつない雪原を越えたところにある。

年に一度、雪が解けるころになると、〈ドラゴン〉はこの谷に住む十五歳以上の未婚の男たちを引き連れて、〈森〉の近くまで行く。そして、〈森〉との境界をつくる黒い地面がむきだしになった土地をあらためて焼きはらい、どんな草も根を張らないように地面に塩をまく。その作業の日には、谷の村々からでも東の方角にもくもくと立ちのぼる煙が見えた。そして同じころ、はるかローシャ国側の〈森〉との境界からも同じように煙があがり、そこでも隣国の人々が同じことをやっているのがわかる。でも野焼きの火はいつも、鬱蒼《うっそう》と茂る樹林の影まで迫ったところで勝手に立ち消えてしまうのだ。

わたしは橇からおりた。ボリスが緊張と恐れに満ちた顔でわたしを見おろした。彼は「ここで待っているから」と言ったけれど、そんなことは無理だ。どれくらい待つのか。なにを待つことになるのか。〈森〉の影が迫るこの場所で、待つ……？

もし立場がちがって、わたしの父さんがボリスの娘のマルタを待つことになったら、と考えてみた。いやだ……そんなことはさせたくない。それに、もしカシアを取り返せたら、わたしは彼女を連れてすぐに塔に向かうだろう。〈ドラゴン〉がわたしたちをなかに入れてくれるかどうかは祈るしかないけれど。「どうか戻って」と、わたしはボリスに言った。そして突然知りたくなって尋ねた。「マルタは元気なの？」

ボリスが小さくうなずいた。「結婚したよ」一瞬ためらったあとにつづけた。「おなかに子どもがいる」

わたしは五ヵ月前の〝選抜〟の日を思い出した。マルタの赤いドレス、美しい黒髪のおさげ、おびえきって青ざめた細い顔。彼女とわたしが、あんなふうに並んで立つことはもうないだろう。マルタも、わたしも、カシアも、あの日、同じ列のなかにいた……。家の暖炉の前にいるマルタのことを想像すると、息が苦しくなった。彼女はもう若妻で、母親になる準備をはじめている。

「よかった」嫉妬で黙りこんでしまわないように、そう言うのが精いっぱいだった。夫や子どもがほしいわけじゃない。いや、求めていないわけじゃないけれど、それはわたしにとって、百歳まで生きてみたいという願いと同じだ。いつか、もしかしたら……。具体的なことは考えない。でも、結婚して子どもを育てることが人生なら、マルタには彼女の生きていく人生があり、いまのわたしにはない。たとえ〈森〉から生きて出てこられたとしても、マルタのような人生をわたしが生きることはないだろう。そしてカシアは……カシアはもう死んでいるかもしれない。

不吉な予感をかかえて、〈森〉にはいっていきたくなかった。わたしは深く息を吸いこみ、言葉を絞り出した。「お産が楽で、元気な子が生まれますように」心を込めて言おうとした。お産だって充分に怖い——たとえそれが日々の暮らしとともにある怖さだとしても。「送ってくれてありがとう」ボリスにお礼を言い、彼に背を向けて不毛の土地と、その先にある黒々とした巨大な壁に向き合った。ボリスが馬たちを返し、橇が走り去るとき、馬具についた鈴が鳴り響いた。でも鈴の音はすぐにくぐもり、聞こえなくなった。わたしは振り返らず、一歩一歩、雪を踏みしめて進んだ。〈森〉のいちばん端の、最初の枝に近づいた。

　雪がやさしく、音もなく舞っていた。わたしはヴェンサの冷えきったロケットを手のひらにのせ、口金を開いた。バーバ・ヤガーは、〝失《う》せものさがし〟の短くてかんたんな呪文を五、六個は書きとめていた。置き忘れをよくする人だったのかもしれない。「**ロイターラル**」わたしは、ロケットにおさめられたカシアの髪——とても細い三つ編みにされた黒髪——にささやきかけた。ヤガーはその呪文について、「**ひとかけらをたよりに、すべてを見つけ出すときに役立てるがよし**」と走り書きしていた。わたしの吐く息が小さな青白い雲となって流れ、道案内をするように樹林にはいっていく。その息の雲に導かれ、二本の幹のあいだに足を踏み出し、わたしは〈森〉にはいった。

もっとおぞましいなにかを想像していた。でも最初は、古い、とても古い樹林のようにしか見えなかった。木々は果てしない暗い通路に並ぶ太い円柱のようだった。隣どうしの木はほどよく距離をあけ、こぶだらけのよじれた根っこが地面を這《は》い、その上に毛布を掛けたように深緑色の苔《こけ》が広がっていた。羽根のような羊歯《しだ》は、葉を閉じて眠っている。青白いきのこが宿主の根っこに、おもちゃの兵隊が行進するように並んでいる。真冬のさなかだというのに、樹木の枝の下に広がる地面に、雪は積もっていなかった。ただ、葉のおもてや細い枝に、霜がうっすらと張りついている。遠くで鳴くフクロウの声を聞きながら、わたしは慎重に木々のあいだを進んだ。

月はまだ空のてっぺんにあり、落葉した枝の隙間《すきま》から明るく澄んだ月光が降りそそいでいた。わたしは淡い息の雲を追いながら、自分が小さなネズミになって、フクロウを避けながら隠れた木の実を見つけていくところを想像した。わたしは村の森で木の実やきのこを集めるとき、いつもそんな白日夢を頭のなかに思い描いた。涼やかな影をくれる木々に、鳥やカエルの歌に、石《いわ》瀬《せ》のせせらぎに自分を溶けこませるようにした。わたしはそれを思い出し、そんなふうに自分をこの樹林に埋もれさせ、目をつけられることのない存在になろうとした。

でも、ここではなにかがわたしを見ていた。一歩踏み出すごとに、〈森〉に深く分け入るほどに、見られているという感覚がいっそう強くなり、軛《くびき》のように両肩にのしかかってきた。ここにはいる前は、枝という枝から死体がぶらさがり、暗闇からオオカミが忍び寄るような、恐ろしい情景を頭の片隅で思い描いていた。でもすぐに、オオカミが忍び寄ってくるほうがよほどましだ、と考えはじめた。ここにはもっと残忍ななにかがいる。ヤジーの目をのぞきこんだときに垣間見えたものがここにもいる。しかも、生きている。わたしはそいつといっしょに窓のない部屋に閉じこめられて、片隅に追いつめられようとしている。この樹林にも〝歌〟はあった。でもそれは、狂気と錯乱と憤怒《ふんぬ》にまみれた荒々しい歌だ。わたしは肩を丸め、身を小さくして、忍び足を使った。

そして突然、かろうじて小川と呼べるほどの小さな流れとぶつかった。両岸に厚く霜がおり、そのあいだを黒い水が流れていた。枝々の切れ間から月明かりがこぼれ、対岸にいる〈歩くもの〉を照らし出した。〈歩くもの〉は枝のように細い奇妙な頭を流れに近づけ、ぱっくりと割れた口で水を飲んでいた。やがて頭をもたげると、水をしたたらせながら、わたしのほうをまっすぐに見た。その眼《まなこ》は、木のこぶに穿《うが》たれた、小さな動物が棲《す》んでいそうなほど深く暗いふたつの穴だった。片脚の関節から突き出た骨のような枝に、緑の毛織り布の切れ端がからまり、たれさがっていた。

わたしたちは小川の細い流れをへだてて、見つめ合った。「**フルメーデシュ**」と、震える声で呪文を唱えた。地面が割れて、〈歩くもの〉の片足を呑《の》みこんだ。そいつは無言のまま、呑みこまれなかった残りの長い枝のような手足で小川の岸を引っかき、たたき、水のしぶきを散らしたが、割れた地面が閉じはじめ、胴体を引き抜くことはできなかった。

だが、つぎの瞬間、わたしは前のめりに倒れ、苦痛の叫びを嚙《か》み殺した。枝のようなとがったもので背中を突かれたのだ。〈森〉がわたしの歩みを察知していたことを、そのとき確信した。〈森〉が目を凝らし、わたしをさがしている。そしてきっとすぐに、見つけ出す。力を振り絞って足を動かすしかなかった。小川を跳び越え、呪文が生んだ淡い小さな雲を追いかけた。それはいまもわたしの前方をふわふわと飛んでいる。地面にはさまった〈歩くもの〉が、迂回《うかい》しようとするわたしの足にひび割れだらけの長い指を伸ばしたが、走り抜けてなんとか逃げきった。やがて、とりわけ幹の太い木々に囲まれた円形の土地に出た。わたしはその平地に立ちつくした。まんなかに、まわりよりも低い一本の木が生えている。この円形の土地にだけ、雪が深く積もっていた。

平地を横切るように倒木が横たわっていた。驚くほどの巨木で、幹の太さはわたしの背丈以上もある。この巨木が倒れて、平地ができたにちがいない。平地のまんなかにあるのは、この場所を奪おうと新しく生えてきた木なのだろう。でも、その木は周囲とは種類がちがっていた。〈森〉にはいってから見たほかの樹木は、幹が黒ずんで枝が不自然にねじれてはいるが、どこの樹林でも見られる種類――樫、樺《かば》、松の高木だった。だけど、このまんなかの木は、その三種のどれでもなかった。

巨木が倒れたのはそんなに遠い昔であるはずがないのに、新しい木の幹はすでにわたしの両腕がまわる太さを超えていた。幹には奇妙なこぶがいくつもあったが、灰色の樹皮そのものはなめらかだった。長い枝々が放射状に広がり、幹はカラマツのようにさらに高く伸びていきそうだった。冬でも落葉せず、金色に輝く乾いた葉が風に鳴っている。でも、その音はどこか遠くから聞こえる音のようで、見えないところにいる人々が低い声でささやき合う声のようでもあった。

息の雲はいつしか消えていた。わたしは足もとの深い雪を見おろし、そこに〈歩くもの〉が二本の足を突き刺していった穴、なにかを引きずっていった跡を発見した。その跡はまんなかの新しい木までつづいている。警戒しながら、その木に向かって一歩踏み出した。さらにもう一歩、そこで足を止めた。カシアがその木に拘束されていた。背中を幹に押しつけられ、両腕が幹を囲むように後ろにまわっている。

最初はカシアだとわからなかった。すでに樹皮が彼女の全身におおいかぶさっていたからだ。顔がわずかに上向き、樹皮の薄い層の下でカシアの口が開かれたままになっていた。悲鳴をあげながら樹皮に呑みこまれていったにちがいない。わたしは息が詰まり、叫ぼうとしたが声が出なかった。よろめきながら前進し、カシアに触れようとした。指先が触れた樹皮はすでに硬化し、灰色の表面はなめらかで堅牢《けんろう》だった。カシアの体がまるごと幹のなかに取りこまれていた――全身がこの樹木の、そして〈森〉の一部になってしまったように。樹皮の表面は爪がすべったけれど、それでも樹皮を剝《は》がそうと懸命に引っかいた。そしてどうにか、彼女のほおから小さな薄いかけらを落とすことができた。下からあらわれた皮膚は……温かだった。カシアはまだ生きている。けれども、彼女のほおに触れているあいだも樹皮が指先から這いあがってこようとするので、自分まで囚《とら》われてしまわないためには、いったん手を引っこめるしかなかった。絶望に打ちのめされ、わたしは両手で口をおおった。まだまだ魔法の修業が足りない。呪文がなにも浮かんでこない。カシアを救い出せるような呪文がなにも……。彼女を木からえぐり出そうにも、この手に斧やナイフを呼び出す呪文すら浮かんでこない。

〈森〉はわたしがここにいることを知っている。たったいまも〈森〉の生きものたちが近づいてくる。姿を隠しながらひたひたと、〈歩くもの〉が、オオカミが、さらに恐ろしいなにかが近づいてくる。わたしは、はっと気づいた。きっと〈森〉から出たことのない生きものだっているだろう。だれもまだ見たことのない、おぞましい魔物が……。そいつらがやってくる。

ふいに、バーバ・ヤガーの魔法書の一節が頭に浮かんだ。「**力ある者が裸足で土の上に立ち、信念をもって〝フルミーア〟と十回唱えるならば、大地は根こそぎくつがえるがごとく揺れるであろう**」本にはそう書かれていた。〈ドラゴン〉が塔のそばでこの呪文を唱えるな、とわたしに言ったのだから、彼もあながち信じていないわけではなかったはずだ。それより、わたしに信念があるかどうかが怪しかった。大地を〝根こそぎくつがえるがごとく〟揺らすことが自分にできるなんて、あのときは信じていなかった。しかしいまは、自分にできるかどうかを考えている場合じゃない。わたしは雪の上に這いつくばり、積もった雪と朽《く》ち葉と苔を掘り返し、やっとのことでかちかちに凍った土をあらわにした。大きな石を掘り返し、その石で凍土をたたく――何度も、何度も。こうして土を割り、息を吹きかけてさらにやわらかくし、両手のまわりで解けはじめた雪にこぶしを振りおろした。手を動かしながらこぼれ落ちる熱い涙のなかに、さらにこぶしを振りおろす。カシアがわたしの頭上で、教会の石膏《せっこう》像のように天を仰ぎ、口を開いて声にならない叫びをあげている。

「**フルミーア**」わたしは唱えた――両手を土に突っこみ、指先に触れた土くれを押しつぶしながら。「**フルミーア、フルミーア**」割れた爪から血が流れても、歌うように繰り返した。わたしは、おぼろげながらも、呪文が大地に届くのを感じた。ここでは大地も汚され、毒されている。でも、わたしは土に語りかけ、声を張りあげた。「**フルミーア！**」そして、思い描いた――わたしの魔力が水のように大地を走り、裂け目ともろい部分を見つけ、そこから支流を伸ばし、わたしの両手の下に、濡《ぬ》れて冷えきった膝の下に、勢いよく拡がっていくところを。地面が揺れはじめ、めりめりとめくれた。かすかな振動が両手を突っこんだ地面からはじまり、わたしが木の根っこを掘り返しはじめると、揺れはわたしを追うように激しさを増した。根っこのまわりの凍土が砕け、小さな土くれが飛び散った。押し寄せる波のように、大地の揺れは途切れることなくつづいた。

頭上の梢《こずえ》が脅すように激しく揺れた。葉むらのささやきは、いまや無音の咆哮《ほうこう》に変わった。わたしは地面に膝をついたまま、背筋を伸ばした。「彼女を放して！」木に向かって叫び、泥だらけの両こぶしを幹に打ちつけた。「彼女を放して！　放さなければ、あなたを倒してやる！　**フルミーア！**」わたしは怒りの声を張りあげたまま、あおむけに倒れた。こぶしが当たったところから地面がせりあがり、雨で川の水かさが増すようにふくれあがってきた。わたしのなかから魔力があふれ出し、ほとばしる。わたしは〈ドラゴン〉からあたえられた警告をことごとく忘れ、無視した。この恐ろしい木を引き倒すためなら、自分自身を最後の一滴まで絞り尽くし、息絶えてもよかった。カシアの命と心臓がこの穢れた魔物の養分となってしまうのに、こんなものをここに残して、この先も自分が生きていけるとは思えなかった。それくらいなら、死んでしまったほうがましだ。大地の揺れに呑みこまれ、この木もろとも滅んでしまったほうがましだ。自分を木もろとも呑みこむ穴をこじあけようと、わたしはがむしゃらに地面をかいた。

そのとき、春先に氷が割れるときのような音がして、カシアの体に沿って樹皮に亀裂《きれつ》が走った。わたしは泥から頭をもたげ、その亀裂に指をめりこませ、左右に押し広げ、なかにいるカシアに手を伸ばし、手首をぎゅっとつかんだ。彼女の腕は麻痺《まひ》したようにだらりとたれ、重かった。わたしは彼女の手を思いきり引っ張った。おぞましい暗い裂け目から、カシアの体がぬいぐるみ人形のように腰を折ってごろりと転がり出た。わたしは左右の手で彼女の手首をつかみ、引きずった。雪の上なので重さをそれほど感じなかった。カシアの肌は、日光を浴びない魚のように、彼女の体から太陽の恩恵が奪い尽くされてしまったように青白く、弱々しかった。春の雨のような匂いをただよわせ、樹液が細い緑の流れとなって彼女の体からしたたった。

わたしはそのかたわらに膝をついた。「カシア」と、泣きながら呼びかけた。「カシア……」彼女の抜け出てきた虚《うろ》のまわりで樹皮の再生がはじまり、穴をふさぎ、あっという間にひとすじの縫い目のようになった。わたしは濡れた泥だらけの手でカシアの両手をつかんで、そこに自分のほおとくちびるを押し当てた。カシアの手は冷たかったけれど、わたしの手ほど冷えきっていない。まだ命のある証《あかし》だ。わたしは腰を低くして、彼女を肩にかついだ。

8 うごめく影

〈森〉から出たのは、夜明けどきだった。カシアを薪《まき》の束のように背負い、よろめきながら歩いた。進むにつれて、〈森〉は、わたしがふたたび呪文《じゅもん》を唱えるのを恐れるように引きさがっていった。苦しい一歩を踏み出すたびに、〝フルミーア〟が頭のなかで鐘のように鳴り響いた。カシアの体が重くのしかかり、その青白い腕と脚をつかんだわたしの両手にはまだ泥がこびりついていた。木々の枝の下からようやく逃れ出ると、そのまま雪の上につぶれた。カシアの下から這《は》い出し、彼女の体をあおむけにした。カシアはまだ目を閉じていた。もつれた髪が樹液まみれの顔に貼りついている。彼女を抱き起こし、その頭をわたしの肩に引き寄せ、両目を閉じ、帰還の呪文を唱えた。

〈ドラゴン〉が、塔の最上階の部屋でわたしを待ちかまえていた。そこはわたしの寝室とは廊下をはさんで反対側にあるがらんとした部屋だった。彼はかつてなく張りつめた表情でわたしのあごをつかみ、上を向かせた。顔を念入りに調べ、目をのぞきこむ。わたしは疲れきって、ぼうっと彼を見つめ返していた。彼は片手に強壮剤とおぼしき薬瓶を持っており、かなり長いあいだ調べたあと、瓶の栓を抜いて突き出した。「飲め、最後の一滴まで」

彼は床に倒れてぴくりとも動かないカシアに近づき、両手をカシアの上にかざした。わたしが受け取った薬瓶に抵抗のうめきをあげると、わたしをじろりと見おろした。「早く飲め。さもないと、いますぐ、この娘に火をつけるぞ。もちろん、きみへの扱いも同じだ」わたしがしぶしぶ瓶に口をつけるのを見とどけ、彼は短い呪文を唱えた。塵《ちり》のような粉が落ちてきて、琥珀色《こはくいろ》にきらめく網に変わり、鳥かごのようにカシアを閉じこめた。〈ドラゴン〉はわたしを振り返り、薬をちゃんと飲んでいるかどうかを確かめた。

最初のひと口は、予想に反しておいしかった。レモンを搾《しぼ》った温かい蜂蜜のような液体がひりひりする喉を流れ落ちていった。でも、あまりの甘さに胃がひっくり返りそうになり、瓶を口から離した。「無理……」わたしはむせながら言った。

「ぜんぶだ」と、〈ドラゴン〉が言った。「それでも足りないようなら、さらにひと瓶。さあ、飲むんだ」わたしはどうにかもうひと口飲んだ。さらにもうひと口。さらに……やっとのことでぜんぶ飲みほすと、彼がわたしの両手首をつかんで呪文を唱えた。「**ウロジーシュトゥス・ソヴィエンタ、メギオウト・ユーズホル、ウロジーシュトゥス・メギオウト**」わたしは悲鳴をあげた。

体のなかに火を放たれたみたいだ。全身がカンテラになったように、内側から輝きはじめた。両手をあげると、皮膚の下におぞましい淡い影がゆらゆらと動いているのが見えた。焼けつくような痛みも忘れ、わたしは服を両手でつかみ、頭からすっぽり脱ぎ捨てた。〈ドラゴン〉がわたしといっしょに床にひざまずいた。いまやわたしは太陽のように輝き、淡い影が氷の下で群れ泳ぐ小魚のように体内を行き交っている。

「こいつらを出して！」わたしは叫んだ。いまはもう、こいつらがなんだかわかる。こいつらの正体が……。わたしの体にひそみ、ナメクジのような這いあとを残していくやつら。わたしは〈森〉にいるとき、引き裂かれも咬《か》みつかれもしなかった。だから愚かにも自分は安全だと思っていた――〈ドラゴン〉は万が一を心配してこんなことをするのだと。でも、そうじゃなかった。わたしは〈森〉の枝々の下で、穢《けが》れた大気を吸っていた。小さなものがすばやくはいりこんだので、侵入されたことに気づかなかったのだ。「こいつらを出して――」

「いまやっている！」わたしの手首をつかんだまま、〈ドラゴン〉が咬みつくように言い、目を閉じて、ふたたび呪文を唱えた。わたしを燃やす火に新しい油をそそぐように、長い呪文をゆっくりと詠唱する。わたしは窓のほうに目をやり、降りそそぐ日差しを見つめ、焼かれているあいだも、なんとか呼吸を保とうとした。涙が細いすじになってこぼれ、ほおを焼いた。いつになく、わたしの手首を握る〈ドラゴン〉の手が冷たく感じられた。

やがて、皮膚の下でうごめく影がしぼみはじめた。波に切り崩される砂のように、ふちから光で焼かれていった。逃げ場所を求めて跳ねまわる影を、〈ドラゴン〉は容赦なく照らし出した。まばゆく輝く骨や内臓がわたしにも見えた。どくんどくんと打つ心臓も……。その一拍がしだいに遅く、重たくなった。この体がもちこたえられるうちに、体内にひそむ穢れを焼き尽くせるかどうかが問題なのだ――ぼんやりとわたしはそれを理解した。彼に手首をつかまれたまま、体がぐらりぐらりと揺れた。両手を揺さぶられ、ぱっと目をあける。彼がわたしをにらみつけていた。〈ドラゴン〉は一瞬たりとも呪文を止めなかったけれど、口に出して言われなくてもわかった。わたしによけいな時間を使わせるな、この救いがたいばかたれ！　怒りに燃える目がそう言っていた。わたしはくちびるを嚙《か》んで、この苦しみにあと少しだけ耐えようとした。

そしてついに、最後に残った小魚の影が、糸のように細くなってのたうち、消えた。目に見えないほど細くなったのだろう。〈ドラゴン〉の呪文がじょじょにゆっくりになり、とうとうやんだ。彼はけわしい顔つきで尋ねた。「もう充分か？」

わたしは、もう充分、もうやめて、と言いたかった。でも、口から出たのは「いいえ」という小さな声だった。まだ恐れていた。変幻自在の影がわたしのなかにかすかな痕跡《こんせき》を残しているのがわかった。いまやめてしまえば、そいつらは身を小さく丸めて、わたしの血管や腹のなかに潜伏するだろう。そこに根を張り、少しずつ生長し、しまいにはわたしを乗っ取ってしまうだろう。
〈ドラゴン〉がうなずいて片手をあげ、短い呪文をつぶやいた。薬の新たなひと瓶がその手のなかにあらわれた。わたしはがくがくと震えてしまい、薬を口に流しこむために、彼に瓶を傾けてもらわなければならなかった。むせながら最初のひと口を飲みくだすと、ふたたび〈ドラゴン〉の呪文がはじまった。わたしのなかでまたも炎が燃えあがり、目もくらむほどの光を放って、影を焼きはらおうとした。

さらに三口を飲んだ。ひと口ごとに炎が燃えさかり、すべての影が焼かれるまであと少しだと実感した。もうだいじょうぶだと確信するために、さらにもうひと口飲んだ。そしてやっと、わたしはほとんど泣きべそをかきながら言った。「もう充分、もうだいじょうぶ」でも驚いたことに、彼はもうひと口を無理やり飲ませようとした。わたしが咳《せ》きこむと、片手でわたしの口と鼻をふさぎ、これまでとはちがう呪文を唱えはじめた。その呪文はわたしのなかに火を放つかわりに、わたしの肺をつぶそうとした。息が止まったまま心臓が五拍打った。わたしは空気を求めて、溺《おぼ》れる人のようにもがき、彼を爪で引っかいた。こんなに苦しい目に遭《あ》ったことはない。助けて、と目で訴えると、彼の目も――冷ややかに、なにかをさぐるように――わたしの目を見返してきた。黒い両の眼《まなこ》が世界を呑《の》みこみ、わたしの視界が急に狭くなり、両手から力が抜けた。ようやく呪文が終わり、風が咆《ほ》えるような音とともに、押しひしがれた肺に空気が一気に流れこんだ。わたしは怒りのあまり言葉にならない叫びをあげて、〈ドラゴン〉を突き飛ばした。彼は床に背中から倒れた。

どうにか片手の瓶の中身を保ったまま、〈ドラゴン〉は苦痛に顔をゆがめた。わたしたちは怒りの目でお互いをにらみ合った。「どこまでばかをやれば気がすむんだ！」と、彼が怒鳴った。

「なんで言ってくれないのよ！」わたしは両手で自分を抱きしめながら声を張りあげた。まだ恐ろしさに体が震えていた。「それまでは、ちゃんと耐えてたでしょ。前もって言ってくれたら、覚悟を決めて——」

「いいや、穢れに冒されていたら、それは無理だ」彼はわたしをさえぎり、冷ややかに言った。「乗っ取られて深部に穢れを宿していたら、きみはなにがなんでも逃れようとしただろう。わたしが前もってやるなどと言おうものなら——」

「疑ってたわけね！」わたしがそう言うと、彼はくちびるを薄く引き結び、奇妙にこわばった顔をそむけた。

「そうだ」と、彼は短く答えた。「疑っていた」

そして、もしもの場合、彼はわたしを殺すしかなかった。わたしがどんなに命乞《ご》いをしようが、穢れの自覚があるのにそうでないふりをしようが、きっと、彼はわたしを殺していただろう。わたしは黙り、ゆっくりと呼吸を整え、肺のなかに影の気配はないかとさぐり、深く息を吸った。「それで……それでわたしは……いまは浄化されてるの？」ついに、おそるおそる尋ねた。

「そうだ」と、彼が言った。「あの最後の呪文を使えば、穢れはどこにも隠れようがない。だが、あれを先に使えば、血のなかに紛れこんだ影どもが生き延びるために呼吸を奪い、否応なく、きみの息の根を止めていただろう」

わたしはへなへなと腰を落とし、顔をおおった。彼は立ちあがり、ガラス瓶に栓をした。両手を振りあげながら、「ヴァナスターレム」と低い声で唱えて、わたしに近づいた。彼が突き出したのは、折りたたまれたガウンだった。厚地のヴェルヴェットで仕立てられ、絹の裏地がつき、濃い緑色の表地には金糸の刺繡《ししゅう》がほどこされている。わたしはそれをぽかんと見つめ、それから彼を見あげた。彼がいまいましげに顔をそむけた瞬間、はっと気づいた——体内の琥珀色の輝きが消えていきつつあり、自分がいまも裸だということに。

よろよろと立ちあがり、ガウンを引ったくって体に引き寄せたとき、唐突に思い出した。「カシア……」わたしは、かごのなかに囚《とら》われて横たわっているカシアを見た。

〈ドラゴン〉はなにも言わなかった。わたしはすがるような思いで彼に視線を戻した。「いいから服を着ろ」と、彼は言った。「その娘のことなら、急ぐ必要はない」

彼は塔に戻ったわたしをすぐに捕まえた。あのときは一瞬の無駄も許さなかったというのに。

「きっと助ける方法があるわ」わたしは言った。「ぜったいにあるわ。カシアはちょっとのあいだ、さらわれただけ。木のなかにそんなに長くいたわけじゃないもの」

「なんだって？」彼は鋭く問い返した。そして、わたしがあの平地の、あの木の恐ろしさについて話しはじめると、眉根を寄せて聞き入った。わたしは〈森〉の重圧感を、つねに監視され追われているような感じを伝えようとした。つかえながらぜんぶ話しても、まだ伝え足りないような気がした。けれども、彼の表情はいっそう厳しくなり、ついにわたしの話は〈森〉の境界の雪原にカシアを背負ってよろめきながら出たところで終わった。

「きみはとんでもなく幸運だった」〈ドラゴン〉が口を開いた。「そしてとんでもなくむちゃをした。まあ、むちゃゆえの幸運だったと言えなくもないが。きみのように〈森〉に深くはいって、まともな姿で出てきた者はいない。あれ以来、あの――」彼は口をつぐんだ。言おうとした名が、わたしにはわかった。〝妖婆《ようば》ヤガー〟だ。バーバ・ヤガーは何度も〈森〉にはいり、そのたびに出てきた。わたしがバーバ・ヤガーだと察したことに彼が気づき、じろりとにらんできた。

「しかし、そのとき」と、冷ややかにつづける。「彼女は百歳だった。魔法を極めており、彼女の歩いた道には黒いカラカサタケがつぎつぎに生えて、帰り道を教えた。最初から〈森〉の中心まで行くような愚かなこともしなかった。まあ、今回も、〈森〉の中心まで分け入らなかったことが、きみを救った」首を振ってつづける。「きみをさっさと鎖につなぐべきだった。あの田舎女がやってきて、きみに泣きついたときに」

「ヴェンサ……」彼に訂正を求めてその名を口にしたとき、疲れてぼんやりした頭がはっと思い出した。「ヴェンサに知らせなくちゃ」わたしは廊下のほうを見た。〈ドラゴン〉がすかさず言った。

「なにを知らせるつもりだ？」

「カシアが生きてるって。カシアが〈森〉から出られたって――」

「そして結局は、死ぬしかないと？」彼は残酷だった。

わたしはさっと後ずさり、カシアと彼のあいだにはいって、彼女を守るように両腕を開いた。もちろん、彼が襲ってきたら、ひとたまりもなくやられてしまうだろう。でも、彼はかぶりを振った。「かっかするな。雄鶏《おんどり》みたいなまねはやめろ」いらだつというより、うんざりしたようすで言った。その熱意のなさに、わたしはかえって落胆し、胸が苦しくなった。「この娘のためにこれ以上愚かしいまねをしたところで、なんの役にも立たない。彼女を拘束しておくかぎり、どれだけ生かそうがかまわない。だが、いずれは、きみも慈悲をかけたくなるだろう」

同じ朝、少したって目覚めたヴェンサにカシアのことを伝えた。ヴェンサはわたしの両手を握り、両目を見開いた。「あの子に会わせて」彼女はそれしか口にしなかった。〈ドラゴン〉は、その要求をけんもほろろに拒絶した。

「だめだ。きみが会って苦しむのは勝手だが、あの女にいいかげんな約束をするのはやめろ。さっさと追いはらえ。わたしの助言を聞く気があるなら、あの娘は死んだと言って、運命と折り合いをつけさせてやれ」

それでもわたしは意を決してヴェンサに真実を伝えた。カシアが〈森〉から戻れたことを、たとえ治療法がなくても、彼女の苦しみが終わったことを知らせておいたほうがいいと思ったからだ。それが正しかったのかどうかはわからない。ヴェンサは号泣し、会わせてほしいとわたしに懇願《こんがん》した。もちろん、できるものなら、〈ドラゴン〉の言いつけを破ってでも、彼女を娘に会わせてあげたかった。でも、〈ドラゴン〉はわたしを信用していなかった。すでにカシアを連れ去り、塔の奥深いどこかに隠していた。そして、〈森〉の穢れから身を守る防御の呪文を覚えるまでは、わたしも彼女に会ってはならないと言いわたされた。

だから、いまのわたしにはなにもできない、とヴェンサに告げた。彼女が信じてくれるまで、何度も同じことを繰り返し、誓うほかなかった。「彼がカシアをどこに隠しているか、わたしにはわからないの」しまいには、声を張りあげていた。「ほんとうに、わからないの！」

ヴェンサは泣きすがるのをやめると、わたしをひたと見すえ、腕をきつくつかんだまま、息を荒らげて言った。「ひどい……妬《ねた》みだよ。あんたは、ずっとあの子を憎んでた。あの子が召し上げられればいいと思ってた。あんたも、母親のガリンダも、あの子が選ばれると思って、ほくそ笑んでたんだ。だけど、あの子じゃなく、自分が選ばれたものだから――」

ヴェンサがわたしの腕を揺さぶるのを、どうすることもできなかった。恐ろしかった。ヴェンサがこんなことを言うなんて……。きれいな水が流れていた小川に毒をまかれたような気がした。わたしは疲れきっていた。浄化の術のせいで体がぼろぼろだったし、カシアを塔まで連れてくるために全力を使いはたしていた。わたしは身をよじってヴェンサから逃れ、部屋から走り出た。我慢できず、廊下の壁にもたれかかり、涙をぬぐうことすら忘れて、わんわん泣いた。ヴェンサも泣きながら部屋から出てきた。「ごめんよ、ニーシュカ……ごめんよ。本気で言ったんじゃない、本気で言ったんじゃ――」

本気じゃないってことはわかっていた。でも、ヴェンサの言ったことはほんとう――少しだけ、ちょっとねじれたかたちでほんとうだった。ヴェンサの言葉がわたしのなかの罪悪感を、心の底の叫びを掘り返した。なぜカシアを選ばなかったの？　わたしたちは……わたしと母さんは、わたしが召し上げられることはないだろうと心ひそかに安心していた。カシアを憎んでいないとしても、自分が選ばれたあと、なんでわたしが？　と悲嘆に暮れた。

〈ドラゴン〉がヴェンサを家に帰したことを、わたしは残念に思わなかった。彼女が塔を出たその日に、防御の呪文を教えてほしいと彼に頼んだが、拒まれても、そんなに抵抗しなかった。「身のほどを知れ」と、彼はぴしゃりと言った。「きみには休養が必要だ。こっちだって、そのぼんくら頭に呪文をたたきこむために苦労するんだ。その前に休んでおきたい。急ぐ必要はない。どうせなにも変わらないんだから」

「でも、もしカシアがわたしと同じように穢れを宿しているのなら――」わたしが話しはじめると、〈ドラゴン〉は首を横に振った。

「影どもはきみの口から出ていった。すぐに追い出したことで、きみはやつらに乗っ取られずにすんだ」彼は言った。「だが、彼女の場合はちがう。間接的な感染ではなかった。きみが無益に石に変えてしまった、あの不運な牛飼いと同じだ。きみは自分が〈森〉で見た木が〈心臓樹《しんぞうじゅ》〉だったとわかっているか？ 〈心臓樹〉は、根づいた場所で生長し、その実によって〈歩くもの〉を養う。彼女はこれ以上なく深く〈森〉の魔力に取りこまれたんだ。いいから、もう寝ろ。数時間のちがいなど、なにも影響しない。それに寝ていれば、きみはこれ以上愚かしいことに首を突っこまずにすむ」

抗《あらが》いたい気持ちが胸の底でうずいたけれど、たしかにわたしは疲れきっていた。だから、時間をおこうと決めた。だけど、もしわたしが最初に〈ドラゴン〉の警告を聞き入れていたら、カシアはいまも〈心臓樹〉に取りこまれ、喰《く》い尽くされ、腐りはてる運命にあったはずだ。魔術のことだって、もし彼の言うままになっていたら、わたしはいまも呪文を唱えて体力を消耗しきるだけの日々を送っていただろう。彼はわたしに、〈心臓樹〉から逃れられた者はいないと、〈森〉からまともに帰ってこられた者はいないと言った。でも、バーバ・ヤガーはそれをやっていた。そして、わたしも……。つまり、彼にもまちがいはあるということだ。カシアのことだって、彼の見立てがまちがっている可能性はある。きっと……。

翌日、わたしは夜明け前に起き出し、バーバ・ヤガーの魔法書を調べた。そして、穢れを嗅ぎ出す〝アイ・シャイ・シャイシーマド〟というかんたんな呪文を見つけた。台所におりて呪文を試し、樽《たる》の陰に生えたカビ、壁の漆喰《しっくい》の腐食、ワインの棚の下に転がったまま傷んだリンゴとキャベツを見つけた。そして朝日が階段を照らしはじめるころ、書斎まであがり、書棚の本をつぎつぎに床に落とした。もくろみどおり大きな音を聞きつけ、眠そうな目をして気むずかしげな〈ドラゴン〉が書斎にあらわれた。でも、彼はわたしを叱らなかった。かすかに眉をひそめ、なにも言わず背を向けた。怒鳴りつけられるほうがよほどましだった。

けれども、彼は小さな黄金の鍵を取ってきて、部屋の書棚とは反対側の壁にある扉付きの松材のキャビネットを解錠した。わたしは近づいて、なかをのぞきこんだ。棚の上に、薄いガラスにはさまれた羊皮紙が何枚も重ねられていた。彼はそのひとつを取り出した。「ほとんど好奇心だけで保管しておいたものだが、きみにはいちばん向いているかもしれないな」

そう言って、ガラスにはさまれた羊皮紙をテーブルに置いた。それはなにかの本の一ページを切り取ったもので、乱雑な文字が奇妙なかたちにまとまって書きこまれ、松葉を焚《た》いた煙とその煙を吸いこむ鼻がぞんざいに描かれた挿絵がついていた。その文章のなかに、十数種の呪文らしき言葉が並んでいた。〝スオルタル、ヴィーデル、スオルヤータ、アコラータ、ヴィデラーレン、アコールデル、エステープン〟などなど。

「どれを使えばいいの？」わたしは彼に尋ねた。

「なんだって？」彼がぴくりと反応した。ひとつの長い呪文ではないとわたしから指摘されたことが心外だとでも言うように。そう、彼はそれに気づいていなかったのだ。「なんでもいい。きみがひとつ選んで試せ」

わたしは心のなかで快哉《かいさい》を叫んだ。これもまた、彼の知識にも限界があるというひとつの証拠だ。実験室に行って松葉を取ってくると、ガラスのボウルに入れて、書斎のテーブルの上で火をつけた。羊皮紙に顔を近づけ、ひとつの呪文を試す。「**スオルタル**」口のなかで一字一句をしっかりとかたちづくった。でも、うまくいかない。なにかが横合いから流れこんできてじゃまをする。

「**ヴァロディーターズ・アロイート・ケス・ヴァローフォズ**」硬くとがった呪文が〈ドラゴン〉の口から放たれ、釣り針のようにわたしをとらえた。彼が人差し指をすばやく曲げると、わたしの両手が勝手にテーブルから持ちあがり、手のひらを三回打ち鳴らす。まったく自由がきかないわけじゃない。だけど、落下の夢から覚めるときのように体がふわりと動く。あやつり人形の糸を体に埋めこまれたように、わたしの動きを外からあやつる力がある。自分の腕なのに自分の腕じゃないみたいだ。わたしはとっさに反撃の呪文を返そうとした。すると彼がまた指をくいっと曲げた。今度は、わたしをあやつる糸がずずずっと体を引っ張った。

足が勝手に動いて部屋の半分ほどを進み、ようやく止まれたところで、わたしは荒い息をついて彼をにらんだ。彼はあやまりもしなかった。「〈森〉が同じことをするとき、きみはあやつられているると気づくこともないのだぞ。さあ、もう一度やってみろ」

それから一時間、わたしは呪文と格闘した。羊皮紙に書かれたとおり口にしたつもりでも、どれもこれも言いまちがえた。書かれたすべての呪文を試し、ああでもないこうでもないと舌の上で転がした。そしてようやく、いくつかの文字がわたしの親しんだ読み方とはちがうのではないかと思いいたった。そこで、べつの読み方を試してみたが、自分では正しく発音したつもりでも、どこかの音節でつっかえた。それでも何度も試し、ようやくうまくいく兆しが見えた。〈ドラゴン〉はさらに数時間の特訓をわたしに課した。松葉の煙を吸い、息を吐きながら呪文を唱えた。彼はそのたびに不快な呪文を放って、わたしの意識を乱した。

正午になり、やっと休憩を許されて、わたしは崩れるように椅子にすわりこんだ。疲れきって、神経がぴりぴりしている。防御の結界を張っているつもりなのに、鋭くとがった枝で突かれつづけたようなものだ。わたしは古い羊皮紙に書きつけられ、手厚く守られた、奇妙なかたちの文字を見つめた。いったい、どれくらい古いんだろう？

「とても古い」と、〈ドラゴン〉が言った。「ポールニャ国よりも。ともすれば、〈森〉よりも」

わたしはまじまじと彼を見つめた。これまで考えてみたこともなかった。〈森〉は最初からあそこに、あの姿であったんじゃなかったの？

〈ドラゴン〉が肩をすくめた。「わたしの知るかぎり、〈森〉はあの場所にあった。ポールニャ国とローシャ国よりも古いのはまちがいない。この谷の人々がここに住みつく以前から〈森〉は存在した」彼は羊皮紙を閉じこめたガラスをこつこつと指でたたいた。「これは、この土地に最初に住みついた人々のものだ。伝え聞くところによれば、一千年ほど前に、その時代に君臨した魔法使いの王が、魔法言語をたずさえて東方から、ローシャ国のさらに先にある不毛の土地からこの谷にやってきた。そして時が流れ、〈森〉が彼らに襲いかかった。彼らの砦《とりで》を壊し、畑を荒らし尽くした。彼らの存在した痕跡はいまやほとんど残っていない」

「でも……その人たちがこの土地にやってきたとき、〈森〉がまだ存在していなかったのだとしたら、〈森〉はいったいどこからあらわれたの？」

〈ドラゴン〉が肩をすくめた。「都に行けば、〈森〉の起源についての歌を幾人もの歌唄《うた》いが歌ってくれるだろう。彼らは好んでそれを歌う。少なくとも、なにも知らない聴衆を前にしているときには。創作意欲をかき立てるテーマだと見えるな。そんな歌のどれかひとつくらいは真実を突いているかもしれない。さあ、松葉を燃やせ。もう一度やるぞ」

夜遅くまでかかることはなかった。日が翳《かげ》るころ、彼はわたしの上達に満足し、今夜はもう寝ろと言った。でも、わたしは承服しなかった。ヴェンサの言葉がまだ頭の奥で、わたしを責め苛《さいな》むように、きしきしと音をたてていた。わたしを疲れさせ、日取りを延ばそうという彼の魂胆ではないのかという疑いも頭に浮かんだ。この目でカシアを見たかった。自分が立ち向かうことになるものを、闘う手段を講じなければならない穢れをしっかり見ておきたかった。「いやよ」とわたしは言った。「まだ眠らないわ。防御の呪文を覚えたら、彼女に会わせてくれるとあなたは言ったでしょ」

彼が両手を振りあげた。「しょうがない。ついてこい」

彼につづいて階段をおり、台所を抜けて地下貯蔵庫にはいった。この貯蔵庫は、彼に生気を吸い取られてしまうのではないかと恐れて塔から逃げ出そうとしたときに、さんざん調べた場所だ。あらゆる壁を手でさぐり、あらゆる隙間《すきま》に指を突っこみ、怪しげにすり減った石レンガを見つけるたびに引き出せないものかと試してみた。ところが、彼が向かったのはそのころのわたしが見向きもしなかったすべすべの石壁だった。壁は漆喰の継ぎ目のない一枚の青白い大理石板でできていた。彼はそこに片手で軽く触れ、五本の指を蜘蛛《くも》の脚のように折り曲げた。その魔術のみごとな手ぎわにはかすかな興奮さえ覚えた。たちどころに石板が一枚扉のように奥へと開き、同じ青白い大理石でつくられた階段があらわれた。階段はほのかな輝きを放ちながら、かなりの急傾斜でさらに地下へと向かっていた。

わたしは彼につづいて螺旋《らせん》階段をおりた。そこは、この塔のどことも似ていなかった。もっと古く、もっと奇妙だった。石段のへりには鋭い角がついているけれど、まんなかだけはすり減って丸くなっている。階段の両側の壁の下方に、ポールニャ国のものでもローシャ国のものでもない文字がひとすじの線となって刻まれていた。それは、防御の呪文とともに古い羊皮紙に書きつけられていた文字によく似ていた。階段は地下深くまでつづき、周囲の石と沈黙の重さがのしかかってくるような気がした。ここはまるでお墓みたいだと思った。

「ここは墓だ」と、〈ドラゴン〉が言った。階段のいちばん底にある狭い円形の部屋までたどり着くと、ますます空気が濃く、重くなった。階段の壁に刻まれた文字が途切れることなく部屋の反対側の壁まで延びて、そこから湾曲する壁を上へとのぼり、ドーム型の高い天井をへて、ふたたび階段のもう片方の壁へと戻ってくる。湾曲した壁の下のほうに、狭い入口らしきものがあり、周囲より鮮やかな色の石レンガが積みあげてある。その石レンガだけあとから積んで封印したかのようだ。その入口は、人が身をかがめて通り抜けられるほどの大きさだった。

「その、つまり……ここには、だれかが埋葬されてるってこと？」おずおずと尋ねる声がかすれた。

「そうだ」と、〈ドラゴン〉が答える。「しかし王といえども、死んでしまったら、ここに出入りするなとは言えない。いいか――」と、わたしのほうに向き直って言う。「壁抜けの呪文をきみに教えるつもりはない。あの娘に会うときはかならず、わたしがきみを連れて壁を抜ける。もし、彼女に手を触れたり、彼女の手が伸びる距離に近づいたりしたら、二度とここには連れてこない。彼女に会いたいのなら、しっかりと自分の身を守れ」

わたしは石の床に松葉を置いて火をつけ、立ちのぼる煙に顔を近づけて防御の呪文を唱えた。彼の手のなかに自分の手をすべりこませると、わたしたちは一瞬にして壁を通り抜けていた。

彼がカシアについて語る口ぶりが、わたしにたとえようもない恐れを植えつけた。カシアがヤジーのように苦しむ姿を、口から泡を噴《ふ》いて皮膚をかきむしるところや、うごめく穢れの影どもに体を喰らい尽くされているところを想像し、どんなことでも受け入れると覚悟した。ところが壁を抜けたとき、目の前にあったのはそんな光景ではなかった。粗末な寝台の端に膝をかかえてうずくまるカシアがいた。かたわらの床に皿と水の容器が置かれていて、食べたり飲んだりした形跡があった。顔はもう汚れていないし、髪は三つ編みに結われている。疲れておびえた顔をしていたけれど、以前と同じカシアだった。わたしを見ると、ふらつきながら立ちあがり、両手を開いて近づいてこようとした。「ニーシュカ……ニーシュカ、来てくれたのね」

「近づくな！」〈ドラゴン〉の声が飛び、呪文が放たれた。「**ヴァルア・ポールジズ**」あっという間に、熱い炎の壁がわたしとカシアのあいだに立ちはだかった。わたしはうかつにも〈ドラゴン〉の言いつけを破って、彼女に近づこうとしていた。

やむなく両手をおろし、こぶしを握った。カシアも後ずさって炎の壁の向こうにとどまり、〈ドラゴン〉にうなずいて、彼に従う意思を示した。わたしはなすすべもなく彼女を見つめ、希望にすがりながら呼びかけた。「カシア、あなたは……」声が喉につかえて出てこない。

「わからないの……」カシアが声を震わせて言った。「なにも……憶《おぼ》えていない。〈森〉に連れ去られてからのことはなにも。あいつらに〈森〉まで連れていかれて、そして……そして……」そこで言葉がとだえた。くちびるがわずかに開き、目には恐怖が宿っている。わたしが〈森〉で彼女を見つけたときに感じた、そしていまも皮膚の奥にひそんでいるのと同じ恐怖だ。

もう彼女に近づかないように自分を押しとどめる必要はなかった。わたしはふたたび〈森〉のなかにいた。〈森〉に戻って、なにも見えず、息さえできないカシアの苦悶《くもん》の表情と、なにかを乞い願うような両手を見つめていた。「いいのよ、話さなくて」わたしは声を絞り出した。こんなに長く彼女からわたしを遠ざけていた〈ドラゴン〉への怒りが渦巻いた。すでに頭のなかにはひとつの計画があった。バーバ・ヤガーの呪文を使って、カシアの穢れが体のどこに根を張っているかを調べよう。そして〈ドラゴン〉に、彼がわたしの穢れを浄化するときに使った呪文を教えてくれと頼もう。バーバ・ヤガーの魔法書を調べて、それと似た呪文をほかにも見つけ出し、カシアのなかから穢れを追いはらおう。「まだ考えなくてもいいわ。ただ、いまがどうかだけ教えて。気分は悪くない？　寒くはない？」

わたしはようやく、その部屋を見まわした。壁は階段と同じ大理石で、骨のように白い。奥にある深いくぼみに、縦長の重厚な石の箱が置かれている。横の長さは人の背丈ほどもあり、上部には壁と同じ奇妙な文字が、側面には植物の模様が刻まれている。花を咲かせた高木とからみ合う蔓草《つるくさ》の模様だ。青い火の玉がひとつ、石の箱の上で燃えていた。壁にごく狭い隙間があり、そこから空気が流れこんでくるようだ。ここはとても美しい部屋だ。でも、あまりにも寒々としている。「こんなところにカシアを置いておけない」と、わたしは〈ドラゴン〉にきっぱり言った。彼がかぶりを振っても、さらにつづけた。「カシアには太陽の光と新鮮な空気が必要よ。ここじゃなくて、わたしの部屋だって、鍵をかけておけば――」

「これでも〈森〉よりはましよ！」カシアが言った。「ニーシュカ、教えて。あたしの母さんはだいじょうぶ？　母さんは〈歩くもの〉を追いかけようとしたわ。怖いのよ――母さんまで〈歩くもの〉に捕まってしまったんじゃないかと」

「だいじょうぶ」わたしは涙をぬぐい、深く息を吸いこんだ。「無事よ、だいじょうぶ。あなたのことを心配してたわ……ものすごく。わたしがあなたの無事を伝えるから――」

「母に手紙を書いてもいいですか？」カシアが尋ねた。

「いいや、だめだ」と〈ドラゴン〉が答え、わたしは彼のほうを振り向いた。

「カシアに鉛筆と紙を渡すくらい、いいじゃない！」腹立たしい思いで言った。

〈ドラゴン〉は冷ややかな顔をわたしに向けた「ここまで頭の鈍いやつだったとはな。いいか、考えろ。〈心臓樹〉に一昼夜囚われていた者が、そこから出てきて、きみに話しかけている。これをまともなことだと思うのか？」

わたしはぎくりとして押し黙った。バーバ・ヤガーの腐敗を見つける呪文が口のなかにとどまっていた。口を開けば、呪文は飛び立っていくだろう。でも……相手はカシアだ。わたしのだいじなカシア……この世界でわたしがだれよりもよく知っているカシア。わたしはカシアを見つめた。彼女は悲しげに不安そうに、でも泣きもせず、すくみもせずに、わたしを見つめ返した。そう、目の前にいるのはまぎれもなくカシアだ。「〈歩くもの〉たちが、カシアを〈心臓樹〉のなかに閉じこめたことは認めるわ」と、わたしは〈ドラゴン〉に言った。「でも、間に合ったのよ、きっと。わたしが彼女を救い出したのは、まだあの木がカシアに手をくだす前で――」

「いいや、ちがうな」〈ドラゴン〉はにべもなく返した。わたしは彼をにらみつけてから、カシアのほうを見た。彼女は苦しげに、でも気丈にほほえんでみせた。

「いいのよ、ニーシュカ」と、カシアは言った。「母さんが無事なら、それでいいの。でもいったい、あたしは――」ごくりと喉を鳴らしてから言った。「あたしはどうなってしまうの？」

どう答えればいいのかわからなかった。「あなたの穢れを祓《はら》う方法を見つけてみせるから」自分の口を突いて出た言葉にはっとたじろぎ、なかばやけっぱちな気分で、〈ドラゴン〉のほうは見ないで言い直した。「あなたはなんでもないって証明できる呪文を見つけてみせるから――」

でも、口ではなんとでも言える。いったい、どうすれば、カシアは安全だと〈ドラゴン〉に証明できるんだろう？　彼は認めないに決まっている。でも、もし彼を説得できなければ、彼はカシアを一生でも、この地下墓に閉じこめておくだろう。古代の王とともに、わずかな日光さえ差さないこの地下に、愛する家族からも遠ざけて……。そんなのは人間の暮らしじゃない。だけど、〈ドラゴン〉にとって、カシアは〈森〉と同じように恐ろしく危険な存在なのだ。そもそも、わたしが彼女を助けにいくことだって、彼はこれっぽっちも望んでいなかった。

ふいに、いやな考えが頭をかすめた。〈ドラゴン〉は、最初からカシアを利用するつもりでここに閉じこめたんじゃないの？〈森〉が彼女をさらったように、彼もカシアをさらい、彼なりのやり方でむさぼり尽くそうとしているんじゃないの？　カシアの人生を根こそぎ奪うことを、彼はなんとも思っていない。彼女をこの塔に幽閉し、自分に仕えさせることを、どうして彼がやましく思うだろう？　彼女をわざわざ解放する危険をどうして冒すだろう？

〈ドラゴン〉は、火の壁とカシアから距離をおき、わたしの数歩後ろに立っている。その表情は冷ややかで、取りつく島もなく、薄いくちびるは堅く結ばれていた。わたしは彼から目をそらし、頭のなかの疑いを読み取られないように表情を消した。ああ、もしわたしが壁抜けの呪文を覚えたら……あとは彼の監視の目を盗むだけでいいのに。呪文で彼を眠らせてしまうか、あるいは食事にこっそりと薬を混ぜれば……。〝ヨモギとイチイの実を鍋で煮な。ねっとりするまで煮つめたら、血を三滴落としなよ。呪文をひとつ唱えたら、味もない、臭いもない、イチコロの毒のできあがり～〟

突然、松葉のくすぶる刺激的な匂いが鼻腔《びくう》に戻ってきた。とたんに頭のなかの霧が晴れ、邪悪なくわだてがするりと逃げていった。わたしは自分が考えていたことにたじろぎ、炎の壁から一歩しりぞいた。炎と煙の向こうにカシアが立って、わたしの言葉を待っている。決然とした表情、澄んだ瞳。その瞳には愛と信頼と感謝が、かすかな恐れと不安が浮かんでいる。人間としてふつうじゃないところはどこにもない。わたしは彼女を見つめた。彼女が心配そうに見つめ返してきた。以前のままのカシアだ、そう見える。でも、わたしは口がきけなかった。松葉の匂いがまだ鼻腔にあり、煙がちくちくと目を刺激した。

「ニーシュカ?」カシアが口を開いた。不安が高まったように声が震えている。わたしはまだ黙っていた。彼女が炎の向こうからわたしを見つめている。煙霧を透かして見る彼女の顔がほほえみ、すぐに悲しげな表情に変わった。そのくちびるがわなわなと震えながら言葉をさがし、ひとつのかたちを、またつぎのかたちをつくろうとする。わたしはまた一歩しりぞいた。それが事態をさらに悪くした。彼女がわたしに視線をすえたまま、首を少し横に傾けた。目が前よりわずかに開き、体の重心と姿勢が変わった。「ニーシュカ」その声にもう恐れはなく、あるのは信念と温かさだけだった。「いいの、わかっているのよ、あなたがあたしを助けてくれることは」

〈ドラゴン〉が沈黙したまま、わたしのそばにいた。わたしは息を吸いこんだ。でも、まだだめだ、喉が詰まっている。それでもどうにか低い声で呪文を唱えた。「**アイ・シャイ……シャイシーマド**」

わたしとカシアのあいだに、松葉の刺すような強烈な匂いが立ちのぼった。カシアが「お願いよ」と、わたしに呼びかける。哀願の声が、舞台役者のように瞬時にすすり泣きに変わった。カシアが両手を差し出し、炎の壁に一歩近づき、身を前に傾けた。さらにまた一歩。樹液をふんだんに蓄えた若木が燃えるような、松葉の匂いがますます強くなった。「ニーシュカ……」

「やめて！」わたしは叫んだ。「来ないで！」

彼女の足が止まった。以前のカシアと変わりなかった。でもつぎの瞬間、彼女の両腕がだらりとたれ、顔から生気が抜けた。部屋のなかに、樹林でなにかが朽《く》ちていくような腐臭が満ちた。〈ドラゴン〉が片手をあげ、呪文を唱えた。「**クルキーアス・ヴィズキーアス・ハイシーマド**」手から光が放たれ、カシアの皮膚を照らし出す。光が照らしたところに、濃緑色の影が浮かびあがった。深い葉むらが描き出すまだら模様のように影がうごめいた。彼女の目の奥から、なにかがわたしを見つめている。彼女の顔は奇妙にのっぺりとして、もはや人のものではなかった。やっと、わかった。その瞳の奥からわたしを見つめるもの——それはわたしが〈森〉で感じた、わたしを狩ろうとしていたものと同じだ。わたしのよく知るカシアはもうどこにもいなかった。

9 〈ドラゴン〉の昔語り

〈ドラゴン〉に体を支えられて壁を抜け、ふたたび地下墓の入口の間に戻った。壁を抜けたとたん、わたしは石の床にへたりこみ、足もとの灰になった松葉を見つめた。やりきれなかった。真実を暴き出した松葉が恨《うら》めしかった。泣くこともできなかった。死んだほうがましだと思うくらい、カシアはひどい目に遭《あ》っている。わたしはそばに立つ〈ドラゴン〉を見あげた。「きっとあるわ。カシアに取り憑《つ》いたやつを追い出す方法がきっとあるわ」わたしは子どもが駄々をこねるように、カシアを助けてと懇願《こんがん》した。彼は黙っていた。「あなたがわたしに使った呪文《じゅもん》があるじゃない。あれを使えば――」

「いいや」と、彼は言った。「あの浄化の呪文は、きみにはかろうじて効いた。だが、今回は無理だ。警告しておいたはずだぞ、身を守れと。あの娘のなかにひそんだやつは、きみ自身を痛めつけろとそそのかさなかったか？」

背筋がぞくりとした。あの恐ろしい考えが頭に忍びこんできたときのおぞましさがまざまざとよみがえる。〝ヨモギとイチイの実を鍋で煮な……イチコロの毒のできあがり～〟「わたしじゃなくて、あなたを殺せと……」わたしは正直に答えた。

〈ドラゴン〉がうなずいた。「さもありなん。わたしを殺せときみをそそのかし、きみをまた〈森〉へおびきよせようという魂胆だ」

「あれは、なんなの？」わたしは尋ねた。「あれは、なんなの？　カシアのなかにいるあいつは……？　わたしたちは〈森〉と呼ぶけど、あの〈森〉に生えた木々はいったい……」突然、ひらめくものがあった。「──あの木々も、カシアと同じように穢《けが》されてるのね。そして、あそこでい、い、生きてる、ほんとうはああじゃないのに……」

「さあ、なんとも言えないな。とにかく、そいつは、わたしたちが居つく前から、ここにいた。おそらくは、彼らよりも前から」〈ドラゴン〉は壁に刻まれた奇妙な古代文字を示した。「彼らが、〈森〉を目覚めさせた。あるいは、つくった。しばらくは〈森〉と戦い、そののち〈森〉が彼らを滅ぼした。遺されたのは、この地下墓のみ。かつてはここに古い塔が建っていた。しかし、ポールニャ国がこの谷を領土と宣言し、〈森〉がふたたび勢いを増すころには、石レンガが地面に散らばるだけになっていた」

〈ドラゴン〉は黙りこんだ。わたしは床に膝をかかえてすわり、頭のなかで考えをめぐらした。

震えが止まらなかった。とうとう彼は苦しげに言った。「この件には、わたしが幕を引く。もうあきらめはついたな？　彼女を助ける手立ては、まずなにも残っていない」

わたしは、それでいい、と言いそうになった。もう終わらせてしまいたかった。壊してしまいたかった――カシアの顔の奥にひそんでいるものを、彼女の肉体はおろか心や精神まで乗っ取り、彼女の愛するすべてを壊し尽くそうとするものを。たとえそこにまだ彼女の意識があったとしても、ほとんど問題ではないような気がした。もし彼女の意識があったとしたら、わが身の囚人となって、おぞましいあやつり人形のように利用されるなんて、それに勝る恐怖があるだろうか。そのうえ、〈ドラゴン〉がいまのカシアには彼の魔術も効かないと言っているのだ。確信をもってそれを否定できるわけがない。

でもだけど、わたしは彼を穢れから救った――彼自身でさえ助からないとあきらめていたのに。もちろん、わたしはまだ未熟者で、数かぎりなく失敗を犯す。これからひと月、いや一年、魔法書のなかから効き目があるかもしれない呪文を見つけ出そうとするのがどんな苦しい作業になるかは想像がつく。だけど、言わずにはいられなかった。「だめ……まだだめ」小さな声で言った。「まだ、あきらめがつかない」

それまでのわたしが修業に身のはいらないひどい生徒だったとしたら、それからのわたしは、まったくべつの意味で、ひどい生徒になった。書棚に向かい、手当たりしだい本を抜き出した。〈ドラゴン〉はその場にいれば助けてくれたが、助けがなくてもわたしは気にしなかった。こうして魔法書を片っぱしから調べ、呪文を試し、だめとわかると投げ出し、つぎに取り組んだ。自分にやり遂げる力があるのかどうか、そんなことは考えもせずに打ちこんだ。魔法の林を駆け抜けるように、イバラの茂みに分け入るように、棘《とげ》に裂かれるのも泥まみれになるのもおかまいなしに、自分がいまどこにいるのかさえわからないままに……。

少なくとも三、四日に一度は、かすかな期待をいだかせる、試す価値があるかもしれないと思わせる記述にぶつかった。それを試したいと言えば、〈ドラゴン〉はカシアに会わせてくれた。試す価値があるとは思えない呪文でも、わたしはそれを口実にカシアのところへ行った。わたしが書斎を引っかきまわしても、テーブルを油や粉で汚しても、彼は文句ひとつ言わなかった。カシアをあきらめろと強いることもなかった。彼の沈黙がたまらなくいやだった。カシアを救う手立てがないと、わたしが納得するのを待っているのがわかったからだ。

カシア——というか彼女のなかにひそむもの——は、もはや取りつくろおうともせずに、爛々《らんらん》とした鳥のような眼《まなこ》でわたしを見つめ、魔術が失敗に終わると、にやっと笑った。背筋の凍る笑みだった。わたしが呪文を唱えようとすると、「ニ～シュカ、アグニ～シュカ」と、小さな声で歌いかけるので、つい耳を傾け、呪文の途中でつかえてしまう。最後はいつも打ちひしがれ、泣きながら階段をのぼった。

谷には春が近づいていた。しょっちゅう外を見ることはなくなったけれど、部屋の窓辺に寄れば、雪解け水と白い氷を運んで勢いよく流れる糸繰《いとく》り川が見えた。低地にあらわれた草地は、日ごと雪原を切り崩し、山々のほうへ追いこんでいった。雨が銀のカーテンのように谷をおおった。でもわたしは、塔のなかの〝不毛の地〟にとどまり、バーバ・ヤガーの魔法書を読みふけっていた。自分の未熟な、偏《かたよ》りのある魔力にも適していると思える数冊の本と、〈ドラゴン〉から勧められた数冊にくまなく目を通した。そこには治療や浄化や生還の魔法がしるされており、わたしはわずかでも望みがありそうなものをひとつ残らず試した。

谷では種まきの季節を前にして〝春祭り〟が催され、オルシャンカの町の広場に、塔からでも並はずれた大きさとわかる大木が立てられ、巨大な焚《た》き火になった。書斎にこもっているわたしにも、祭りの音楽が風に乗ってかすかに聞こえてきた。音楽に誘われ、祭りがおこなわれている遠くの広場をながめた。谷全体が命の芽吹きに沸き立っていた。畑には早い新芽が、村の集落を囲む森林にはやわらかな淡い緑の芽が吹いていた。でも、この塔の冷たい石の階段の底には地下墓があり、カシアが生きながらに葬られている。わたしは窓から目をそむけ、机に突っ伏して泣きじゃくった。

涙でべちゃべちゃになった顔をあげると、〈ドラゴン〉がいた。わたしの近くにすわり、陰鬱《いんうつ》な顔で窓の外を見つめていた。その両手は、わたしに触れるのを戒めるように、膝の上できつく組まれていた。彼はテーブルのわたしの前にハンカチーフを落とした。わたしはそれで涙をぬぐい、洟《はな》をかんだ。

「わたしもやってみたことがある、かつて一度だけ」彼は唐突に話しはじめた。「そのころは、わたしもまだ若く、都に住んでいた。ひとりの女性がいた——」彼のくちびるがかすかにゆがみ、自嘲の笑みが浮かんだ。「宮廷でも抜きん出て美しい女だった。その名を明かしても、もはや彼女の名誉が傷つくことはないだろう。なにしろ、墓にはいって四十年がたつのだからな。ルドミラ伯爵夫人だ」

わたしはぽかんとして彼を見つめた。どうしてこんなに面食らっているのか、自分でもよくわからない。〈ドラゴン〉はいつも塔にいたし、これからもずっと塔にいる——それは西を仰げば山々があるように、わたしにとって永遠に変わらないことだった。彼がほかの土地に住んでいたなんて、若い青年だったなんて、なにかのまちがいのような気がした。そのうえ、彼が四十年前に死んだ女性を愛していたというのも、ぴんとこなかった。わたしはすでに見慣れた彼の顔を、今度はまじまじと見つめた。意識して見れば、たしかに目じりと口もとにはしわがある。でも歳相応のものはしわだけで、ほかのすべてにおいて彼は青年だった。顔の輪郭は鋭く、髪には白髪《しらが》もなく、黒々としている。青白くてなめらかな、日焼けを知らないほお、長い指と優雅な手。わたしはもう一度、宮廷付きの若い魔法使いである〈ドラゴン〉を頭のなかで思い描いてみた。きらびやかな服に身を包んだ、いかにもそれらしい姿……彼が美しい高貴な女性に言い寄るところ……。ああ、どうにも腑《ふ》に落ちない。彼には書物と蒸留器が、書斎と実験室にこもっている姿がいちばん似合っている。

「その女の人が……穢れに冒されたの？」わたしはとまどいながら尋ねた。

「いいや。彼女ではなく、彼女の夫が」それだけ言うと、口をつぐんでしまったので、もうこれで話は終わりなのかと思った。〈ドラゴン〉はこれまで彼自身のことを一度もわたしに語らなかった。宮廷についても、揶揄《やゆ》の言葉を口にするだけだった。けれどもしばらくすると、彼は話を再開した。わたしはその話に聞き入った。

「ルドミラ伯爵がローシャ国へ、ある協定について交渉するために向かった。あの山越えの道を通ってだ。しかし結局、協定は成立せず、帰国した彼には穢れの特徴がいくつかあらわれていた。ルドミラ邸の子守り女が目ざとく見つけて、伯爵夫人に注進した。ルドミラ伯爵夫人は使用人たちの手を借りて伯爵を地下庫に閉じこめ、扉を魔除けの塩でしっかりとふさいだ。そして伯爵が病をわずらったことにした。

都に住む者はみな、若く美しいルドミラ伯爵夫人が年上の夫の療養中に、自分を醜聞《しゅうぶん》の渦に巻きこむかもしれない情事に走るなどとは思ってもみなかった。わたしもまさか彼女が恋の相手にわたしを選ぼうなどとは夢にも思わなかった。当時のわたしはまだ若くて愚かで、自分と自分の魔術が人々から恐れではなく称賛を引き出すものだと信じて疑わなかった。彼女は抜かりなく、若造のうぬぼれを利用しようと最初から決めていたのだろう。夫を助けてほしいとせがまれるころには、わたしはすでに彼女の虜《とりこ》になっていた。

人の本性をつかむのに長《た》けた女だったんだ」冷めた口ぶりで言い添えた。「彼女はわたしに、苦境に陥った夫を見捨てるわけにはいかない、と言った。宮廷における地位や爵位や名声などに未練はないが、夫が穢れを宿しているかぎり、わたしは自分の名誉において彼のそばから離れるわけにはいかない、と。夫から穢れが取り除かれたとき、わたしははじめてあなたといっしょに逃げることができる――彼女はそう言いきり、わたしの利己心とプライドにつけ入った。まんまと乗せられたわたしは、恋人の夫を助けると誓った自分を高潔の士だとさえ思った。こうして、彼女はわたしに伯爵をゆだねた」

〈ドラゴン〉が沈黙した。わたしは、フクロウのいる梢《こずえ》の下の野ネズミのように息を詰めていた。彼の暗いまなざしは、記憶のなかの光景を見つめているように見えた。わたしにもその光景が見えるような気がした。ベッドに縛りつけられたヤジーのおぞましい笑い、眼《まなこ》を爛々と光らせたカシアのうめきがよみがえってくる。きっと、わたしのまなざしも〈ドラゴン〉と同じくらい暗く翳《かげ》っていたにちがいない。

「半年間、試行錯誤した」彼はようやく言った。「そのころのわたしは、ポールニャ国では最強の魔法使いのひとりに数えられるようになっていた。自分にできないことなどないと思いこんでいた。宮殿の書庫や大学の図書館を漁り、治療計画を立てた」彼は、テーブルの上で閉じられたバーバ・ヤガーの魔法書を示した。「この本も、そのときに見つけた。くだらないほかの魔法書といっしょに購入した。どれもこれも役に立たなかった」

彼のくちびるがまたゆがんだ。「そして、わたしはここへ来た」上に向けた人差し指をまわして、この塔を指し示す。「当時、ここには〈森〉を監視するためにべつの魔法使いが……〈カラス〉と呼ばれる魔法使いが住んでいた。わたしは彼女なら答えを知っているかもしれないと思った。宮廷の魔法使いの多くが、老いさらばえた〈カラス〉を用心深く避けていた。彼女の死後、その後釜として都からここに送りこまれるのはまっぴらだと考えていたからだ。だが、わたしにそんな心配はいらなかった。最強の魔法使いのひとりとして都の守りを託されたわたしが、辺鄙《へんぴ》な土地に飛ばされるはずがないからだ」

「でも――」わたしは思わず口を開き、くちびるを嚙《か》んだ。彼がようやくわたしを見つめ返し、いぶかしむように片眉をあげる。「でも、結局のところ、あなたはここに飛ばされたのね？」わたしはおずおずと尋ねた。

「いいや、わたしの意思で選んだ。当時の国王はわたしの選択を喜ばず、わたしをそばに置きたがった。その後の国王たちも、何度もわたしを都に呼び戻そうとした。だが、わたしの心は動かなかった。〈カラス〉の一件が、わたしを固く決意させていたからだ」〈ドラゴン〉はわたしから目をそらし、窓の外を、この谷の先にある〈森〉を見やった。「ポロスナという村の名を聞いたことがあるか？」

その名にはなんとなく覚えがあった。「ドヴェルニク村でパン屋をやっている人がいて、その人のおばあさんがポロスナの出身だって聞いたことがあるわ。そこは、すごくおいしい丸いパンを焼く店で――」

「わかった、もういい」彼はじれったそうに言った。「ポロスナ村がどこか知っているか？」

答えに詰まった。なんとなく名前を知っているというだけだ。「黄の沼領のどこか？」

「いいや。ポロスナ村は、ザトチェク村よりさらに五哩《マイル》ほど〈森〉に近いところにあった」その答えに耳を疑った。ザトチェク村は、この谷のいちばん東の端に、〈森〉を囲む不毛地帯からわずか二哩のところにある村で、〈森〉を見張る砦《とりで》の役割も果たしているからだ。わたしが生まれてからはずっとそうだった。「〈森〉が……その村を奪ったの？」尋ねる声が小さくなった。

「そうだ」と、〈ドラゴン〉が答え、立ち上がって、大きな帳簿を手に取った。カシアの救出を求めて母親のヴェンサが塔にやって来た日、彼がこの書斎でなにかを書きこんでいたあの帳簿だ。彼はそれをテーブルまで運び、なかほどのページを開いた。大きなページが何本もの直線で分割されて、それぞれのます目に細かな文字が書きこまれていた。一見すると帳簿のようだが、そこに書きこまれているのは村の名、人の名、そして人の数……。どれだけ多くの人が穢れに冒されたのか、憑依《ひょうい》されたのか、さらわれたのか……どれだけ治癒し、どれだけ死んだのか。羊皮紙のページがたくさんの書きこみで厚ぼったくなっていた。わたしは手を伸ばし、ページをめくった。羊皮紙は黄ばんでいるけれど、インクはまだ黒い。保存のために定着の魔法が使われているのかもしれない。時代をさかのぼるほどに記載された被害の数字は小さくなる。むしろ近年に惨事が多く、数字は大きくなっていた。

「〈森〉がポロスナ村を呑《の》みこんだのは、〈カラス〉が死んだ夜だった」〈ドラゴン〉はそう言って、ページを厚くめくった。開かれたページの筆跡は、彼のものほど整然としておらず、それぞれの事件が文章でしるされていた。文字は大きく、行もかすかに乱れている。

きょう、ポロスナ村から早馬が来た。七人が熱病にかかっているとの知らせ。乗り手は途中の町や村に立ち寄ることなく、ここまで来た。彼もまた病をわずらっている。スイカズラの煎じ汁で熱を冷ます。アガタの第七呪文が病根の浄化に効いた。この呪文とともに、銀貨七枚分のサフラン、十五枚分のスイカズラを使った。

これが、その書き手の最後の書きこみだった。

「わたしはそのとき、都への帰路についていた」と、〈ドラゴン〉が言った。「〈カラス〉は〈森〉が勢いを増しているから……この土地にとどまってほしいとわたしに言った。だが、わたしはつれなく断った。自分が手を下すまでもない仕事だと思ったからだ。伯爵を救う手立てはないと断言した〈カラス〉に腹を立ててもいた。わたしは塔を出るとき、伯爵を助ける方法をかならず見つけてみせると〈カラス〉に宣言した。〈森〉が伯爵になにをしたにせよ、わたしがその魔力を跳ね返してみせると。〈カラス〉は老いさらばえた愚者だと、〈森〉がのさばろうとするのは彼女のおとろえのせいだと心のなかで思っていた」

彼の話を聞きながら、わたしは自分を両腕で抱きしめ、この痛ましい記録の書を見おろした。最後の書きこみのあとのページは空白だった。〈ドラゴン〉がこれで終わりにしてくれないかと願った。ここから先の話を聞きたくない。お願い、あなたの失敗をわたしに語らないで……。わたしはカシアのことしか考えられなくなっていた。カシア、カシアと、心のなかで叫んだ。

「取り乱した使者が、都に戻る道中のわたしに追いつき、〈カラス〉が秘薬の蓄えを持ってポロスナ村に向かったと告げた。彼女は早馬の男の治療のために疲れきっていた。もちろん、〈森〉はそこを狙った。彼女はどうにか村の子どもたちを幾人か、隣の村まで送り届けたそうだ。ドヴエルニク村のパン屋の祖母は、おそらく、そのうちのひとりだろう。ポロスナの集落には七体の

〈歩くもの〉が、〈心臓樹《しんぞうじゅ》〉の苗木を持ってやってきたという。

わたしが都に戻るのをやめてポロスナにたどり着いたのは、襲撃から一日半たったあとだった。それでもまだ樹林に分け入ることができた。〈歩くもの〉たちは、〈カラス〉の体に〈心臓樹〉を植えつけていた。彼女はまだ生きていた――まあ、あのような状態でも生きていると言えるならだがな。わたしには、退散する前に、彼女に安らかな死をあたえることしかできなかった。ポロスナ村は消え、〈森〉はさらに境界を押し広げた。

あれが最後の大きな襲撃だった」と、〈ドラゴン〉は言い添えた。「それ以降は、わたしが〈カラス〉に代わって、〈森〉の侵攻を食い止めてきた」

「もし、あなたが来なかったら？」

「〈森〉を押し返せるだけの力を持った魔法使いは、このポールニャ国にわたしひとりしかいない」〈ドラゴン〉は言った。尊大さはみじんもなく、たんなる事実を表明するように。「数年に一度、〈森〉はわたしの強さを試す。そして十年かそこらに一度、本格的な襲撃を仕掛ける――最近、きみの村を襲ったように。あのとき、もし、このわたしを穢すか殺すかして一本の〈心臓樹〉をわたしに植えつけることができたら、〈森〉はつぎの魔法使いがやってくるまでに、きみの村はもちろん、ザトチェク村まで呑みこみ、北の山脈を越えて黄の沼領に向かう道にも攻め入っていただろう。きっかけさえあれば、おそらく進撃はなおもつづいていた。〈カラス〉が死んだとき、もしもっと弱い魔法使いが送りこまれていたら、いまごろはこの谷がまるごと〈森〉に乗っ取られていたかもしれない。

同じことがローシャ国側でも起きている。この十年でローシャ国側では四つの村が消えた。その前の十年ではふたつ。〈森〉はキーヴァ地方に南下する道にも達する勢いだ。そしてつぎは――」彼は肩をすくめた。「〈森〉がどこに達するにせよ、山を超えていくことにちがいはないだろう」

わたしたちは沈黙した。頭のなかには、〈森〉がじわじわと冷酷に、わたしの家に、わたしたちの谷に進軍し、やがてはこの世界を支配するさまが浮かんでいた。そのとき、塔の窓から外を見渡すところを想像する。塔を包囲して果てしなく広がり、風に揺れてざわざわと憎悪のささやきを交わし合う黒い木々、おぞましい樹海。そこに生きものの姿はない。〈森〉はすべての生きものの息の根を止めて、木々の根の底に埋めてしまおうとするだろう。ポロスナ村を葬ったように、カシアを手にかけたように。

涙がゆっくりとほおをつたった。もう泣きじゃくりはしなかった。涙も心も涸《か》れかけていた。外は日が落ち、塔の魔法ランプはまだ灯っていない。彼の顔の輪郭がぼんやりとして、薄闇のなかではその目の色も読めなかった。「それで、どうなったの?」わたしはうつろな静けさを埋めたくて尋ねた。「彼女は、どうなったの?」

〈ドラゴン〉がわずかに体を動かした。「彼女……？」物思いから覚めて尋ね返す。「ああ、ルドミラ伯爵夫人のことか」短い沈黙をはさんで言った。「都に戻って……彼女に告げた。あなたの夫を救うためにできることはなにもない、と。宮廷からふたりの魔法使いを連れていき、彼らにも伯爵を浄化できるかどうか試させようとした。彼らはまず、ここまで長く、わたしが伯爵を生かしておいたことに驚いた。そしてわたしは……ふたりの魔法使いのうちのひとりに伯爵をゆだね、命を断たせた」彼はここで肩をすくめた。「ただ、そのふたりはこの件を穏便にかたづけようとはしなかった。あいにく、魔法使いのあいだにはわたしに対する少なからぬ妬《ねた》みがあった。ふたりは、穢れを隠蔽《いんぺい》した罰として、わたしをこの塔へ送りこむように、国王に進言した。王はそれを拒むだろうが、建て前として軽い処罰ぐらいは下すだろうと踏んだのだ。ところが、わたしがみずから、だれがなんと言おうが塔へ行くと宣言したものだから、彼らは拍子抜けした。

そして、ルドミラ伯爵夫人……彼女とは、二度と会うことはなかった。伯爵を永遠《とわ》の眠りにつかせるしかないと告げたとき、彼女は荒れ狂い、わたしの目玉をえぐり出そうとした。そのころには、わたしも彼女に利用されたことを悟っていたし、なにを言われようが、彼女への幻滅が増すだけだった」彼は冷ややかに言った。「伯爵の死後、夫人は伯爵の財産を相続した。そして数年後には下位の貴族と再婚し、三男一女をもうけ、社交界の花形夫人として七十六歳まで生きた。宮廷の歌唄《うた》いたちは、わたしを悪い魔法使いに、彼女を身を挺《てい》して夫を助けようとした賢夫人に仕立てて、歌をつくった。まあ、あながちまちがいでもなかろうがな」

わたしはその物語を思い出した。〝ルドミラ伯爵夫人と魔法使いの歌〟だ。勇敢な伯爵夫人が農家のおばあさんに変装し、夫の心臓を盗んだ魔法使いに仕えて、料理や掃除をする。そして、屋敷の箱に隠されていた心臓を盗み返して夫を救うという筋書きだ。熱い涙があふれて、目がちくちくした。救出の物語の歌ほど聴衆を魅了するものはない。そして、助け出した者がつねにほめそやされる。暗い地下庫で三人の魔法使いが伯爵を死なせ、伯爵夫人が泣きわめくような悲惨な場面は出てこない。宮廷内の権力争いが歌われることもない。

「あの娘を死なせてやる覚悟はついたか？」と、〈ドラゴン〉が尋ねた。

そんなのは無理だ……でも……もう無理は通せない。わたしは疲れきっていた。あの長い階段をおりて、カシアに取り憑いたやつのところまで行くことさえできそうになかった。わたしは彼女を助けられなかった。カシアはまだ〈森〉にいて、あの木に呑みこまれている。でも、〝フルミーア〟の呪文がなおもわたしの腹の底で震え、そのときを待っていた。もし〝覚悟はついた〟と彼に言ったら、わたしが両腕に顔をうずめているあいだに、彼は地下墓におりていくだろう。そして戻ってきて、すべて終わったと告げる。そのとき、〝フルミーア〟はわたしのなかから咆《ほう》哮《こう》のようにほとばしり、この塔を壊滅させるだろう。

わたしは、藁《わら》にもすがる思いで、あたりの書棚を、砦の壁のように果てしなくつづく本の背表紙をながめた。このなかの一冊がまだ秘密を、カシアを解き放つ魔術を隠してはいないだろうか。わたしは立ちあがり、書棚に近づき、なにかに導かれるように、並んだ本の背表紙に両手をあてがった。指をどけると、背表紙の金色の文字が見えた。こうして、『ルーツの召喚術《しょうかんじゅつ》』がまたしてもわたしを引き寄せた。ずっと以前にここから持ち出して〈ドラゴン〉を激怒させた、美しい革表紙の本だ。あのころのわたしは、まだ魔法のことをなにひとつ知らなかったし、自分になにができて、なにができないかもわかっていなかった。わたしは『ルーツの召喚術』に触れながら、唐突に頭に浮かんだことを彼に問いかけた。「これでなにが呼び出されるの？　まさか悪魔とか……」

「ばかを言うな」と、〈ドラゴン〉が歯がゆそうに言った。「悪魔や妖精を呼び出すなどというのは、おおよそが法螺《ほら》話だ。見えないもの、実体なきものを呼び出したと言い張るのは、たやすいことだからな。召喚術で呼び出されるのは、そんなちゃちなものではない。それが呼び出すのは――」と、一瞬、言いよどんだ。意外なことに、彼は言葉をさがしていた。「〝真実〟だ」少し間をおき、かすかに肩をすくめて口にした――最適な表現ではないが、これがいちばん近いとでも言いたげに。でも、どうやって真実を〝召喚〟するの？　それはつまり、嘘《うそ》を暴くっていうことなの……？

「わたしがこの本を読みはじめたとき、あなたはすごく怒ったわよね。あれはどうして？」

彼はじろりとわたしを見返した。「きみにはそれがちゃちな初級の魔法書に見えるのか？　あのとき、わたしはきみが宮廷の魔法使いたちの手先ではないかと、無理難題を押しつけられて送りこまれてきたのではないかと疑った。つまり、彼らにしてみれば、きみが死力を尽くして塔の屋根を吹き飛ばせれば上出来という寸法だ。わたしが見習いもろくに扱えぬ大ばか者だという評判をつくるためにはな」

「でも、わたしが宮廷のまわし者だったとしても、そんなことをしたら屋根の下敷きになって死んでしまうわ。それを宮廷のだれかが計画したと考えたわけ？」

「そうだ。だれかが毛の先ほどの魔力を身につけた素人《しろうと》を送りこんで、わたしの鼻をあかそうとしたのだろうと考えた。もしかしたら、不始末を起こして宮廷に呼び出される屈辱をわたしに味わわせたいのかもしれないと」彼はつづけて言った。「よくある話だ。多くの宮廷の魔法使いが、素人の農民を、軍馬並みとまでいかないが、牛よりはましな戦士に鍛えて、戦場に送り出す。ローシャ国との戦いでは国境の攻防戦において、そういった大量の素人が捨て駒《ごま》にされる。宮廷の連中はそれくらい嬉々《きき》としてやってのける。なんとも思っちゃいない」この残酷な話題を、彼は片手で払いのけた。「いずれにせよ、きみのごとき抜け作に、その任務が達成できるとは思わなかったがな」

わたしは、自分がまだ指を添えている本をじっと見た。この魔法書を読んだときの言いようのない充足感をまだ覚えている。わたしは唐突に書棚から本を抜き出し、胸に抱きしめて、彼のほうを振り返った。いぶかしげにわたしを見つめる彼に問いかける。「これでカシアを助けられない？」

彼が否定しようと口を開きかけるのがわかった。でも、なぜか彼はためらい、むずかしい顔でしばらく本を見つめたあとで言った。「さあ、どうかな。召喚術は……得体の知れない魔術だ」

「害を及ぼすものじゃないでしょう？」わたしが尋ねると、彼は怒りの目でにらみ返した。

「はっきり言おう、害を及ぼしうる、と。きみは、わたしが言ったことを、聞いていなかったのか？　召喚術を実行するには、この魔法書一冊を、一気に読み切らなければならない。もし、それをやり遂げる能力のない者が手を出し、途中で力尽きれば、召喚したすべてが崩れ去る、木っ端微塵《こ ぱ み じん》に。わたしは一度だけ、その現場を見たことがある。それぞれに弟子をかかえるほどの三人の魔女が、この魔法書を読みまわしていった。そして、あわや命を落としそうになった。三人とも、けっして未熟な魔女ではなかったのだが」

わたしは、両手にかかえた、ずしりと重い金色の魔法書を見おろした。彼の言うことを疑っているわけじゃない。でも、これを読んだとき、この本の言葉がどんなに心地よくわたしの舌になじんだか、どんなに心をそそられたかをいまも覚えている。わたしは深く息を吸いこんで言った。「わたしといっしょに、これを試してみない？」

10

浄化の術

最初に、わたしたちはカシアを拘束した。〈ドラゴン〉が重い鉄の手錠を持ちこみ、まず鎖の端を呪文《じゅもん》ひとつで石室《いしむろ》の壁に埋めこんだ。そのあいだ、少し離れて立つカシアは、わたしたちをまばたきもせずに見つめていた。わたしの役目は、彼女を炎の輪で囲んで結界を張ることだった。鎖を固定する作業が終わると、わたしがカシアを〈ドラゴン〉のほうに追い立て、彼が新たな呪文を唱えて、彼女の腕に手錠をはめた。カシアは抵抗したが、不安に駆られてというより、わたしたちを困らせて楽しんでいるように見えた。彼女の表情はあいかわらず人間らしい生気に欠け、その目はわたしの顔を追いつづけていた。体は以前より痩《や》せていた。カシアに取り憑《つ》いているやつは、宿主を生かしておくために、ちびちびと彼女の体を喰《く》っているのだろう。でもそれは、わたしの目をごまかせるほど控えめではなく、骨が浮きあがり、ほおの肉が落ちていた。〈ドラゴン〉が小さな木製の書見台を宙から取り出し、『ルーツの召喚術《しょうかんじゅつ》』をその上に置いた。

わたしを見つめ、「はじめてもいいか？」と、こわばった声で尋ねる。〈ドラゴン〉は絹と革とヴェルヴェットを重ねた長衣を着て、手袋まではめている。前回いっしょに呪文を唱えたときのような事態になったとしても、自分の身は守ってみせるとでもいうように。あのときのことが、まるで一世紀も昔に、天の月ほども遠いところで起きた出来事のように思えた。わたしは汚れた手織り布の服を着て、もつれた髪をたくしあげ、ゆるいおだんごに結っていた。魔法書に手を伸ばし、表紙をめくり、最初のページから声に出して読みはじめた。

この魔法書の呪文は今回も、わたしの心をすぐにつかんだ。それにいままでは、自分のなかから魔力が引き出されていくのを感じとることもできる。『ルーツの召喚術』は、魔力をごっそりと持ち出すようなことは求めず、わたしはふだん呪文を唱えるときのように、奔流《ほんりゅう》ではなく、ちょろちょろと流れる小川のように、少しずつ魔力を放出した。魔術のほうもそれを許してくれた。この魔法書の言葉をもう不可解なものとは感じなかった。あいかわらず呪文が紡ぎ出す物語の流れを追えなかったし、読むそばから忘れていったが、それでもいいのだと思えてきた。覚えようとしたところで、いくつかの言葉はまちがって記憶していたことだろう。忘れかけたお気に入りのお伽《とぎ》ばなしをもう一度聞き直してみると、幼いころのように満足できなかったり、なんだかちがうと感じたりすることがある。それと似て、『ルーツの召喚術』は、不確かで愛しい記憶という黄金の場所にとどまることによって完璧なものとなるような魔術だった。わたしは物語が自分の口からあふれていくのにまかせた。最初のページを読み終えると、つぎのページを〈ドラゴン〉が引き継いだ。彼からあらかじめ、わたしの一ページに対して自分が二ページを読むのでなければ、この魔術を試みるつもりはないと、きつく言いわたされていた。

彼の読み方は、わたしの読み方とはかなりちがっていた。わたしより歯切れがいいけれど、流れるようなリズムはない。最初はしっくりとこなかった。それでも彼は、傍目《はため》には苦もなく読みつづけ、結局、二ページ分を読み終えるころには、彼の読み方を心地よく感じるようになっていた。大好きなお伽ばなしがどこかほかの土地でべつの話に変わり、それを天性の語り部《べ》が語るのを聞いているようなものだ。最初の違和感はいつしか消えていた。

ところが、ふたたび自分が読む番になると、物語の糸をたぐり寄せるのに苦労した。一ページ目を読んだときのように、すんなりとはいかない。わたしたちはいっしょにこの物語を語ろうとしているけれど、その語り方はちがう。魔法の師である彼といっしょに取り組むからといって、この魔術がうまくいくとはかぎらないのだ。読んでいるうちにそれに気づき、愕然《がくぜん》とした。この魔術をおこなうのを彼が見たという三人の魔女は、その魔力や技法が、わたしと彼よりもずっと似かよっていたにちがいない。

わたしはとにかく先へ進もうと読みつづけ、なんとかページの最後までたどり着いた。読みきってしまうと、物語はふたたび心地よく流れはじめた。でもそれは、物語がふたたびわたしのものになったからにすぎず、〈ドラゴン〉が引き継ぐと、違和感は前以上に強くなった。渇いた喉をごくりと鳴らし、書見台から目をあげた。鎖につながれたカシアが壁ぎわからわたしを見つめていた。その顔に奇妙な明るさが――ほくそ笑みが浮かんでいた。この魔術を最後までやり遂げられないかもしれないことが、彼女にも、わたしと同じようにやすやすと想像できるのだ。わたしは、眉根にしわを寄せてページをにらみつけている〈ドラゴン〉を見た。彼は事前にこう警告していた。もしわたしたちの共同作業がうまくいかない場合は、引き返せない深みまで行ってしまう前に魔術を中断し、呪文の効果を消し去って、できるだけ被害をおさえるようにする、と。その判断を自分にまかせ、彼が必要と認めた処置をじゃましないと約束しないかぎり、この魔術を試みるわけにはいかない、彼はきっぱりとそう言いきった。

けれども、魔術はすでに力をみなぎらせていた。わたしたちは呪文を唱えつづけることだけで精いっぱいになった。もう安全に引き返す道などない。わたしはカシアの顔を見つめ、〈森〉にいたあのなにかの存在を感じた。そいつが、カシアのなかにいる。もし〈森〉がカシアに憑依《ひょうい》し、わたしたちがしていることをわかっているのなら、そして一度は〈ドラゴン〉に傷を負わせ、彼の魔力を奪ったことを知っているのなら、なかにいるやつは、すぐにもまた襲いかかってくるだろう。そしてふたたびドヴェルニク村を襲撃するかもしれないし、手っとり早く〈森〉からいちばん近いザトチェク村を襲うかもしれない。カシアを救いたいというわたしの切望が、わたしの悲しみにかけた〈ドラゴン〉の憐憫（れんびん）が、〈森〉においしい餌（えさ）をあたえてしまうかもしれなかった。
　なんとかしなければ……。とにかく、このままではいけないという思いで、わたしはためらいを振りきり、震える手を伸ばし、ページを押さえている〈ドラゴン〉の手をつかんだ。鋭いまなざしが返ってきた。それでもわたしは息を吸い、呪文を声に出して読みはじめた
　怒りの目が、きみは自分がなにをしているのかわかっているのか？　と言っていた。でも、彼はすぐにわたしがなにをしたいのかを察知した。こうしてふたりいっしょに読みはじめてみると、声の調子が合わず、きしみ合った。子どもが小石を積んでつくる塔のように、わたしたちの声はぐらぐらと揺れた。ほどなく、わたしは彼のようにきっちりと読むのをあきらめ、直観に導かれるままに、いっしょに読むことだけに専念した。そして気づくと、彼に読むのをまかせ、わたしは呪文のなかからひとつの言葉やフレーズを拾い出し、歌うように抑揚《よくよう》をつけて二度、三度と繰り返していた。ときには言葉ではなくハミングを奏で、片足で拍子を取った。
〈ドラゴン〉は最初のうちは抵抗し、正確無比な自分のやり方を押し通そうとした。それでもわたしの魔力が彼の魔力を招き寄せ、やがて彼のほうから少しずつ――持ち前の切れ味を失うことはなく――わたしのリズムに合わせてきた。これなら、わたしが即興で言葉を差しはさむ余地が充分にある。わたしたちはいっしょにページをめくり、立ち止まることなく読みつづけた。ペー

ジのなかばにさしかかったころ、呪文はそのまま音楽になって、わたしたちからあふれ出した。彼の声が小気味よく言葉を運び、わたしがそれに合わせて歌った。節が高くなり低くなり……突然、予想もつかなかったことだけれど、この共同作業がかんたんになった。

いや、〝かんたん〟と言うのとも少しちがう。いつしか彼の手がわたしの手をしっかりと握り、わたしたちの指がからみ合うように、わたしたちの魔力がからみ合っていた。呪文は歌となって、水が斜面を流れるように自然にあふれ、むしろ止めることのほうがむずかしかった。

わたしはようやく、〈ドラゴン〉がなぜ、この呪文でカシアを救えるかどうかについて答えに詰まったのか、そのわけを理解した。この召喚術は恐ろしい怪物や物体を呼び出すわけでも、破壊的な霊力を生み出すわけでもない。炎や稲妻があらわれることもない。この魔術はただ清浄な光で空間を満たす。目もくらむほどまぶしくはないが、その光はあらゆるものを照らし出し、暴き出す。

石壁が透けはじめ、白っぽい石の縞《しま》目が川面《かわも》のように揺れはじめた。そこに目を凝らすと、石がひとつの物語を語りかけてきた。人間のものとは似ても似つかぬ、奇妙な、奥深く、果てしない物語。その語り方があまりにゆったりとして、人間のものとはかけ離れているので、わたしはまた自分が石に変えられてしまったような気分になった。石のなかで青い火の玉が踊っていた――長い夢を見ているように、太古の物語を歌に変えて語りつづけているように。炎の揺らぎに見入っているうちに、その火の玉が生まれた寺院が見えてきた。ここから遠いどこかで、はるか遠い昔に崩れ去った寺院……。

いや、遠いどこかじゃない——突然、わたしは悟った。寺院はここに建っていた。そして、いま唱えている呪文が、物語を後世まで語り伝える青い火の玉を召喚したのだ。墓室の壁が息を吹き返し、そこに刻まれた文字が輝きはじめる。ずっと見つめていたら、わたしにも読めそうな気がしてきた。

鉄の鎖がガチャガチャと鳴った。カシアが激しく抗《あらが》いはじめていた。鎖が壁に打ちつけられる音は、もし呪文がこの部屋を満たしていなければ、すさまじい騒音になっていたはずだ。けれど、その音はどこか遠くから聞こえる音のようにくぐもり、呪文への集中を乱すことはなかった。わたしはあえてカシアから目をそらしていた。彼女のほうを見たら、いやでも確かめることになってしまうだろう。カシアはもうそこにいないかもしれない。カシアと呼べるものはあとかたもなく消えているかもしれない。それを確かめるのが怖くて、ひたすらページを見つめ、呪文に意識を傾けた。

彼が半分めくったページをわたしの指が受け取り、ていねいに新しいページを開いた。こうして、読まれたページがわたしの手のひらの下で厚みを増し、呪文はなおもわたしたちからあふれつづけた。そしてとうとう、わたしは意を決して、みぞおちをわしづかみにされるような感覚と闘いながら、カシアのほうを見た。

〈森〉が、カシアの顔の奥から、わたしを見つめ返していた。風に揺れ、憎しみと羨《うらや》みと怒りをささやきつづける、どこまでも深い葉むらが見えた。〈ドラゴン〉が息を呑《の》むのがわかり、わたしは彼の手をぎゅっと握り返した。現身《うつしみ》のカシアの向こうに、もうひとりのカシアがいた。手探りで暗い〈森〉のなかをさまようカシア……。ほおを打つ枝にひるみ、腕を裂いて血を吸う棘《とげ》にたじろぐときも、その大きく見開かれた目はなにも見ていない。彼女には自分が〈森〉のなかにいることすらわかっていないだろう。彼女はまだ囚《とら》われている。〈森〉が少しずつ彼女を引き裂きながら、その苦しみをむさぼっている。

わたしは呪文を〈ドラゴン〉にまかせ、カシアに近づいた。この魔術はまだ終わっていないし、失敗してもいない。〈ドラゴン〉は魔法書を読みつづけ、わたしは自分の魔力を呪文にそそぎつづけている。「カシア……」と呼びかけ、お椀《わん》のように丸めた両手を彼女の顔の前に差し出した。両手のなかには、この呪文の生み出す光が——耐えられないほどまぶしい、純白の光が満ちていた。カシアの見開かれた目が、鏡のように、わたしの顔を映した。わたしの顔には、心の底にひそんだ嫉妬《しっと》が浮かびあがっていた。わたしはどんなにカシアの美しさや才能にあこがれたことか。たとえ、美しさと才能ゆえに苛酷《かこく》な運命を背負わなければならないとしても、わたしも天の贈りものがほしかった。

涙があふれてきた。またヴェンサから責められているときのような気持ちになったが、いまはどこにも逃げ場がない。わたしはいつも痛いほど感じていた――自分はなんの取り柄《え》もない、領主から選ばれることなんかありえない娘だ、と。わたしはカシアの隣にいる、ひょろっと背が高くて髪がぼさぼさの、小汚い娘だった。一方、カシアはいつも特別な扱いを受けた。彼女はいつも場の中心にいて、贈りものや注目を気前よくあたえられた。だれもかれも惜しみなく彼女をかわいがった。あのころ、わたしもそんな特別な娘に――だれが見ても、この子が選ばれるとわかるような娘になりたいと思っていた。永遠にじゃなくていいから、ほんのちょっとのあいだだけでも……。でも、いまになってみれば、わたしは卑怯者《ひきょうもの》だった。特別な存在になるという夢にひたることを楽しみ、カシアへの妬《ねた》みを胸の底で育てていた――それさえも自分の都合で忘れてしまえるという特権を授かりながら。

だけど、もう引き返せない。なぜなら、白い光はカシアも照らしているからだ。彼女がわたしのほうを見る。〈森〉のなかをさまよっていた彼女が、わたしを振り返る。その顔には、彼女が長いあいだ心の底にためてきた怒りがみなぎっていた。彼女は物心がついてからずっと、本人が望もうと望むまいと、いずれは領主に召し上げられると見なされていた。カシアが過ごした幾千もの夜の恐怖が、わたしを見つめ返してくる。闇のなかに横たわり、自分はいったいどうなるのかとおびえる夜。恐ろしい魔法使いの両手が自分をとらえ、その息がほおにかかるところを想像する夜。ふいに、わたしの背後で〈ドラゴン〉がハッと息を呑んだ。言葉につまずき、呪文が中断する。わたしの両手のなかで、光が揺らめいた。

わたしは、もはやこれまでかと思い、彼を振り返った。が、振り返ると同時に、呪文が再開した。彼の声にもう乱れはなかった。きびきびと呪文を読みあげる彼の目は、魔法書のページをにらみつけていた。石室を満たす白い光が彼の体を突き抜け、全身がガラス細工のように透けている。呪文に集中し、すべての思考と感情をそそぎこむことで、彼はからっぽの存在になっていた。ああ、わたしもからっぽになれたらどんなにいいか。でも、無理だ。この複雑によじれた思いと秘密の妬みをかかえたまま、カシアを振り返るしかない。そして、真実のわたしを彼女に見せるしかない。打ち捨てられた丸太を転がし、その下で這《は》いまわる白いウジ虫をさらすように。そして、わたしも彼女を……むきだしになった彼女を目《ま》の当たりにするしかない。それがいっそうつらい。なぜなら、彼女のなかにも、わたしへの憎しみがたぎっているからだ。

カシアは、安全な場所で愛されているわたしを憎んできた。わたしの母さんは、娘を高い木にのぼらせて鍛えようとはしなかった。いずれは領主様にごちそうをつくるのだからと、料理修業のためにべつの集落にある暑苦しいパン焼き釜まで毎日三時間かけて行き来させるようなこともしなかった。娘が泣きべそをかいているとき、わざと背を向けて、強くなりなさいと叱ることもなかった。わたしの母さんは、娘を美しく見せるために、毎晩、髪を三百回もブラシで梳《と》かすことはなかった――まるで娘が召し上げられることを望んでいるかのように、娘がいずれ都会に行って金持ちになって、愛する妹や弟たちのために仕送りをしてくれることを期待するかのように。そんなふうに扱われる娘の心にひそむ苦しみを、腐ったミルクが舌を刺すような幻滅を、わたしは想像したこともなかった。

そして……そしてカシアは、わたしが召し上げられたことで、さらにわたしを憎んだ。結局、彼女は選ばれなかった。選抜が終わったあと、村の広場のごちそうを並べたテーブルについているカシアの姿が見えた。まさかあの子が残るとは……。みんなが口々にささやき合っている。彼女自身、まさか自分がこの村に――帰っても歓迎されそうもない家に――残ることになるなんて思ってもみなかった。自分が犠牲になるのだと覚悟し、強くなろうと努めてきた。でももう、その強さの使い途《みち》がどこにもない。行く手に輝く未来はない。村の青年たちが、妙な自信をちらつかせて、笑いかけてくる。すでに五、六人の青年が宴席で話しかけてきた。以前なら、関わってはいけない娘のように遠巻きにしていた青年たちが、いまは親しげに近づいてくる。そこにすわって、だれかから選ばれるのを待つことしか彼女に残された道はないかのように。そして数ヵ月後に、このわたしが絹とヴェルヴェットのドレスを着て、宝石をちりばめたネットで髪を包み、魔法を、なんでも好きにできる力を身につけて村に戻ってきた。そのときカシアは思った――あ、い、い、は、あ、た、し……あたしがああなるはずだったのに。そう、彼女にとって、わたしは泥棒だった。

彼女のものになるはずだったものを横取りしたのだから。

ああ、そんなふうに思われていたなんて……。暴き出される真実に耐えられなかった。でも、カシア自身も同じようにたじろいでいるのがわかった。わたしたちふたりは、どうにかして、この試練を乗り越えなければならない。「カシア！」わたしは彼女の名を呼んだ。それだけで息が苦しくなったけれど、闇のなかにいる彼女にも光が見えるように、両手を高くかざした。カシアは闇のなかでためらっていた。でもやがて、両手を前に伸ばすと、よろめきながら、わたしのほうに近づいてきた。〈森〉が抗うように、彼女に襲いかかった。木々の枝が腕を裂き、蔓《つる》が足にからみつく。わたしにはどうにもできない。ただ光をかざすことしかできない。彼女が倒れ、もがきながら立ちあがり、また倒れる。その顔に恐怖が広がっていく。

「カシア！」わたしは叫んだ。彼女は這いはじめた。歯を食いしばり、決意を顔ににじませ、落ち葉と黒い苔《こけ》の上に血の筋をつくりながら、じりじりと近づいてくる。木々の枝に打ちすえられても、盛りあがる根っこをつかんで、体を前に押し出し、這い進む。それでもまだかなりの距離がある。

わたしはふたたび、目の前のカシアに——〈森〉が取り憑いた彼女の現身《うつしみ》に視線を戻した。〈森〉がにやりと笑いかけてきた。彼女は逃れようがない。彼女の勇気を、わたしの希望をむさぼりたくて、〈森〉はわざと彼女から手を離したのだ。〈森〉はいつでも、彼女を引き戻せる。わたしの近くまで、もしかしたらその体に触れられるかもしれない、表情の機微まで読みとれるほど近くまでカシアを這わせたあげく、つぎの瞬間には、蔓が這いあがり、からみつき、巻きつき、落ち葉の嵐が起こり、彼女をおおい隠してしまうのだろう。そして〈森〉はふたたび彼女を深く取りこみ、その裂け目を閉じる――。そのさまを想像し、わたしはうめきをあげ、たぐりつづけていた呪文の糸を見失いそうになった。そのとき、背後から〈ドラゴン〉の声がした。まるで幻聴のように、その声は奇妙に現実感を欠いていた。「アグニシュカ、浄化の呪文を唱えろ。〝ウロジーシュトゥス〟だ、やってみろ。わたしはひとりでこれをやりきれる」

わたしはおそるおそる、中身をこぼさず瓶を傾けるように、慎重に自分の魔力を魔法書から引き戻した。両手の光をかかげたまま、ささやくように唱えた。「**ウロジーシュトゥス**」これは、〈ドラゴン〉の呪文のひとつ。やすやすとわたしから出てくるような種類の呪文じゃない。彼が以前にこれをわたしに使ったときは、もっと長い呪文だったはずだが、残りの言葉をどうしても思い出せなかった。それでもわたしは注意深く、このひとつの言葉を舌にのせ、転がし、音をかたちづくった。あのときの感覚がよみがえってきた。全身の血管を焦がす熱い炎、口に含んだ秘薬のとてつもない甘さ。「**ウロジーシュトゥス**」もう一度、ゆっくりと唱える。「**ウロジーシュトゥス**」ひとつひとつの音節が火花を散らし、魔力のかけらがはじけ飛ぶ。〈森〉にいるカシアの足もとの低い茂みから、うっすらと細い煙が立ちのぼるのが見えた。わたしはもう一度、その煙に向かってささやきかける。「**ウロジーシュトゥス**」新たな煙がまたひとすじ、彼女の前に立ちのぼる。こうして三つめの煙に呪文をささやきかけたとき、カシアのこぶしを握った腕の近くに、揺らめく黄色の小さな炎があらわれた。

「**ウロジーシュトゥス**」もう一度呪文を唱え、冷えきった炉に新しい火種をもたらすように、煙に新たな魔力をそそいだ。黄色い炎がさらに勢いを増し、からみつく蔓を追いはらった。「**ウロジーシュトゥス、ウロジーシュトゥス**」炎に魔力をそそぎ、さらに高く燃えあがらせる。わたしは燃えあがる炎のなかから枝の束をつかみ、〈森〉の闇を照らした。

　カシアがよろよろと立ちあがり、くすぶる蔓から両腕を引っこ抜いた。熱のせいで、皮膚の一部が濃いピンクの痣《あざ》になっている。それでも、彼女は敏捷《びんしょう》さを取り戻し、渦巻く煙とパチパチ爆《は》ぜる葉むらをかいくぐり、わたしのほうに近づいてきた。木々が炎に包まれ、燃え尽きた枝がどさどさと落ちた。彼女は足を速めて、ついに走り出した。髪が燃えていた。服はずたずたに裂け、赤らんだ皮膚に水ぶくれができ、ほおをつたって涙が流れ落ちる。目の前にある手錠をはめられた彼女の現身《うつしみ》がびくっと動き、怒りの叫びをあげて身をよじった。わたしは泣きながらもう一度叫んだ。「**ウロジーシュトゥス！**」勢いよく炎が燃えあがった。わたしにはわかっていた。〈ドラゴン〉は、影どもをわたしから追いはらうために、わたしを殺していたかもしれなかった。カシアもいまここで死んでしまうかもしれない。わたしの手が触れたとき、彼女は焼け死んでしまうかもしれない。

わたしは、なにかを習得しようと苦闘した数ヵ月の時に感謝した。自分のすべての失敗に、この石室で〈森〉の嘲笑《ちょうしょう》を浴びながら過ごした時間に感謝した。そのおかげで、わたしは呪文を継続させる強さを身につけたのだから。〈ドラゴン〉が魔法書の呪文を唱えつづけていた。動じることのない声が背後から聞こえてくる。その声が、どっしりとした船の錨《いかり》のように、わたしをつなぎとめていた。『ルーツの召喚術』のページは残りわずかだ。カシアがさらに近づいた。彼女のまわりで〈森〉が燃えている。わたしの目に、いまやもう樹木はわずかしか見えない。カシアはすでに自分の目であたりの景色を見ている。そこには彼女の肌を舐《な》め、咆哮《ほうこう》をあげ、火の粉を散らす炎がある。現身《うつしみ》のカシアが弓なりに体をそらし、石壁にぶつかり、もがく。両手の指が大きく開き、ぐっとこわばる。そしてつぎの瞬間、彼女の両腕に走る血管が鮮やかな緑に輝いた。

樹液のしずくがカシアの目と鼻から噴《ふ》き出し、涙のように細いすじとなって顔をつたい落ちた。鮮烈な青い匂いが胸をむかむかさせる。カシアの口は沈黙の叫びのかたちに大きく開かれたままになった。樫《かし》の木ならひと晩で大木になるような勢いで、彼女の爪の下から白い幼根が束になって噴き出す。幼根はたちまち手錠をおおい、硬化して黒っぽい樹皮になった。ピキピキと厚い氷が割れるような音をたて、手錠の鎖が砕けた。

わたしにはなすすべもなかった。手を出す余裕もなく、目にもとまらぬ速さで事態が進んでいった。鎖につながれていたはずのカシアが、気づいたときにはわたしに飛びかかってきた。彼女は、ありえない強い力で、わたしを床にたたきつけた。わたしは彼女の両肩をつかんで、悲鳴をあげながら跳ね返した。樹液が彼女の顔をしたたり、服を汚し、雨のようにわたしに降りそそぎ、どろりと流れて、わたしがとっさに唱える防御の呪文に抗うように丸い玉となって肌に貼りついた。けものがうなるときのように、カシアのくちびるがめくれあがった。焼けた薪《まき》のように熱い両手が、わたしの喉を絞めあげる。無数の白い幼根がわたしの体の上を這いはじめる。〈ドラゴン〉の呪文が馬の早駆けのように勢いを増し、もうすぐ最後までたどり着こうとしていた。

わたしは締めつけられた喉から声を絞り出した。「**ウロジーシュトゥス！**」眼前に広がる〈森〉を見あげ、カシアの顔を、怒りと苦しみにゆがんだ顔を間近で見つめた。首の締めつけがいっそうきつくなった。彼女がわたしを見おろしている。召喚術のもたらした光が石室の隅々まで照らし、どこにも逃げ場はない。わたしたちは見つめ合い、互いの目のなかに正体をあらわした憎しみと嫉妬に向き合っていた。彼女のほおで樹液と涙が入り交じる。わたしも泣いた。息もできないのに、視界が端のほうから黒くなっていくのに、とめどなく涙がこぼれ落ちた。

カシアが絞り出すような声で言った。「ニーシュカ……」それは彼女自身の声で、なにかを決意するように震えていた。わたしの喉にかかった指が一本、また一本とゆるみ、離れていった。

視界がふたたび広がり、目の前にある彼女の顔から苦悩が消えていくのがわかった。いま、彼女はまっすぐな愛と勇気をもって、わたしを見つめている。

わたしはふたたび泣いた。今度は声をあげて泣いた。樹液が乾いていく。炎がカシアを呑みこんでいく。小さな無数の幼根がしなび、焼かれて灰になる。もう一回、浄化の呪文を唱えたら、カシアは死んでしまう。きっと、死んでしまう。その光景がまざまざと見えた。カシアがわたしにほほえんだ。声を出すこともできず、言葉を発するかわりに、彼女はほほえみ、ゆっくりとわたしにうなずいた。自分の顔がゆがみ、くしゃくしゃになるのがわかる。わたしはついに、最後の呪文を放った。「**ウロジーシュトゥス！**」

わたしはカシアの顔を見あげた。せめて最期のカシアをこの目に焼きつけておきたかった。けれども、彼女の目の奥から〈森〉がわたしを見つめ返してきた。黒い怒り、立ちこめる煙と炎、根こそぎにするにはあまりにも地中深く張りめぐらされた根っこ……。でもカシアは、わたしの喉から両手を離したままで、わたしに襲いかかろうとはしなかった。

そして突然、〈森〉が消えた。

カシアがわたしのほうに倒れこんできた。わたしは歓喜の叫びをあげ、両腕で彼女を抱きしめた。カシアががくがくと震え、泣きながらわたしにしがみつく。彼女の体はまだ熱を持っていた。全身を震わせながら、カシアは床に嘔吐《おうと》した。わたしは彼女を抱きしめて、すすり泣いた。

彼女の手の当たるところが痛かった。彼女の手はまだ熱くくすぶり、人のものとは思えない硬さと強さがあった。きつくしがみつかれて、わたしのあばらは悲鳴をあげた。でも、いま腕のなかにいるのは、まぎれもなくカシアだ。〈ドラゴン〉が厚い魔法書を閉じる音が聞こえた。石室がまばゆい光で満たされている。〈森〉はこの空間のどこにも隠れようがない。そして、カシアが目の前にいる……ほんもののカシアが。わたしたちは勝利したのだ。

11 魔力がひとつに重なるとき

その後、〈ドラゴン〉はよそよそしく、口数少なくなった。わたしたちはカシアの体をかかえて、ゆっくりと重い足どりで階段をのぼった。カシアはほとんど意識がなく、時折、両手を突き出して宙をかき、また静かになった。彼女のぐったりした体は信じられないほど重くて、まるで堅い樫《かし》の木のようだった。〈森〉が去りぎわに彼女を変えてしまったのではないかと疑った。それとも……。「ほんとうに出ていったの？」わたしは〈ドラゴン〉に思いあまって尋ねた。「あいつは、ほんとうに出ていったのね？」

「そうだ」カシアの体をかかえて長い螺旋《らせん》階段をのぼりながら、彼は短く答えた。彼の並はずれた腕力でも一段一段がきつそうだった。わたしたちは一本の倒木を運んでいるのではないかと思えてくるほど体力を消耗した。「まだとどまっていたなら、召喚術《しょうかんじゅつ》が暴き出していただろう」しばらくして彼はそう言った。それからは言葉を交わすこともなく、やっとのことで客用寝室のひとつにカシアを運びこんだ。〈ドラゴン〉はベッドのかたわらに立ち、眉をひそめてカシアをしばらく見おろしたあと、さっと体を返して出ていった。

彼の反応についていちいち考えている暇はなかった。それから一ヵ月間、カシアは高熱にうなされた。病の床でごく短く目覚めることはあったけれど、すぐに悪夢に沈んでいった。たぶん、夢のなかで彼女はまだ〈森〉にいたのだろう。〈ドラゴン〉ですら部屋の壁まで突き飛ばされるほど強い力で抵抗することがあった。わたしたちは重厚なベッドの四隅の柱にロープを結び、カシアを拘束した。最初はロープだったが、そのうち鎖になった。わたしはかたわらの敷物の上で体を丸めて眠り、彼女が悲鳴をあげると、跳び起きて水を飲ませ、わずかでも食べものを彼女の口に入れようとした。はじめのうちはパンをひと口かふた口を呑《の》みくだすのが精いっぱいで、それ以上はすべて吐《もど》してしまった。

夜と昼が駆け足で過ぎていった。カシアの悲鳴——最初は一時間に一度——に眠りを破られ、十分間ほどかけて落ちつかせた。それの繰り返しだった。まとまった眠りはとれず、いつもふらふらしていた。それでも一週間が過ぎると、カシアの命が救われたという確信が生まれた。わたしは看病の合間に、ヴェンサに宛《あ》てて、カシアが救出されて回復しつつあることを伝える手紙を書いた。ところが、これを村まで届けてほしいと〈ドラゴン〉に頼むと、「あの母親はこれを黙っていられるのか？」と、厳しく問われた。疲れていたわたしは、なぜそんなことを聞くのかと問い返さなかった。その手紙を開き、〝まだだれにも言わないで〟という一行を最後に書き加え、彼に突き返した。

そのとき、わたしは〈ドラゴン〉に問い返せばよかった。そして、彼もわたしに、もっと用心しろと忠告すべきだったのだ。でも、わたしたちはぼろ雑巾《ぞうきん》のようにくたびれはてていた。〈ドラゴン〉がなにに没頭しているかはわからなかったけれど、夜遅く書斎の明かりが灯っているのを見つけると、わたしは台所におりて温かいスープを用意し、書斎まで運んだ。机の上には略図や文字をびっしりと書きこんだ紙が折り重なっていた。ある午後、焦げくさい臭いに気づいて実験室をのぞくと、〈ドラゴン〉が蒸留器のフラスコの前でテーブルに突っ伏して眠っていた。蠟《ろう》燭《そく》の火で炙《あぶ》られつづけたフラスコは中身がすでに蒸発し、底が真っ黒になっていた。わたしが背中をつつくと、彼は突然目覚めてあわててふためき、テーブルにのったものをぜんぶひっくり返した。蠟燭の火が周囲の紙に燃え移った。それはまったく彼らしくない醜態だった。わたしたちはあわてて火事を消し止めた。彼はプライドを傷つけられた猫のように肩をいからせていた。

三週間後、カシアはたっぷり四時間眠って目覚めると、わたしのほうに顔を向けて、「ニーシュカ……」と言った。弱々しい声だったけれど、まぎれもなく彼女のものだった。濃い茶色の瞳は温かな光を帯びて澄んでいた。わたしは彼女の顔を両手で包み、泣きながら笑いかけた。彼女はかぎ爪のように曲がった指でどうにかわたしの手を握り、ほほえみ返した。

　カシアはぐんぐん回復し、ひとりでなんとか立ちあがれるようになった。ただ、新しく身につけた異様な力が、かえって体の動きをぎこちなくさせていた。そのうち椅子に身をあずけて過ごせるようになり、ある日とうとう、わたしが地下の台所でスープをつくっているあいだに、自力で階段をおりて台所までやってきた。炉端から振り返ったわたしは驚きの叫びをあげて走り寄った。でも、階段の下に立つ彼女にはかすり傷も痣《あざ》もなかった。ただ、もとのようには足が運べず、歩くのに苦労しているだけだった。

　わたしはカシアを広間に連れていき、歩行の練習に付き添った。何度かいっしょに転ぶことになったけれど、彼女の体をどうにか支えてゆっくりと広間を一周した。地下庫に用があって階段をおりてきた〈ドラゴン〉が入口に立ち止まり、不器用ながらも少しずつ進歩していく練習のようすをしばらくながめていた。彼の表情は硬くて、なにを考えているのか読めなかった。わたしは、彼女がまたゆっくりと階段をのぼって客用寝室のベッドにはいり、眠りに落ちるのを見とどけたあと、書斎に行って彼に話しかけた。「彼女になにかまずいことがあるの？」

「べつになにも」〈ドラゴン〉はそっけなく返した。「わたしの見るかぎり、穢《けが》れのしるしはない」でも、それをとくに喜んでいるようすもなかった。

　わたしはとまどった。もしかしたら、彼はこの塔に新たに人が増えたことをうとましく感じているのだろうか。「彼女はずいぶんよくなったわ。そんなに長い滞在にはならないと思うわ」

彼はいまわしげにわたしを見つめた。「長い滞在にはならないだって？　きみはいったい、あの娘をどうするつもりだ」

「彼女はそのうち……」わたしは言葉を返そうとしたが、しりすぼみになった。

「そのうち家に帰る？」〈ドラゴン〉が言った。「そして、農夫と結婚する？　もちろん、妻の体が木でできていようが気にしない相手が見つかれば、だな」

「カシアは生身の人間よ。木でできてるわけじゃないわ！」わたしは言い返した。でも、気づきたくなかったけれど、わたし自身も、まさに彼の指摘したことに気づいていた。生まれ故郷の村に帰ったところで、いまのカシアにはわたし以上に居場所がないだろう。わたしはゆっくりと椅子に腰かけ、テーブルの上で指を組んだ。「もし、彼女に……持参金をあげてくれるなら……」とにかく、なにか解決策がほしかった。「ここを出たら……そうよ、都に行くのよ。そして都の大学に通うの……これまでの娘だってそうするしかなかったんだもの」

彼はなにか言おうとしていたことを引っこめ、唐突にわたしの言葉に反応した。「これまでの娘？」

「これまで選抜された娘、あなたが連れ去った娘たちのことだわ」わたしはそれについてほとんど考えずにしゃべっていた。カシアのことがとにかく心配だった。カシアはどうなってしまうんだろう？　彼女は魔女じゃない。村人たちにもそれはわかるはずだ。でも、彼女は変わった、ひどく変わってしまった。それを隠しとおせるとは思えなかった。

わたしの考えごとに彼が割りこんできた。「おい、待て」とてもきつい口調だったので、わたしははっとして彼を見あげた。「きみたちはみんな、わたしが無理やり自分の都合で連れ去ったと思っているのか？」

ぽかんと彼を見つめるしかなかった。わたしを見つめ返す彼の顔がこわばり、怒りの表情に変わった。「だって……そうでしょ？」わたしはとまどいながら言った。「当然よ。そう思ってたわ。おかしい？　だって、ふつうなら召使いを雇えばすむだけの話だもの」そう言いながら、わたしに置き手紙を残してくれた女性の助言はほんとうに正しかったのだろうかと疑いはじめた。その人は、彼はただ人との交わりを求めているだけだと、それも気の向いたときに少し求めるだけだと手紙に書いていた。でも、好き勝手に彼のもとから去っていかれるのは困るから、この谷の村々から娘を召し上げるのだろうと、わたしはそう思っていた。

「召使いではだめなんだ」彼はいらいらしながら曖昧《あいまい》な返事をした。なぜだめなのか、その理由は言わなかった。もどかしそうなしぐさをしたけれど、わたしからは目をそらしたままだった。もし、わたしの険悪な顔を見たら、彼はなにも言えなくなっていたかもしれない。「村にいる恋人と結婚したいだけの、なよなよした娘はいらない。わたしにしりごみするような娘もだめだ」

わたしはさっと立ちあがった。その拍子に椅子がガタンと大きな音をたてて床に倒れた。いまさらながら、激しい怒りが胸の奥からせりあがってきた。「だったら、カシアのような娘を選べばいいじゃない！　覚悟した勇敢な娘、めそめそ泣いて家族をよけいに悲しませたりすることのない娘を選べばいいのよ。あなただって、そのほうがいいでしょ？　あなたは選んだ娘を手籠《てご》めにするわけじゃない。だけど、十年間もここに閉じこめるのよ。なのに、自分は実際以上に悪くとられていると、不満を言いたいわけ？」

〈ドラゴン〉がわたしをにらみつけた。わたしも、荒い息をつきながら、にらみ返した。自分のなかにこんな言葉と感情が眠っていたなんて、気づいていなかった。まさか自分がこんなことを領主〈ドラゴン〉に向かって言うなんて……。かつて、わたしは彼を憎んでいた。でも、彼に楯《たて》突《つ》こうとは思わなかった。彼を非難したってしょうがない。そんなのは家に落ちる雷に怒るのと同じ。彼は人間じゃない。領主で、魔法使いで、世俗から離れた高みに生きる偏屈な生きもの、嵐や疫病のように人間の力の及ばない存在……。

でもだけど、彼はその高みからおりてきて、わたしにほんものの思いやりを示してくれた。わたしの魔力に自分の魔力を重ね合わせた。あの息を呑むほど濃密なつながりを生む共同作業も、すべてカシアとわたしを救うためだった。それなのに、わたしは彼に感謝するどころか、怒鳴りつけている。自分が変なのかもしれない。でも、わたしは彼に感謝したいわけじゃなくて、彼に人間になってほしかった。

「おかしい。そんなの、おかしいわよ！」わたしは声を張りあげた。

彼が立ちあがり、わたしたちはしばらくテーブルをはさんでにらみ合った。ふたりとも怒り、衝撃を受けていた。やがて彼は体を返してテーブルから離れ、怒りでほおを紅潮させたまま、窓枠をきつくつかんで塔の外の景色をながめた。わたしは部屋を飛び出し、階段を駆けあがった。

その日はそれからずっとカシアのそばにいた。ベッドの端に腰をおろし、眠っているカシアの瘦《や》せた手を握っていた。彼女の体は温かく、生気に満ちていた。でも、〈ドラゴン〉の言ったこととはまちがっていない。彼女の肌はやわらかだけれど、その下にある筋肉はとても硬い。石というより、磨かれた琥珀《こはく》のような、角がないなめらかな硬さだ。蠟燭の黄金《こがね》色の灯に照らされた彼女の髪が、木の節目のように渦巻いている。その姿は木から生まれた彫像のようだった。わたしは、カシアはそんなに変わっていないと自分に言い聞かせてきた。でも、そのごまかしにほんとうは気づいていた。わたしは彼女を愛するがゆえに、ひいき目に見ているのだ。昔から変わらないカシアの要素しか見ようとしない。でも、彼女を知らないだれかなら、その奇妙な印象を見逃しはしないだろう。彼女はずっと美しい娘だったし、いまも美しい。ただ、それはこの世のものではないような美しさだ。生身とは思えない精巧さ、不思議な輝き……。

カシアが目を覚まし、わたしを見つめて、「どうかした？」と尋ねた。

わたしは「なにも」と答えた。「おなかは空《す》いてない？」

カシアのためになにをしたらいいのかわからなかった。〈ドラゴン〉は、彼女をここに住まわせてくれるだろうか。塔のてっぺんにあるわたしの部屋にカシアと住むことはできるだろうか。もしかしたら、けっして出ていかない召使いができたことを、彼は喜ぶかもしれない。新入りをいらつきながら仕込む必要がなくなるのだから。考えても苦しくなるばかりなのに、わたしはカシアのことを考えつづけた。もし、彼女のような風貌の知らない人間が村にやってきたら、村人たちはその人を穢れに冒されていると見なすかもしれない。あるいは、〈森〉が送りこんできた新しい魔物だと考えるかもしれない……。

翌朝、なにがなんでもカシアをここに住まわせてほしいと〈ドラゴン〉を説得する覚悟で書斎におりた。彼は窓辺にいて、あのふわふわとただよう小さな雲が、その両手に包まれるように浮かんでいた。わたしは足を止めた。おだやかに波打つ雲の表面が、水たまりのようになにかを映している。忍び足で近づくと、小さな雲が映しているのは、この部屋ではなく、黒々とした木々だとわかった。どこまでもつづく深い樹林が雲の表面で揺れ動いている。見つめつづけると、その景色はじょじょに移り変わっていった。ああ、そうか、これは小さな雲が見てきた光景なのだ。雲の表面をよぎる影を見つけ、わたしは息を詰めた。その影の動きは〈歩くもの〉に似ているけれど、〈歩くもの〉より小さく、枝のような手足ではなく、葉脈のような筋のある銀灰色の太い手足を持っていた。そいつは一瞬だけ立ち止まり、のっぺらぼうの顔で雲を振り返った。両手にはひと束の緑の苗木をかかえ、その根っこが地面にたれている。これからどこかに苗木を植えにいく庭師のようだ。そいつは首を左右にめぐらすと、ふたたび木立を縫って歩きはじめ、すぐに見えなくなった。

「なにごともなし」と、〈ドラゴン〉が言った。「戦力を集める兆しも、戦いに備える気配もなし——」彼は首を振り、今度は背中越しにわたしに向かって「さがっていろ」と言い、雲を窓の外に押しやった。そのあと、壁にかかった杖《つえ》——わたしが幼いころに思い描いていた魔法使いの杖そっくり——を一本取り、暖炉でその先端に火をつけ、小さな雲の中心に投げつけた。窓の外に浮かんでいた雲が青い炎をあげて爆発し、あとかたもなく消えた。窓の外から穢れの甘ったるい腐臭がかすかにただよってくる。

「あいつらに雲は見えないの？」わたしは目の前で起こったことにまだ茫然《ぼうぜん》としたまま尋ねた。

「たまに帰ってこないことがある。見つかることもあるのだろうな」〈ドラゴン〉が言った。「しかし、やつらが触れたとたん、見張り雲は爆発する」それ以上は詳しく話さず、眉根を寄せた。

「よくわからないのだけど……」と、わたしは切り出した。「なにかまずいことがあるの？〈森〉が攻撃準備をしていないのはいいことなんじゃない？」

「では聞くが……」と、〈ドラゴン〉が言った。「きみは、あの娘が生き延びると思っていたか？」

もちろん、そうは思っていなかった。いまカシアが生きているのは奇跡だ。ただ、生死の可能性を検討するには、生き延びてほしいという思いが強すぎたので、わたしはあえてそれを考えないようにしていた。「彼女は〈森〉から解放されたんでしょう？」声を落として尋ねる。

「厳密に言えばそうじゃない」と、彼は言った。「〈森〉が彼女を支配しつづけられなかったというだけだ。召喚術と浄化の呪文《じゅもん》が彼女から〈森〉を追いはらい、閉め出した。だが、取り憑《つ》いているあいだに、彼女の息の根を止めることもできたはずだった。これは断言できるが、こういうことに関して、〈森〉はけっして容赦しない」そう言いながら、窓枠を打つ指が妙に親しみのある拍子を刻んでいた。わたしはすぐに、『ルーツの召喚術』の呪文をいっしょに唱えたときの拍子だと気づいた。彼は打つのをやめ、こわばった声で尋ねた。「あの娘は回復したのか？」

「よくなりつつあるわ。今朝は階段をいちばん上まであがれたのよ。だから、これからは客用寝室じゃなくて、わたしの部屋でいっしょに寝ることにしたわ。そして――」

〈ドラゴン〉が、もういいと言うように手を振った。「回復はたんなる目くらましかもしれないと思っていたが、もし、彼女がほんとうに快方に向かいつつあるのだとしたら――」最後まで言わずに、首を振った。

少し間をおいて、彼は背を伸ばし、肩をいからせた。窓枠から手を離し、わたしのほうを振り向き、苦々しげに言った。「〈森〉がなにをたくらんでいるにせよ、わたしたちはずいぶん時間を無駄にした。きみの本を取ってこい。修業を再開する」

わたしは彼を見つめた。「阿呆《あほう》のようにこっちを見るな。わたしたちがなにをしたかわかるか？」彼は窓から遠くかなたを手で示した。「これまでに送り出した見張り雲は、さっきのひとつきりじゃない。これまで数多く送り出し、そのなかのいくつかが、あの娘を取りこんだ〈心臓《しんぞう》樹《じゅ》〉を発見した。実に興味深いことに――」いっそう厳しい顔つきになる。「あの〈心臓樹〉が死んでいた。あの娘から穢れを焼きはらったとき、きみはあの〈心臓樹〉まで焼いてしまったんだ」

そう聞いたところで、どうして彼がそんなに深刻な顔になるのかわからない。これからなにを話そうとしているのかも……。「死んだ〈心臓樹〉はすでに〈歩くもの〉どもに壊され、いまは同じ場所に新たな苗木が植えられている。もし季節が春ではなく冬で、もしあの〈心臓樹〉の場所がもっと〈森〉の端から近ければ、斧兵《おの》たちを率いて木々を倒し、焼きはらい、〈心臓樹〉の場所まで〈森〉を押し返すことができていたかもしれない」

「わたしたちに……できる？　もう一度、あれを？」わたしは思わず口走ったけれど、言葉にすることさえ恐ろしかった。

「もう一度あれができるかどうか――」彼がわたしの問いを引き継いだ。「もちろん、できる。

とすれば、〈森〉も黙ってはいない。攻撃を仕掛けてくるだろう、それも早急に」

わたしにもようやく、彼がなぜそんなに急ぐのかわかってきた。それはポールニャ国がローシャ国の動向をさぐるのと同じだ。わたしたちは〈森〉とも戦争状態にある。そして、〈森〉という敵は、わたしたちが攻めに転じるかもしれない新しい攻撃手段を見つけたことを知った。それによって、〈森〉がたんなる報復ではなく、みずからを守るための戦いを早々に仕掛けてくる可能性が生じた、〈ドラゴン〉はそう読んでいるのだ。

「ただし、あの魔術を完成させる前に、かたづけておくべき仕事が山のようにある」彼はそう付け加えると、テーブルの上に散らばった紙の束を示した。わたしはようやくそれらをとっくりとながめ、そこにしるされたすべてが、わたしたちが共同で行ったあの魔術に関するものだと気づいた。一枚の紙には略図が描かれていた。『ルーツの召喚術』の本と、そのそばに立つわたしと〈ドラゴン〉が単純なかたちで描かれている。そして、カシアがわたしたちと向き合う小さな円としてしるされ、〝媒介者〟と添え書きされていた。そこから一本の直線が、詳細に描かれた〈心臓樹〉に向かって伸びている。彼は、その直線をコツコツと指でたたいた。

「〝媒介者〟の確保は非常に大きな問題だ。毎回都合よく、〈心臓樹〉からだれかを引き剝《は》がしてこられるわけじゃない。それでも、〈歩くもの〉を捕獲すれば代用できるかもしれないし、憑依《ひょうい》されても比較的軽度なら――」

「ヤジーがいるわ」わたしは思いつくままに言った。「ヤジーで試せない？」

〈ドラゴン〉は黙考し、くちびるを引き結んでから答えた。「できるかもしれない」

「しかし、まず――」と、言い添える。「わたしたちで、あの魔術の要諦《ようてい》をまとめなければならないな。きみは呪文の細部をもっと練習する必要がある。わたしの見るところ、あれは〝五次魔術〟に分類される。召喚の呪文が特殊な光を呼び、穢れが〝媒介者〟を生み出し、浄化の呪文が波動をもたらし、そして――ふむ、きみはわたしの教えたことをまったくなにも覚えていないのか？」彼はそう言うと、くちびるを噛《か》むわたしをじっと見つめた。

たしかに、彼が重要だと見なす魔術序列の講義を、わたしはろくすっぽ覚えようとしなかった。そのほとんどは、ある魔術がほかの魔術よりなぜむずかしいのかを説明する理屈にすぎなかった。わたしに言わせれば、そんなことはやってみなければわからない。ふたりが共同作業で新しい魔術を生み出そうとするなら、たいていは、ひとりでそれぞれの魔術を実行するときよりはむずかしくなるものだ。でも、いつもその法則が当てはまるわけじゃない。そりゃあ、三人で魔術をひとつにまとめようとすればむずかしくなるものだろうけれど、わたしの経験からすると、ふたりでやるからといってよけいにむずかしくなるということはない。結局はなにを試すか、どんな状況で試すかによるんじゃないだろうか。彼が持ち出す解釈や法則は、あの石室《いしむろ》で起きたこととはおよそ無関係であるように思われた。

だけどいま、それについて彼と議論したくはなかった。もちろん、彼だってそうだろう。それでも、わたしは〈森〉が襲いかかってきても懸命に這《は》い進んできたカシアのことを思った。この谷でいちばん〈森〉に近くて、襲われたらひとたまりもなく呑みこまれてしまうにちがいないザトチェク村のことを思った。だから、言いたくないことをあえて口にした。「そんなこと、なんの意味もないわ。あなただって、わかってるくせに」

〈ドラゴン〉が手もとの紙を握りつぶした。怒鳴りつけられるかと思ったが、彼はくしゃくしゃになった紙を黙って見おろしていた。しばらくたって、わたしは自分が慣れ親しんだ魔法書を書棚から抜き出し、ひとつの呪文をさがした。数ヵ月前の冬の日、わたしたちがふたりで薔薇《ばら》や蔓《つる》草《くさ》を呼び出したときの、あの幻影の呪文だ。あれはまだ、カシアを〈森〉から助け出す前のことだった。

わたしはテーブルの紙束を押しのけて、魔法書を置いた。彼は押し黙ったまま、すぐにべつの魔法書を書棚から取ってきた。縦長の本で、その表紙の彼の指が触れているところがうっすらと光っている。彼が本をテーブルに置いて開くと、そこには二ページにわたって整然と呪文がしるされていた。一輪の花の挿絵があり、花の部分ごとに呪文の音節が書き添えられている。「いいだろう、はじめよう」彼がそう言って、テーブル越しに片手を伸ばしてきた。

彼の手を握ることに、逼迫《ひっぱく》した事態に背中を押されてではなく、考えたうえでそれを選びとることに、一瞬、ためらいを覚えた。わたしの手を包んだ彼の手の力強さを、すらりとした長い指の美しさを、わたしの手首をかすかに刺激する硬い指先を意識せずにはいられなかった。指を通して彼の脈動と体温が伝わってきた。魔法書を見おろし、なんとか文字に意識を集中させようとしたけれど、やたらとほおが熱くなって気を散らされた。彼の早口の呪文がはじまり、最初の幻影があらわれ、薔薇のかたちをとった。薔薇はくっきりとした輪郭を持ち、芳《かぐわ》しい香りを放ち、どこも透けてはいなくて、茎にはびっしりと棘《とげ》が生えていた。

わたしは小声で呪文を開始した。なにも考えないように、彼の魔力がわたしの肌に当たるのを意識しないように。すぐにはなにも起こらなかった。彼は黙って、わたしの頭上の一点をにらみつけていた。わたしは呪文を止めて、仕切り直すために首を振った。そしてまぶたを閉じ、彼の魔力のかたちを手探りするように感じとろうとした。それは、彼の生み出す幻影と同じように、ちくちくした棘におおわれ、守りを固めていた。わたしは低い声で呪文を再開した。気づくと、薔薇ではなく、水と乾いた土を思い描いていた。彼の魔力に自分の魔力をかぶせるのではなく、彼の魔力を自分の魔力で下から支えようとした。ほどなく彼の短く息を吞む音が聞こえ、鋭くとがった彼の呪文の建造物が、わたしをしぶしぶ招き入れようとしているのがわかった。わたしたちのあいだに浮かぶ薔薇が、テーブルに長い根を張り、新しい枝が生長をはじめた。

前回の魔術のように鬱蒼《うっそう》とした密林は出現しなかった。〈ドラゴン〉は魔力の放出を抑えていたし、わたしもそれにならって力を加減し、どちらも魔力の細い流れをこの共同作業にそそぎつづけたからだ。ところが今回は、薔薇の茂みがかつてない実体感を帯びた。もはや、幻影なのかどうかもわからなくなるほどだった。ロープのような長い根っこがからみ合い、指のような先端がテーブルの板の隙間《すきま》に侵入し、四隅の脚に巻きついた。目の前にあるのは絵に描いた薔薇ではなく、野に咲くほんものの薔薇だった。花の半分はつぼみで、半分は開花し、散り落ちた花びらのふちがすでに茶色くなっていた。甘美な香りが立ちこめ、それをふたりで保ちつづけていると、一匹の蜂が窓から飛びこんできて、迷うようすもなく花の蜜を吸おうとした。でも蜜がないとわかると、蜂はつぎの花を、またつぎの花を試した。蜂がとまるたび、そのささやかな重さに花びらが軽くしなった。

「あなたのほしいものは、ここにはないわよ」わたしは蜂に語りかけ、ふっと息を吹きかけた。でも蜂はあきらめずに、またつぎの花を試す。

〈ドラゴン〉はもうわたしの頭上をにらんではいなかった。魔法にかける彼の情熱が、すべてのためらいに打ち勝っていた。複雑にからみ合ったわたしたちの呪文に、彼は、彼自身のもっとも精緻《せいち》な魔術に没頭するときのような集中力で挑んでいた。魔法の光が彼の顔を照らし、瞳を輝かせる。この魔法の仕組みを解明したくてたまらないのだろう。「ひとりで保っていられるか？」と、彼のほうから尋ねた。

「たぶん」とわたしが答えると、彼はゆっくりと指をほどき、この野放図に広がる薔薇の茂みを維持する役目をわたしにまかせた。彼の呪文がとだえると、茂みは格子垣をはずされた蔓植物のように崩れ落ちそうになった。それでも、彼のそそいだ魔力の効果を保ちつづけるために、わたしは魔力が抜けた部分に自分の魔力をそそぎ、弱いところを補強していった。

〈ドラゴン〉は自分の前に置いた魔法書に手を伸ばし、ページをめくって、新たな呪文をさがし出した。それは昆虫の幻影を呼びこむ呪文で、花の呪文のページと同じように挿絵がついていた。彼はきびきびとした声で、その呪文を唱えはじめた。またたく間に五、六匹の蜂が薔薇の茂みに放たれ、窓からはいってきた最初の一匹をいっそう混乱させた。彼は蜂を生み出すたびに小さな力を加えて、わたしのほうに押しやった。わたしはそれを受けとめ、薔薇の茂みの魔術に取りこんだ。しばらくすると、彼が言った。「いま、この蜂の群れに監視の呪文をかけようとしている。そうすれば、見張り雲に〈森〉まで運ばせることができる」

自分の呪文に集中しながら、わたしはうなずいた。〈森〉をこっそり監視させるのに、蜂ほどうってつけの生きものがいるだろうか。彼はさらに魔法書をめくり、彼自身の筆跡で呪文を書き入れたページを開いた。ところが、彼が新たな呪文に取りかかったとたん、魔力の重みが蜂の幻影とわたしにのしかかってきた。懸命に耐えようとしたけれど、わたしの魔力は補給が間に合わないほど急速におとろえていった。わたしはとうとう苦痛のうめきをあげた。彼が魔法書から顔をあげ、わたしのほうに手を伸ばした。

わたしはとっさに彼の手と、彼の魔力をさぐった。と同時に、彼の魔力がどっと流れこんできた。彼の息が荒くなり、わたしたちの魔術がひとつになり、ふたり分の魔力が幻影の魔術に向かって勢いよくそそぎこまれた。薔薇の茂みがふたたび育ちはじめ、根っこがテーブルからさらに広がり、蔓が窓から外に出て塔の外壁を這いあがった。蜂の群れがブンブンうなりながら花々のまわりを飛びまわった。その一匹一匹の眼が怪しい輝きを放っていた。もしその一匹を両手でとらえてのぞきこんだら、その眼にはこれまで触れた花々がつぎつぎに映し出されたことだろう。でもそのときのわたしに、蜂のことを考えている余裕はなかった。蜂も、薔薇も、〈森〉に密偵《みってい》を送り出す計画も、頭から消えていた。魔力のすさまじい流れと、震えながら握りしめている彼の手、そして、いまにも彼の体がわたしを巻き添えにして吹っ飛んでいきそうだということ、それしか意識になかった。

彼の驚愕《きょうがく》の叫びが聞こえたような気がした。わたしはとっさに、彼の体を力まかせに引っぱった――魔力の浅い流れのほうへ。逆巻く奔流《ほんりゅう》から一瞬にして岸辺に打ちあげられるように、わたしたちはすんでのところで逃げのびた。薔薇の茂みが少しずつしぼんでいき、最後に一輪の花だけが残った。幻影の蜂たちは閉じていく花にもぐりこみ、あるいは空気に溶けこむようにいなくなった。そしてついに最後の一輪も花びらを閉じ、あとかたもなく消えた。わたしたちはまだ手を握り合って床にへたりこんでいた。いったいなにが起きたのかわからない。呪文を唱えるときに魔力が枯渇するのがどんなに危険かということは、〈ドラゴン〉からしょっちゅう聞かされていた。でも、魔力が過剰になったときの危険について聞いたことはなかった。頭のなかの疑問に答えを求めるために、わたしは彼のほうを見た。彼はかたわらの書棚に頭をあずけ、上を向いていた。その茫然とした目を見て、彼もまた、わたしと同じようになにが起きたのかわからないのだと気づいた。

「要するにこれは……」しばらくして、わたしは言うまでもないことを言った。「大成功ってことだわ」彼がわたしをじろりと見た。その顔にみるみる怒りがせりあがってくるのがわかり、どうしようもなく笑えてきた。むせ返るまで笑った。魔力と驚きに打たれて頭がくらくらしていた。

「この我慢がならないイカレ女！」彼がうなるように言い、突然、わたしの顔を両手ではさみ、キスをした。

なにが起ころうとしているのかをろくに考えもせず、気づくと、彼にキスを返していた。わたしの笑いが彼の口のなかにこぼれ、くちびるが何度もはずんだ。わたしはまだ彼の両手にとらえられていて、ふたりの魔力がもつれ合い、こんがらがり、ひとつの大きな玉になっている。こんな親密なつながり方をこれまで経験したことがなかった。ひどくとまどい、体が熱くなり、なんだか裸で知らない人の前に出ていくみたいだと思った。わたしはそれまで、キスを男女の深い交わりと結びつけてはいなかった。わたしにとって男女の交わりというのは、流行歌《はやりうた》の一節や、気をつけなさいという母の注意や、あるいは、この塔でマレク王子からぬいぐるみのおもちゃも同然に手荒な扱いを受けたとき、その先に垣間見えるものでしかなかった。

でもいま、わたしは〈ドラゴン〉の上に倒れこみ、彼の肩をつかんでいた。倒れるときに、スカートの上からだったけれど、彼のももがわたしの両脚のあいだに押しつけられた。その瞬間、掛け金がはじけ飛ぶように新たな理解の扉が開いた。彼の口から低いうめきがもれた。彼の両手がわたしの頭をなでながら下におり、肩にまとわりつく髪のもつれをほぐす。驚きと喜びが胸のなかで交じり合った。わたしの両手と魔力は、まだ彼をつかんでいる。彼のほっそりした体を守るヴェルヴェットと絹と革を重ねた繊細な鎧《よろい》がわたしの指でもみくちゃにされて、鎧としての意味を失った。わたしは彼の腰をまたぐように体を重ねた。体がいっそう重なり合い、彼の両手が服の上から痛いほどきつくふとももをつかんだ。

わたしは彼におおいかぶさり、もう一度キスをした。せつないほどに、くちびるにくちびるを寄せたかった。わたしの魔力と彼の魔力が完璧にひとつになっている。彼の片手がわたしのスカートにもぐりこみ、そのまま這いあがった。親指がふとももの内側をこすった。思わず小さな吐《と》息《いき》がもれた。わたしの両手と彼の体の上を、日の差す川面《かわも》のきらめきにも似た不思議な光が走り抜けた。と同時に、彼の長衣に並ぶつややかな金具が上から下へつぎつぎにはずれ、シャツの編みひもがするするとほどけた。

それでもまだ、わたしは自分がなにをしているかよくわかっていなかった。自分の両手を彼の裸の胸においてもまだ……。いやむしろ、その先にあるなにかに、自分が求めているなにかに早くたどり着きたかった。そのなにかを言葉にしなくても、これから身をもって知ることになるのはわかっていた。彼はひどくうろたえているように見えた。ふとももの感触をとおして、彼のズボンのひもがほどけているのがわかる。すぐにも彼がスカートを押しあげるかもしれない、そして……。

ほおが熱くなる。わたしは彼を求めていた。それでいて、彼から身を引き剝がし、逃げたかった。なにより、いったい自分がどうしたいのかを知りたかった。まじまじと彼を見おろした。彼がわたしを見つめ返した。こんなに無防備にうろたえる彼を見るのははじめてだった。顔が上気し、髪がくしゃくしゃで、服が肩から落ち、驚きに打たれた顔がほとんど怒っているように見えた。彼がつぶやいた。「わたしは、なにをしているんだ?」彼は、わたしの手首をつかんで自分の体から剝がし、立ちあがった。

わたしは無理やり立たされ、ぐらりとよろめいてテーブルに手をつき、安堵《あんど》と落胆に引き裂かれた。彼はもうわたしに背を向けて、ズボンの編みひもをぎゅうぎゅうと絞めあげている。わたしのほどけた魔力の糸が巻きとられるように小さな玉になり、皮膚の下におさまった。そして彼の魔力もわたしのなかから出ていった。わたしはほてったほおを両手でおさえた。「わたし、そんなつもりじゃ……」そう言ってから、はっと口をつぐんだ。そんなつもりがなんのつもりだったのか、自分でもよくわからない……。

「いいや、きみはそのつもりだったな。見え透いたことを！」彼が肩越しにぴしゃりと言った。彼はシャツの胸をはだけたまま長衣の留め具を掛けなおしていた。「出ていってくれ！」

わたしは書斎を飛び出した。

塔のてっぺんの部屋に戻ると、ベッドにすわったカシアが裁縫箱を横に置き、真剣な面持ちで縫いものに取り組んでいた。テーブルには折れた三本の針がある。彼女の体の変化が、はぎれを使った運針の練習さえむずかしくしていた。

わたしが部屋に飛びこむと、カシアはすぐに顔をあげた。わたしのほおはまだ赤かったろうし、着ているものはいつにも増してくしゃくしゃで、そのうえ駆けっこをしたあとのように息を切らしていた。「ニーシュカ！」彼女は縫いものを放り出し、ベッドから立ち上がると、一歩踏み出し、わたしの手を握った。ただし、慎重に気をつけながら。彼女は自分の強い力を加減するやり方を覚えはじめていた。「いったい、あなた……。彼がなにかしたの……？」

「そうじゃないの！」わたしは、自分が喜んでいるのか嘆いているのかもわからなかった。わかるのは、自分のなかにはもう自分ひとりの魔力しかないということだけ……。力尽きてすわりこんだベッドが、ギギギと悲しげな音をたてた。

12

〈ハヤブサ〉、またの名をソーリャ

この件についてよく考えてみる時間はなかった。その日の深夜を少し過ぎたころ、カシアが勢いよく起きあがり、そのはずみでわたしはベッドから転がり落ちそうになった。〈ドラゴン〉が部屋の入口に、感情の読めない硬い表情で立っていた。寝間着の上にガウンをはおり、片手で包むように魔法の明かりを持っている。「道を兵隊がやってくる。服を着ろ」それだけ言うと、彼は背を向けて去った。

わたしとカシアはあわてて服を身につけ、階段を駆けおりて一階の広間に行った。すでに服を着た〈ドラゴン〉が窓辺に立っていた。窓の外に目をやると、はるか遠くに騎馬隊が見えた。長い柄《え》付きのカンテラが先頭にふたつ、最後尾にひとつ。その明かりに馬具の金具や鎧《よろい》が光っている。最前列にふたつの旗がかかげられ、それぞれの旗の前に光を放つ魔法の球体が浮かんでいた。三つの頭を持つ緑の怪物の紋章から、旗のひとつはマレク王子のものだとわかった。もうひとつの旗には、かぎ爪を伸ばした赤いハヤブサの紋章が描かれていた。

「なぜここにやってくるの？」彼らはまだ遠くにいて、わたしの声など聞こえるはずもないのに、つい声が小さくなった。

〈ドラゴン〉はすぐには答えず、しばらく間をおいてから言った。「彼女が目当てだろうな」

わたしは闇のなかで手を伸ばし、カシアの手をぎゅっと握った。「なぜ？」

「わたしが穢《けが》れに冒されたから」と、カシアが言い、〈ドラゴン〉が小さくうなずいた。つまり、彼らはカシアに死の宣告をくだすためにやってくるということだ。

いまさらながら、自分がヴェンサに宛《あ》てて送った、あの手紙のことが悔やまれた。ヴェンサから返事はなく、わたしはしばらく手紙を送ったことも忘れていた。ところがその後、ヴェンサが塔から戻った直後に病に倒れたことを知った。そして、意識朦朧《もうろう》としたヴェンサを見舞ったべつの女性がベッドのかたわらにあったわたしの手紙を開いた。最初はたぶん善意からだったのだろう。でもその後、彼女はあちこちで手紙の内容を言いふらした。それが噂《うわさ》になった。わたしたちが〈森〉から村娘を連れ帰ったという話として。噂は黄の沼領まで届き、旅の歌唄《うた》いによって都まで運ばれた。そして、噂を聞きつけたマレク王子がわたしたちのところまでやってきたというわけだ。

「カシアは穢れていないってあなたが言えば、彼らは信じるんじゃない？」わたしは〈ドラゴン〉に尋ねた。「彼らはきっとあなたを信じて――」

「もう忘れたのか？」と、〈ドラゴン〉は冷ややかに言った。「こういった事柄について、わたしには芳《かんば》しくない評判がある」窓の外をちらりと見て、つづけた。「そのうえ、〈ハヤブサ〉がわたしに味方するために、わざわざここまで足を運んでくるとはとても思えない」

わたしは振り返ってカシアを見つめた。彼女の表情はおだやかで、不自然なほど落ちついていた。わたしは大きく息をつき、彼女の両手を取った。「あいつらに勝手なことをさせるもんですか、ぜったいに」

〈ドラゴン〉がフンと鼻を鳴らした。「あいつらをぶっ飛ばすのか？　国王軍の兵士もろともに？　そのあとはどうする。山に逃げて、山賊にでもなるつもりか？」

「ええ、それしか道がないならね！」と、返したけれど、わたしの手を握ったカシアの指に少し力が加わった。わたしはカシアのほうを見た。彼女は小さく首を横に振った。

「だめよ、ニーシュカ。そんなことをしないで。みんながあなたを必要としているのよ……あたしではなくて」

「じゃあ、あなたはひとりで山に逃げて」思わず言葉がきつくなった。柵囲いに追い立てられた家畜のような気分だ。肉包丁を砥石《といし》で研《と》ぐ音が聞こえてくる。「さもなきゃ、わたしがあなたを連れ出すわ。そしてここに戻って――」騎馬隊が近づき、自分の声が聞きとれないほど蹄《ひづめ》の音が大きくなった。

時間がない。でも、これで終わりというわけじゃない。わたしは広間の壁の小さなくぼみでカシアの手をしっかりと握った。〈ドラゴン〉は台座の上に置かれた彼専用の椅子にすわっている。その表情は硬く冷ややかで、でもどこかぎらぎらして、なにかを待ちかまえているようにも見えた。馬車がゆっくりと停《と》まる音がした。馬の足踏みと鼻息と男たちの声が、厚い扉越しにくぐもって聞こえてきた。そして、静寂が訪れた。けれども、つぎに来るはずのノックがなかった。そのかわり、魔力がじりじりと侵入してくるのを感じた。大扉の向こうで呪文《じゅもん》がかたちを成し、扉の厚板をつかみ、強引に押しあけようとしている。大扉を守る〈ドラゴン〉の魔術を突き、たたき、払いのけ、解除しようとする。そしていきなり、強烈な一撃がやってきた。大扉の守りを打ち破ろうと、すさまじい魔力の一太刀《ひとたち》が振りおろされる。〈ドラゴン〉がきつく目を閉じ、口を真一文字に結んだ。大扉の表面で青白い光がバチバチとはじけた。でも、それだけだった。

とうとう、ノックの音が響いた。その硬い音から、甲冑《かっちゅう》の手甲《てこう》でたたいているのがわかった。〈ドラゴン〉が人差し指をくいっと曲げると、大扉が内側に向かってゆっくりと開いた。玄関口にはマレク王子ともうひとりの男が立っていた。その男は、体の幅が王子の半分ぐらいしかないのに、けっして引けをとらない威厳を備え、ハヤブサの胸もとのような白地に黒の斑紋《はんもん》のある長いマントをはおっていた。髪は羊の毛のような色だが、わざと色を抜いているのか、根もとだけが黒い。その表情は巧妙につくられ、〝嘆かわしき事態への憂慮〟という言葉がそのまま顔に書きつけられていた。背後の光を背にふたりが並ぶさまは、まるで戸口という額縁におさまった肖像画のようだった。とても対照的な太陽と月……。マレク王子が塔のなかに足を踏み入れ、手甲を脱いで言った。

「挨拶《あいさつ》は抜きだ。ここへ来た理由はわかっているな。噂の娘に会わせろ」

〈ドラゴン〉は無言でカシアを差し示した。わたしとカシアは壁のくぼみから少しだけ体をのぞかせていた。マレク王子はすぐにカシアを見定め、思惑ありげに目を細め、彼女を観察した。わたしは王子をにらみつけたが、なんの効果もなかった。王子がわたしには目もくれなかったからだ。

マントの男が噂に聞く〈ハヤブサ〉だということはなんとなくわかった。〈ハヤブサ〉は〈ドラゴン〉のすわった台座の椅子に近づいて言った。「サルカン、きみはいったいなにをした？」彼は〈ドラゴン〉に向かって、聞き慣れない名で呼びかけた。その声は高くもなく低くもなく、舞台の役者のようによく響き、広間を憂いと告発の空気で満たした。「分別をとことんなくしてしまったようだな、こんな片田舎に隠遁《いんとん》しているうちに――」

〈ドラゴン〉はまだ椅子にすわったまま、膝に片肘をつき、こぶしをひたいにあてがっていた。

「では、ソーリャ、きみに聞こう」と、〈ドラゴン〉もまた〈ハヤブサ〉を別の名で呼んだ。「もし、わたしがすでに穢れを追いはらったのだとしたら、きみがここを家捜《やさが》ししたところで、なにか見つかるものだろうか？」

〈ハヤブサ〉が立ち止まり、〈ドラゴン〉がゆっくりと椅子から立ちあがった。すると突然、〈ドラゴン〉の周囲が闇に包まれた。闇はみるみる広がり、長い蠟燭《ろうそく》や魔法の明かりを呑《の》みこんだ。〈ドラゴン〉は台座からおりて、一歩、また一歩と歩き出した。その足音が鐘楼の鐘のように広間に響きわたる。マレク王子と〈ハヤブサ〉がじりじりと後退し、王子は剣の柄《つか》に手をかけた。

「重ねて聞く。もし、わたしがすでに〈森〉の手に落ちているのなら、このわたしの塔で、きみはなにをすることになるのだろう？」

〈ハヤブサ〉はすでに胸もとで両手の親指と親指を、人差し指と人差し指を合わせて三角をかたちづくり、低い声でなにかをつぶやいていた。わたしには魔力の低いうなりが聞こえた。四本の指がつくる三角の隙間《すきま》から細い光のすじが立てつづけにほとばしった。光の放射はさらに激しさを増し、ついには指の三角全体が白い炎と化し、彼の全身を光の大きな輪で包んだ。彼の両手が開き、白い炎をいまにも投げつけるような構えになった。炎がバチバチと音をたて、火の粉が床に降りそそぐ。その魔術にも、〝火の心臓〟が早く空気をむさぼりたくて瓶のなかで暴れるときのような獰猛《どうもう》さがあった。

「トゥリオーズナ・グレィズミー」〈ドラゴン〉が呪文《じゅもん》を唱えた。呪文が空気を切り裂いて飛び、〈ハヤブサ〉の白い炎が風にあおられる蠟燭の火のように揺れた。そして、消えた。一陣の冷たい風が、わたしの肌を粟立《あわだ》たせ、広間を吹き抜けていった。

〈ハヤブサ〉とマレク王子は、身じろぎもせずに〈ドラゴン〉を見つめた。〈ドラゴン〉は両手を大きく振りあげて言った。「幸いにも――」その口調はいつものように辛辣《しんらつ》だった。「わたしは、きみが思っているほど焼きがまわっているわけではない。これですんだことをありがたく思え」それだけ言うと、身をひるがえして椅子に戻り、闇は彼の足もとから引いていった。こうして光が戻り、〈ハヤブサ〉の顔がはっきりと見えるようになった。口を一文字に引き結んだ硬い表情を見るかぎり、彼はありがたさなどみじんも感じていなかった。

わたしの想像にすぎないけれど、〈ハヤブサ〉はポールニャ国二番手の魔法使いと見なされることに辟易《へきえき》しているのではないだろうか。彼のことは少しだけ噂に聞いていた。〈ハヤブサ〉という名が、旅の歌唄いたちの、ローシャ国との戦いを語り継ぐ歌に登場する。でももちろん、〈ドラゴン〉以外の魔法使いが登場する歌は、この谷ではあまり歌われなかった。谷の村々では、われらが魔法使い、われらが領主様の歌のほうが好まれるからだ。人々は何度でも〈ドラゴン〉こそが国いちばんの魔法使いと称える歌を聞きたがり、その歌を誇りに思い、満足した。でも、わたしはそれについてちゃんと考えたことがなかったたし、身近で過ごす時間が長くなるにつれ、彼への恐れを忘れていった。けれども目の前で〈ドラゴン〉の魔力が〈ハヤブサ〉の魔力をやすやすと押さえこむさまを見て、彼が王や魔法使いたちさえも恐れさせる、けたはずれの力を備えていることを思い出さずにはいられなかった。

きっと、マレク王子も〈ハヤブサ〉と同じくらい、〈ドラゴン〉の恐ろしさを思い出したくなかったにちがいない。けわしい表情のまま、まだ剣の柄に手を添えていた。彼がカシアを見つめたとき、わたしはぎくりとして、彼女の手をきつく握った。でも、カシアはわたしから離れ、壁のくぼみから足を踏み出した。だめ、と声が出そうになるのを呑みこんだときには、彼女はもう王子に向かって正式なお辞儀《じぎ》をしていた。腰をかがめて黄金《こがね》色の頭をさげ、すっくと背を伸ばして真正面から王子を見つめた。数ヵ月前に王子と会ったとき、わたしもこんなふうにできたらよかったのに……。そう思わせる、みごとなふるまいだった。カシアは口ごもることなく言った。

「殿下、こんなに奇妙な姿ですから、お疑いになるのは当然です。でも、これは真実だと誓います――この身は穢れを解かれております」

わたしの頭のなかに、必死の祈りのような呪文がふつふつと湧いてきた。もし王子が剣を抜いたら、もし〈ハヤブサ〉がカシアに手をくだそうとしたら、容赦しないと心に決めた。

マレク王子が口もとをゆがめ、射すくめるようにカシアを見つめた「〈森〉に、はいったのだな？」

カシアがうなずく。「〈歩くもの〉にさらわれました」

「おい、見てくれ」王子が肩越しに〈ハヤブサ〉に声をかけた。

「はい、殿下」と答え、〈ハヤブサ〉が王子の横に立つ。「これは明らかに――」

「待て！」と、王子がナイフの切っ先のように鋭い声で言った。「わたしは、おまえがやつを嫌う以上に、やつのことが嫌いだ。しかし、ここにおまえを連れて来たのは、やっと決着をつけさせるためではない。しっかりと見ろ、この娘は穢れているのか否か」

〈ハヤブサ〉が押し黙り、顔をゆがめた。少しとまどっているようにも見えた。「一夜でも〈森〉にいたとすれば、疑う余地なく――」

「いまはどうか、と尋ねた。この娘は、穢れているか？」王子の問いかけの一語一語が鋭く突き立っていた。

〈ハヤブサ〉がカシアのほうに首をめぐらし、はじめて彼女をじっくりと見つめた。その眉根が少しずつ寄って、困惑の表情を浮かべた。わたしは思わず〈ドラゴン〉のほうを見た。なにかにつけて彼に助けを求めたくはないけれど、どうにかしてほしかった。とにかく彼らを説得しなければ……。

〈ドラゴン〉は、わたしにもカシアにも視線を向けようとしなかった。顔をぴくりとも動かさず、マレク王子を見つめていた。

〈ハヤブサ〉がただちに鑑定することになり、〈ドラゴン〉の秘薬と魔法書を使うことを要求した。わたしは〈ドラゴン〉から命じられて、そのぜんぶを勇んで取りに走った。でもそのあとは、台所で待機するように言いわたされた。最初は、検証のようすをわたしに見せたくないのだと考えた。その一部は、わたしが〈森〉から戻ったときに彼がしたのと同じように、見るのもつらい苛酷《かこく》なものになるのだろう。台所にいても、〈ハヤブサ〉が呪文を唱える声や、魔力が放たれるすさまじい音が頭上から響いてきた。それは遠くから響く大太鼓のように、わたしの骨を震わせた。

そして三日目の朝、ふと目をやった大きな銅鍋に、とんでもなくだらしない身なりになって自分が映っているのに気づいた。まるまる二日間、上から聞こえる声や物音が気になり、カシアのことが心配でたまらず、着替えの呪文をつぶやくことも忘れていた。自分の身だしなみに気がまわらなかったし、そもそも服が染みだらけで顔が涙のすじで汚れていようがどうでもよかった。そして、それほどひどい身なりなのに、〈ドラゴン〉から小言を言われなかった。彼は何度か台所におりてきて、わたしにさまざまなものを用意させた。わたしは、銅鍋に映ったうす汚い自分をまじまじと見つめた。そして〈ドラゴン〉がつぎに階段をおりてきたとき、つい言ってしまった。「わたしを隠しておきたいわけね？」

〈ドラゴン〉は階段をおりきる前に立ち止まった。「わかりきったことを聞くな、ばかたれ」

「でも、彼はなにも思い出せないわ……」マレク王子とのあのひと悶着《もんちゃく》のことを言ったのだが、口に出したそばから不安になった。

「思い出すだろう、きっかけさえあれば」〈ドラゴン〉は言った。「そうなったら、ただではすまないぞ。とにかく、隠れていろ。首を突っこむな。召使いの娘で通せ。ぜったいに、王子やソーリャ……〈ハヤブサ〉の前で魔法を使ってはいけない」

「カシアはだいじょうぶなの？」

「なんの問題もない。もう心配するな。いまの彼女の体は、ふつうの人間以上に頑丈だ。ソーリャもそうそうまぬけじゃない。王子がなにを求めているかわかっているし、それを王子にあたえようとするだろう。樅《もみ》の樹乳の瓶を三本、取ってこい」

やれやれ。わたしには王子がなにを求めているのかわからなかったし、それがなんであれ、王子が手に入れることはしゃくにさわった。わたしは樅の樹乳を取りに二階の実験室にあがった。それは〈ドラゴン〉が樅の針葉樹を煎じてつくる液体で、彼の手にかかると、どういうわけが、無臭の乳液状に仕上がった。一度、彼に教えられて試してみたが、できあがったのは針のような葉と水がどろどろに混じり合った、ただ臭いだけの液体だった。きちんとつくられた樅の樹乳は魔法を定着させる効果を持つため、さまざまな治療薬や石化の秘薬などに使われている。わたしは階段をおりて、その三本の瓶を広間に届けた。

広間の中央にカシアが立っているのが見えた。野草入りの塩で床に描かれた二重の円に囲まれ、首には牛に使う軛《くびき》のような重い首輪がはめられている。その黒い鉄製の首輪に銀色の呪文が彫りこまれ、首輪についた鎖が両手首の手錠とつながっていた。カシアは椅子さえあたえられていなかった。鎖の重さは体をふたつ折りにしてもおかしくないほどなのに、彼女はしっかりと背筋を伸ばして立ち、わたしが広間に足を踏み入れると、かすかにほほえんだ——だいじょうぶよ、心配しないで、と請け合うように。

むしろ、彼女より〈ハヤブサ〉のほうが疲弊していた。椅子にすわって見ているだけのマレク王子が大あくびをして顔をこすっている。〈ハヤブサ〉がわたしに向かって「あちらに」と言い、魔法の道具が置かれた作業台を示した。でも、それっきりわたしには関心を示さなかった。〈ドラゴン〉が台座の上の椅子から、ぐずぐずしているわたしをにらみつけてきた。それを見て反抗心が込みあげ、作業台に樹乳の瓶を置いても、わたしはすぐには立ち去らなかった。広間の入口まで戻り、そこからなかのようすをうかがった。

〈ハヤブサ〉が樹乳の三本の瓶に浄化の呪文を吹きこんだ。彼の魔術はある意味でまっすぐに目的に向かった。〈ドラゴン〉の魔術が無限の複雑さのなかをくぐり抜ける道を選ぶのに対し、〈ハヤブサ〉は直線を引いた。でも、どちらも魔法の効果に変わりはない。〈ハヤブサ〉もおそらく、さまざまな道のなかのひとつを選んでいるのだろう。でも、わたしのように木々のあいだをさまようようなやり方じゃない。〈ハヤブサ〉は鉄のやっとこを使って、三本の瓶を塩の円のなかにいるカシアに差し出した。検査が進んでも、用心深さを失ってはいないようだ。彼女が樹乳を一本飲むごとに、肌の表面に光が走り、そこにとどまった。三本を飲みきるころには、彼女の体は広間全体を照らすほど明るく輝いていた。その体内にはひとかけらの影も見当たらない。穢れはまったくとどまっていなかった。

マレク王子は前かがみに椅子にすわっていた。ワインのはいった大きなゴブレットをつかんでいるが、口をつけたようすはない。王子の目はカシアに釘《くぎ》づけになっていた。わたしは王子に魔法をかけてやりたくて、両手がうずうずした。できるものなら、彼のほおを平手打ちにして、カシアから目をそむけさせてやりたかった。

〈ハヤブサ〉が長いあいだカシアを見つめたあと、短い上着のポケットから目隠し用の布を取り出し、自分の両目にあてがった。黒いヴェルヴェットの厚手の布に銀色の文字が書きこまれ、ひたいまで隠すほどの幅がある。〈ハヤブサ〉は目隠しをすると、低い声で呪文を唱えはじめた。すぐに目隠しのひたいのまんなかに一個の穴があき、大きくて丸い奇妙な目があらわれた。大きな黒い瞳孔を囲む虹彩《こうさい》も黒っぽい色なので、瞳全体が黒く見える。そのひたいの目から淡い銀色の光が放たれた。〈ハヤブサ〉はカシアを囲む円にぎりぎりまで近づき、ひたいの目で頭のてっぺんからつまさきまで彼女を検分した。そのあとは円を三周して観察した。〈ハヤブサ〉が円から離れると、ひたいの目がまぶたを閉じ、目それじたいも消えた。彼は両手を震わせながら手探りで目隠しをほどいた。わたしは目隠しがとれたひたいを見つめずにいられなかった。そこには傷口ひとつなく、第三の目はあとかたもなく消えていた。ただ、彼の両目がものすごく血走っていた。〈ハヤブサ〉はどさりと椅子に腰かけた。

「どうなんだ？」マレク王子が鋭い声で尋ねた。

〈ハヤブサ〉は長い間《ま》をおいて答えた。「穢れのしるしはどこにも認められません」しぶしぶというようすで言う。「ただ、この段階で、ぜったいとは――」

王子は最後まで聞こうとしなかった。椅子から立ちあがり、テーブルから一本の重厚な鍵を取り、広間を横切ってカシアに近づいた。カシアの体の輝きは薄れつつあったけれど、完全に消えたわけではない。王子は床に円を描く塩を踏みつけ、さらになかへと進み、カシアの首輪と手錠をはずし、それらを床に放った。そして、高貴な女性と対面するように、片手を差し出した。その目がカシアをむさぼるように見つめている。カシアはためらった。王子の手を握りつぶしてしまうんじゃないかと心配しているのかもしれない。握りつぶしてしまえばいいのに、と、わたしは思った。でもカシアは、おずおずと王子の手に自分の手を添えた。

王子はその手を握り、カシアを〈ドラゴン〉のいる台座のほうにいざなった。「さて、〈ドラゴン〉よ」王子は抑えた声で言った。「まずは、なぜこんなことが起きたのか、説明してほしい」

王子はカシアの腕に手を添えて言った。「われわれは――わたしと〈ハヤブサ〉は、〈森〉へ向かう。まさかいっしょに行くのをしぶるような臆病者ではあるまいな。母上を〈森〉から奪い返すために、おまえの力を借りねばならぬ」

13 ハンナ王妃奪還計画

「あなたがたの戦いに加勢するつもりはない」と、〈ドラゴン〉は言った。「戦う気なら、ほかに累《るい》が及ばぬように、手持ちの駒《こま》だけで戦っていただきたい」

マレク王子の肩がみるみるいかり、張りつめた空気になった。彼はカシアを放し、台座のほうに一歩進み出た。〈ドラゴン〉の顔は冷ややかで、決然としている。王子が彼に殴りかかるのではないかと思ったそのとき、〈ハヤブサ〉が椅子から立ちあがって言った。「殿下、失礼ながら、サルカンから聞き出す必要はありません。キーヴァの戦いでニチコフ将軍の野営地を攻略し、将軍をとらえたときにわたしが用いた魔術を憶《おぼ》えておいでですね。今回もあれが有効です。あの透視術によって、この塔でどんな呪文《じゅもん》が使われたかがわかります」そう言うと、閉じたくちびるを引き伸ばすだけの笑いを〈ドラゴン〉に向けた。「サルカンも認めることでしょう――わたしの目から隠しおおせるものなどなにもないということを」

〈ドラゴン〉は否定こそしなかったが、すぐにやり返した。「認めようじゃないか——そこまでの愚行に身を投じようというきみは、こちらが思っていた以上にとんでもない大ばか者だとな」

「王妃の救出という大義を遂行しようとする者に、とんでもない大ばか者とは言ってくれたものだな」と、〈ハヤブサ〉が言った。「サルカン、きみの叡智《えいち》には敬意を払ってきたつもりだ。たしかに、王妃に死をもたらすだけなら、救出にはなんの意義もないだろう。しかし、いまここに」と、カシアのほうに腕を振って言う。「新たな可能性を示す確たる証拠がある。なぜ、この事実を長く隠しておいた？」

よくもまあ、ぬけぬけと……。そもそも、〈ハヤブサ〉がここへ来た目的は、〝新たな可能性〟を否定し、カシアを生かしておいた〈ドラゴン〉に罪を負わせることだったはずだ。わたしはあいた口がふさがらなかったが、〈ハヤブサ〉本人は自分が立場を変えたことにすら気づいていないようだった。「王妃の奪還に希望が持てる状況において、その計画に協力しないのは国家に対する反逆行為も同然だろう」そして最後にひと言付け加えた。「一度できたことなら、もう一度できるはずだぞ」

〈ドラゴン〉がフンと鼻を鳴らした。「きみでもか？」

これしきの皮肉で〈ハヤブサ〉が動じないことは、わたしにもわかっていた。彼は鋭く目を細めただけで冷静さを取り戻し、マレク王子に向き直って言った。「殿下、きょうはこれにて失礼します。明朝の魔術に備えて力を回復させておかなければなりませんので」

マレク王子が片手をひと振りし、〈ハヤブサ〉を退出させた。驚いたことに、わたしが〈ハヤブサ〉と〈ドラゴン〉の口論に気をとられているすきに、王子は両手でカシアの手を握り、話しかけていた。カシアの表情はあいかわらず不自然に固まっている。それでも、彼女のかすかな表情の変化を読みとれるようになったわたしには、カシアがものすごく困惑していることがわかった。

助けにいかなくちゃと思ったとき、王子が彼女の手を放し、大股の早い足どりで広間から立ち去った。王子は靴音を響かせて階段をのぼっていく。わたしは近づいてきたカシアの手を取った。〈ドラゴン〉は階段のほうを見やって顔をしかめると、いらだたしげに椅子の肘掛けを指先でコツコツと打った。

「彼にできるの？」わたしは〈ドラゴン〉に尋ねた。「ここでどんな呪文が使われたのか、彼には見抜くことができるの？」

コツ、コツ、コツ。指が肘掛けをたたく。「無理だろう――地下墓を見つけるまでは」ようやく〈ドラゴン〉が答えた。それから少し間《ま》をおいて、しぶしぶ付け加えた。「いずれは見つけるかもしれないが……。透視術はあいつの得意分野だからな。しかし、地下墓の存在に気づいても、そこにおりる方法はすぐには見つからない。やつがそれを見つけるまでに、おそらく数週間はかかるだろう。そのあいだに国王に手紙を書き送り、やつらの愚かな計画をつぶしてやることはできるかもしれない」

それだけ言うと、〈ドラゴン〉はわたしに向けて片手を払った。部屋に戻れと言われているのなら大歓迎だった。わたしが先に立ち、カシアの手を引いて、警戒怠りなく螺旋《らせん》階段をのぼった。二階の踊り場に近づくと、首だけ突き出して、廊下にマレク王子と〈ハヤブサ〉の影がないことを確かめ、慎重にカシアを通した。てっぺんの部屋までたどり着くと、彼女を外で待たせ、ドアを勢いよく開け放って部屋のなかをのぞいた。だれもいなかった。わたしはカシアをなかに入れ、ドアを閉じた。椅子を動かし、ドアノブの下に押しこんだ。〈ドラゴン〉から魔法を禁止されていなければ、封印術を使っていた。マレク王子にまた来られたくないし、前にここに来たとき、なにが起きたかを思い出されたくもなかった。もし、わたしがドアを封印するささやかな呪文を唱えたら、〈ハヤブサ〉はそれに気づくだろうか、と考えた。台所で彼の魔力をビリビリ感じたことを思い出し、危険を冒してまでそれを確かめてみるのはやめた。

わたしはベッドにすわったカシアのほうを向いた。彼女の背中はいつものようにまっすぐだけれど、疲れたようすで両手を膝で重ね、うなだれている。「あいつ、あなたになにを言ったの?」彼女にそう尋ねた。怒りがむらむらと込みあげてくる。でも、カシアは首を振った。

「助けてほしいと頼まれたわ」と、カシアは答えた。「あした、また話をしたいそうよ」首をあげ、わたしを見つめてつづける。「ニーシュカ、あなたはあたしを救ってくれたわ。だったら、ハンナ王妃も救えるのではないかしら？」

その瞬間、わたしはふたたび〈森〉のなかに連れ戻されていた。枝々の下、〈森〉の憎悪がのしかかり、息を吸いこむたびに影どもがわたしのなかにはいってくる……。不安に喉が締まり、息が苦しくなった。それでも、わたしは〝フルミーア〟のことを思った。わたしの体の奥で雷鳴のように、あの呪文がとどろいていた。〈心臓樹《しんぞうじゅ》〉に囚《とら》われたカシアの顔がよみがえるのと同時に、高く伸びたべつの〈心臓樹〉のことを思った。そこに囚われた人の顔……二十年の歳月が流れ、成長した樹皮の下で輪郭を失い、ぼんやりとして、川に沈んだ彫像のように消えてなくなりそうな顔のことを。

〈ドラゴン〉は書斎にいて、いらいらしながら書きものをしていた。わたしが書斎にはいり、カシアと同じ問いを投げかけると、彼はいっそういらだった。「ぼんくらがぼんくらの意見を聞いてどうするんだ。これ以上ばかになる努力はやめろ。まだ気づかないのか？　これが罠《わな》だと、〈森〉のたくらみだと」

「つまり……マレク王子は〈森〉に取り憑《つ》かれてるの？」と、尋ねながら、ほんとうにそうなんだろうかと考えた。だから、彼はあんなふうに――。

「いいや、まだだ」と、〈ドラゴン〉が答えた。「だが、いずれ憑依《ひょうい》される。ついでに、やつのお気に入りの魔法使いもな。村娘ひとりと交換なら、〈森〉にとってはまたとない取引だ。おまけに、きみもいっしょに釣れるなら、願ったり叶《かな》ったりだろう！　そして、〈森〉はきみとソーリャの体に〈心臓樹〉を植える。一週間もあれば、この谷を呑《の》みこんでしまえる。だから、あの娘を逃がしたんだ」

でも、あのとき、〈森〉が激しく抵抗したことを憶えている。「〈森〉は、わざとカシアを逃がしたんじゃないわ！　ぜったいに逃がすまいと――」

「ある時点までは」と、彼は言った。「〈心臓樹〉を守るためなら、〈森〉はどんな手段でも使ったことだろう。それは戦いの砦《とりで》を守るのと同じだからだ。しかし、ひとたび〈心臓樹〉が破壊され、取り返しのつかない痛手をこうむったなら、〈森〉はやられた分をかならず取り返そうとする。とらえていた娘の生死はたいした問題じゃない」

わたしたちはしばらく言い争った。彼がまちがっていると思ったわけじゃない。ただ、〈森〉がやることにしては、ちょっと込み入った、慈悲を武器に変えるような複雑な手口に思えた。でも、こんな好機を逃がすわけにはいかないとも思っていた。王妃が帰ってくれれば、ローシャ国との戦いが終わるかもしれないし、戦争をしなければ、どちらの国も強くなれるだろう。王妃を救って、新たな〈心臓樹〉を同じ方法で破壊できれば、かなり長いあいだ、〈森〉の侵攻を食い止められるんじゃないだろうか。

「ははん、なるほど」と、〈ドラゴン〉が言った。「ついでに、天使の大軍団が空から舞い降りて、炎の剣で〈森〉を焼きはらってくれれば万々歳だな」

わたしは怒りをしずめるためにフーッと息を吐き出し、あの厚い台帳を取ってきた。それをテーブルのわたしたちのあいだにどさりと置いて、後ろのほうのページを開いた。そこには〈ドラゴン〉の整然とした筆致で、最近の〈森〉との攻防がしるされている。わたしはそれを指差して言った。「ずっと勝ちつづけてるんじゃない？　これ、ぜんぶ、あなたのしたことよね？」彼の冷ややかな沈黙が充分な答えになっていた。「もう待てないわ。この秘密を塔にしまいつづけておくこともできない。完璧な準備ができるまで、待ってなんかいられない。もし〈森〉が攻撃を仕掛けてくるのなら、わたしたちは先手を打つべきよ」

「完璧の追求を忘れて、拙速《せっそく》な行動に走るな」と、彼が言った。「きみの主張は、旅の歌唄《うた》いがひそかに歌う〝さらわれた王妃と嘆きの王〟の物語を聞きつづけたあげく、その世界にはまった愚か者にそっくりだ。自分もいつか国の英雄になりたいと夢みるやからとなんら変わりない。いったい、王妃のなにが残っていると思う？　二十年間も〈心臓樹〉に囚われ、ちびちびと齧《かじ》られつづけてきたんだ」

「二十一年目よりはいまのほうが残ってるわよ！」わたしは怒りにまかせて言った。

「ははん、倅《せかれ》まで木のなかに取りこまれたとき、母親だとわかるくらいには残っていればいいのだがな」情け容赦のない〈ドラゴン〉の言葉に、わたしは思わずその光景を想像し、黙りこんだ。

「それはわたしが案ずればよいこと。きみらはよけいな心配などするな」マレク王子の声がした。わたしたちはドアのほうを振り返った。マレク王子が寝間着に裸足《はだし》でドア口に立っていた。彼からじっと見つめられた瞬間、魔法で植えつけた偽《にせ》の記憶がすでに壊れているのがわかった。王子はわたしを思い出した。そしてわたし自身も、彼の前で魔法を使った瞬間、その顔つきが変わり、「ほほう、おまえは魔女か」という言葉が出てきたことを、まざまざと思い出した。王子は長いあいだ、自分の計画に手を貸すだれかを探し求めていたのだろう。

「なるほど、おまえがやったのだな?」王子はきらりと目を光らせ、わたしに言った。「この老《ろう》獪《かい》な蛇のごとき男が、たとえちっぽけな仕事だろうが、みずからを危険にさらすことなどありえないと、最初に気づくべきだった。そう、あの村娘から穢《けが》れを祓《はら》ったのは、おまえだ」

「わたしたちは――」口を開いたものの言葉に詰まり、わたしは助けを求めて〈ドラゴン〉をちらりと見た。マレク王子が鼻を鳴らした。

王子のひたいの生えぎわに、まだうっすらと傷痕があった。わたしが重いトレイで殴って気絶させたときにできた傷だ。わたしの腹の底では、魔力が虎のように咆《ほ》えかかるのを待っていた。でも、どうしようもない恐ろしさに胸が締めつけられた。王子が近づくにつれ、息が浅くなる。

もしもっと近づいてわたしに触れたら、叫びを――呪いの叫びを放ってしまうかもしれない。バーバ・ヤガーの魔法書にあった荒々しい呪文の数々が、闇のなかの蛍《ほたる》のように、わたしの頭のなかを飛び交い、わたしの舌に乗るのを待っていた。

でも、マレク王子は腕一本の長さをおいて立ち止まり、首を突き出した。「あの村娘は死刑だ」わたしの顔をじっと見つめながら言った。「魔法使いが穢れを浄化したといくら言い張ろうが、国王はお疑いになるだろう。証言した魔法使い自身が穢れに冒されていた事例が過去にいくらでもあるからだ。法に則《のっと》れば、あの娘はまちがいなく死刑。〈ハヤブサ〉が、あの娘に有利な証言をするはずがないだろう?」

そんなことはわかっているのに、ぎくりとせずにいられなかった。「王妃の救出に力を貸してくれないか」王子はやんわりと、情に訴えるように言った。「そうすれば、おまえはあの娘を救うことができる。王妃が帰れば、国王もまさかふたりをまとめて死に追いやるわけにもいくまい」

これが脅迫だということは完璧に理解できた。取引ではなく、脅しだ。王子は、わたしが協力を拒めばカシアを殺すと言っているのだ。ますますマレク王子が憎くなった。でも、心の底から憎むことができなかったのは、わたし自身が、カシアが浄化されるまでの三ヵ月間を絶望に苛《さいな》まれて過ごしたからだった。王子は幼いころから絶望とともに生きてきた。母親と引き裂かれ、母親は二度と戻らないと言われ、手の届かないところで死よりも酷《むご》い運命にさらされる母親を思いながら生きてきた。同情はしないけれど、その苦しみを理解することはできる。

「無理を通せば、災いが降りかかる」〈ドラゴン〉が冷ややかに言った。「成果は得られず、あなたが殺されるのがおちでしょう、王妃もろともに」

マレク王子が〈ドラゴン〉を振り向き、テーブルにこぶしを打ちつけた。蠟燭《ろうそく》と本がテーブルの上で踊った。「役立たずの村娘を救っておきながら、ポールニャ国王妃は穢れのなかに捨て置くというのか！」王子が怒鳴り、テーブルの天板が揺れた。でも、王子はそれ以上言わず、口もとを震わせながら、なんとか笑みをつくろうとした。「〈ドラゴン〉よ、おまえは、はぐれ者だ。わたしの兄ですら、こんなことがあったあとでは、おまえの進言に耳を傾けようとはしないだろう。長年、われわれは〈森〉に関するおまえの見解を信じて――」

「わたしを疑うのなら、あなたの兵を率いて、〈森〉にはいればよろしい」〈ドラゴン〉が辛辣《しんらつ》に言った。「あなたご自身で、お確かめになればいい」

「ああ、そうしよう」マレク王子が返した。「だが、この魔女も連れていく。そして、おまえのかわいい田舎娘もな」

「行く意思のない者をどうやって連れていくおつもりですか」〈ドラゴン〉が言った。「あなたは幼いころから、想像のなかで自分を伝説の英雄だと――」

「考えすぎて動けない臆病者よりましだ」王子が歯を見せてにやりと笑い、一触即発の空気がただよった。〈ドラゴン〉がなにか言い返すより早く、わたしは口走っていた。「〈森〉の力を弱めることはできるんじゃない？　わたしたちが〈森〉にはいる前に」火花を散らし合っていたふたりの視線がわたしに向いた。ふたりとも、まだいたのかと驚いたように、わたしを見た。

疲れた顔をしたクリスティナが、目を見開き、凍りついた。その視線は、わたしの肩を通り越し、背後にいる魔法使いを含む男たちの一団――輝く鎧《よろい》と足踏みする馬たちにそそがれていた。わたしは声を落として話しかけた。「ヤジーのことで来たの」クリスティナはわたしと視線を合わせずにこくりとうなずき、身を返して家のなかにはいった。わたしはそのあとにつづいた。

揺り椅子に編みかけの毛糸が置かれ、暖炉のそばの揺りかごで赤ん坊が眠っていた。赤ん坊は、まるまるして血色がよく、小さな手に木のおしゃぶりを握っていた。わたしは揺りかごに近づき、赤ん坊をながめた。カシアがあとからはいってきたけれど、揺りかごには目を走らせただけだった。呼び寄せようとしたけれど、カシアが暖炉の火から顔をそむけたので、結局、声をかけるのをやめた。クリスティナにこれ以上なにかを恐れる必要はなかった。彼女は部屋のすみまで行くと、つぎにはいってきた〈ドラゴン〉をわたしの肩越しにちらりと見た。そして、赤ん坊の名はアナトルだと、かろうじて聞きとれる声で教えてくれた。彼女がぴたりと口を閉ざしたのは、マレク王子が戸口にあらわれ、染みひとつない純白のマントを着た〈ハヤブサ〉がつづいてはいってきたときだった。男たちは赤ん坊にもクリスティナにも、目をくれようとしなかった。

「穢れ人《びと》はどこだ?」王子が口を開いた。

クリスティナがわたしにささやいた。「あの人は納屋《なや》よ。みんなで納屋に運んだの。奥の部屋にそのまま置くことも考えたけど、邪険にするつもりじゃないけど、でも……」

説明されなくても、彼女の気持ちがわかった。この家で毎夜、苦悶《くもん》を刻みつけた夫の顔と向き合うことに耐えられなかったのだろう。「いいの、言わなくて」わたしは彼女に言った。「クリスティナ、わたしたちの試そうとしていることがうまくいくかどうかはわからない……それによって、ヤジーは命を落とすかもしれないわ」

クリスティナは両手で揺りかごの枠を握りしめていた。言葉はなく、かすかにうなずいた。彼女のなかで、夫はすでに死んだことになっているのかもしれない。戦争に駆り出され、長く行方《ゆくえ》知れずになり、あとは戦死の知らせを待つしかないのと同じように。

わたしたちは外に出た。家の横に新しくできた柵囲いのなかから、七頭の仔豚《こぶた》と新たな命を宿した母豚がものめずらしそうに馬たちを見ていた。柵に使われた木材はまだ白っぽく、それほど風雨にさらされていなかった。わたしたちは馬を一列に連ねて柵を迂回《うかい》し、手入れされないまま茂りすぎた木立のなかを通る小道を進んだ。その行く手に灰色の小さな納屋があった。小屋のまわりに草が生い茂り、藁葺《わらぶ》き屋根には鳥が巣づくりのために藁を抜いていった穴がいくつもあいていた。扉にかかる閂《かんぬき》の金具が錆《さ》びつき、長く見捨てられていた場所のような印象をあたえる。

「扉をあけろ、ミハル」と護衛隊の隊長が命令した。兵士らのなかからひとりの若者が進み出て、草のなかを大股に歩いた。若者は仲間の兵士と同じように、褐色の髪を長く伸ばし、口ひげをたくわえ、長いあごひげを三つ編みにしている。〈ドラゴン〉の書斎の歴史書で見た、ポールニャ国建国のころの兵士の絵にそっくりだった。青年のミハルは、若い樫《かし》の木のように頑健で、兵士のなかでもとびきり長身で胸板が厚かった。片手だけでなんなく閂をはずし、両手を扉にあてがい、軽いひと押しで開いた。こうして日の光が納屋の奥まで差しこんだ。

つぎの瞬間、ミハルはヒッと声をあげ、剣の柄《つか》を手でさぐりながら、よろよろと後ずさった。納屋の奥の壁に立てかけられたヤジーの体が見えた。日差しが微動だにしない苦悶の表情を照らし、彫像のような目がまっすぐにわたしたちを見すえていた。

「なんとまあ盛大にゆがんだ顔よ」マレク王子が落ちつきはらって言い、馬からおりながら、「さてと、ヤノス」と、護衛隊長に声をかけた。「兵隊を引き連れて馬で村の広場まで行け。覆いになるものを手に入れてこい。魔術をかけられて、こいつが吠《ほ》えださないともかぎらんからな」

「承知しました、殿下」ヤノスはそう答えると、副官のほうを向いて命令した。

兵士らはこの場から離れられることにほっとしているようだった。馬に乗って立ち去るとき、そのうち何人かは納屋の奥をちらちらと横目で見た。とりわけミハルは、去りぎわに血の気の引いた顔で納屋のほうを何度も振り返った。

おそらく、兵士のなかのだれひとり、〈森〉のことをよく知らないはずだ。彼らはこの谷の出身ではなく、ここから近い地方の者でもなかった。〈ドラゴン〉は魔法で国家に貢献するため、領地から兵を集める義務を負っていない。兵士らの楯《たて》にある馬と騎士の紋章からすると、全員が北地方の、ハンナ王妃の生まれ故郷であるタルカイ出身のようだった。彼らが知る魔術は戦場に落とされる稲妻であり、致命的ではあっても生殺しにされるようなおぞましいものではないはずだ。たぶん、自分たちがなにに直面するかも知らされないで、ここに連れてこられたのだろう。

兵士らにつづき、護衛隊長のヤノスが馬を返そうとしたとき、〈ドラゴン〉が「待て」と声をかけた。「ついでに塩を二袋、それを分けられるような小袋と、口と鼻をおおえるスカーフを全員分。村にある斧《おの》も、ありったけ買い占めろ」そう言うと、マレク王子のほうを向いた。「一刻も無駄にできません。これがうまくいったとしても、われわれの好機は短い——〈森〉が痛手から回復するのに一日か、せいぜい二日です」

マレク王子がヤノスにうなずいて、〈ドラゴン〉の命令を承認した。「可能であれば、全員に短い休みをとらせろ。ここをかたづけたら、すぐに〈森〉へ向かう」

「王妃が奥深くにいないことを祈る」〈ドラゴン〉がぽつりと言った。ヤノスが彼をちらりと見やり、王子に視線を戻した。王子はなにも言わず、ヤノスの馬の横腹をぴしゃりとたたいて背を向け、行けとうながした。ヤノスは兵士らのあとを追って小道を進み、やがて見えなくなった。

こうして、わたしたち五人は納屋に残った。差しこむ日光に納屋に舞うほこりが浮かびあがっていた。干し草の甘い匂いがする。でもその底には、息を詰まらせるような朽《く》ち葉の匂いがひそんでいる。横の壁にぎざぎざの穴がひとつあいていた。オオカミどもがはいってきた穴だ。やつらは牛を食べるためではなく、牛に穢れを植えつけるためにはいってきた。わたしはそのときのことを思い出し、両腕で自分を抱きしめた。日暮れ時に近かった。わたしたちは夜明け前に塔を発ち、谷を東にくだってドヴェルニク村までやってきた。途中で立ち止まったのは、馬を休ませるわずかな時間だけだった。戸口から吹きこむひんやりした風が首にあたった。オレンジ色の日差しがヤジーの顔を、見開いた大きな眼《まなこ》を照らしている。わたしは、自分が石になったときの、あの寒さを思い出した。ヤジーの固まった目は、いまも見えているんだろうか。それとも〈森〉の闇に閉じこめられているんだろうか。

〈ドラゴン〉が〈ハヤブサ〉を見やり、大げさに腕をあげて、ヤジーのほうを示した。「ソーリャ、きみの協力を期待してもいいのだろう？」

〈ハヤブサ〉はうすら笑いとともに軽く頭をさげ、ヤジーに近づき、両手をあげて、石化を解く呪文を唱えはじめた。みごとな発声だった。ヤジーの指先が曲がり、そこから石が排出されていくように、ひくひくと震えた。こわばった両腕が横に伸び、手首を拘束する錆《さ》びた鎖がたれた。鎖の端は壁に釘《くぎ》づけされている。ヤジーの動きとともに、鎖の輪がこすれ合って音をたてた。〈ハヤブサ〉は少し後退したが、顔にはまだうすら笑いが浮かんでいた。まずヤジーの頭の上から順に石が抜け、目玉がぎょろりと動いて天を仰ぎ、つぎに左右を見た。口もとがゆるみ、ヒィヒィヒィと笑い声がもれた。肺からも石が出ていくと、その笑いは高くうわずり、金属的な響きを帯びた。〈ハヤブサ〉の顔からうすら笑いが消えた。

カシアがぎこちなくわたしに寄り添った。わたしは彼女の手をぎゅっと握った。カシアは彫像のように立ちつくしていた。いやな記憶をよみがえらせているのかもしれない。ヤジーが、石化した胸にためこんでいたすべてを解き放つように、叫び、笑い、また叫んだ。そしてついに息が切れ、頭をあげて、にやりと笑った。皮膚は緑のまだらで、腐って黒くなった歯があらわになった。マレク王子が、剣の柄に手をかけたまま、その姿をまじまじと見つめた。〈ハヤブサ〉がその横に移動した。

「これはこれは、王子ちゃま」ヤジーが赤ん坊をあやすような声で言った。「母ちゃまが恋ちいでちゅか？　母ちゃまの悲鳴を聞きたいでちゅか？　マ、マ、マレク！」突然、ヤジーが甲高い声をあげた。切羽《せっぱ》つまった女性の金切り声だ。「マ、レ、ク、ちゃ、ん、ん、助、け、て～！」

マレク王子が腹に一撃を受けたように身を引き、剣を鞘《さや》からわずかに抜いた。でも、それ以上抜くのはこらえ、「やめろ！」と怒鳴った。「こいつを黙らせろ！」

〈ハヤブサ〉が片手をあげて呪文を唱えた。「**エルネカードゥット！**」彼も眼前の光景に驚愕《きょうがく》していた。ヤジーのけたたましい笑いが、一瞬にして厚い壁のなかに閉じこめられたように、くぐもって小さくなった。それでも遠くの叫び声のように、「マレクちゃ〜ん、マレクちゃ〜ん」とまだ聞こえてくる。

〈ハヤブサ〉が振り返って、わたしたちのほうを見た。「こんなやつを本気で浄化する気にはなれ——」

「ははん、いまになって怖《お》じけづいたか？」〈ドラゴン〉が辛辣に返した。

「こいつのざまを見ろ！」〈ハヤブサ〉が叫び、ふたたびヤジーに向き直り、呪文を唱えた。「**レフリーヤスト・パーレズ！**」開いた片手が、窓ガラスのくもりを拭《ふ》くように、さっと振りおろされる。わたしは後ずさり、カシアが痛いほど手を強く握りしめてきた。わたしたちは恐怖に打たれながら見守った。しだいに透きとおっていくヤジーの皮膚は、たまねぎの緑色を帯びた薄皮のようだった。その下で沸き返るように、黒い穢れの固まりがうごめいている。わたしの皮膚の下にいた影どもと似ていたけれど、ヤジーのそれは彼のなかにあるすべてをむさぼって肥えふとっていた。顔の奥でも影どもはとぐろを巻き、その奇怪な黒い雲から黄色い眼《まなこ》がのぞいていた。

「これでもまだ、〈森〉にはいって無謀な計画を実行するおつもりか？」〈ドラゴン〉がマレク王子に向き直って言った。ヤジーを見つめる王子の顔は青ざめて、引き結んだくちびるからも血の気が失せている。「いいですか？　こんなものは――」〈ドラゴン〉はヤジーを手で示してから言った。「まだなんでもない。この男は憑依から三日以内に石にされたおかげで、浄化術は三回で足りる。もし四回必要だとしても、わたしなら、ごくふつうの浄化術で穢れを祓える。しかし、王妃は二十年間も〈心臓樹〉に囚われている。王妃を発見できるのか、取り戻せるのか、浄化できるのか、どれひとつ確約できない。二十年間、〈森〉は王妃を最悪のやり方で蝕《むしば》みつづけてきたはずだ。あなたを抱擁することもできないでしょう。あなたのことがわかるかどうかもわからない。

　これが〈森〉に一矢《いっし》報《むく》いる好機であることはたしか」〈ドラゴン〉はさらにつづけて言った。「ただし、この男の浄化に成功し、この男をあやつっていた〈心臓樹〉を破壊できたとしても、〈森〉の中心部まで突撃するような愚かな計画を立てるべきではない。あまりに危険すぎる。まずは〈森〉にはいる道を切り拓《ひら》く――夜明けに出て日暮れに戻ってこられる距離で。そして、〈森〉の内部に〝火の心臓〟を仕掛け、退却する。そうすれば、この谷から奪われた二十哩《マイル》分を取り返し、三代ぐらいは〈森〉の力を弱めておけるでしょう」

「それでもし、母上まで焼くことになってしまったらどうする？」マレク王子が〈ドラゴン〉を振り向いて言った。

〈ドラゴン〉はヤジーをあごでしゃくって言った。「あなたはああなっても生きていたいですか？」

「もし母上が焼かれずにすむのならそれでも……おおぉ、いやだ！」マレク王子は鉄の輪に胸を締められているような苦しげな息をもらした。「いやだ！」

〈ドラゴン〉は口を強く引き結んでから言った。「〈森〉の力を弱めることができれば、いずれ王妃をさがし出す好機も――」

「いやだ！」マレク王子が手をひと振りして〈ドラゴン〉をさえぎった。「母上を助け出すのだ。そのうえで、できるかぎり〈森〉に打撃をあたえる。いいか、〈ドラゴン〉よ、もしおまえが母上の穢れを祓い、母上をとらえていた〈心臓樹〉を破壊できたら、そのときには、国王から惜しみなく兵と斧がおまえに提供されることを約束しよう。そうすれば、二十哩《マイル》焼くどころではなくローシャ国に至るまで火の海にして、〈森〉を根絶させることができるだろう」

話しているあいだに王子の背筋が伸び、丸くなっていた肩がもとに戻った。王子は覚悟を固めたようだ。わたしはくちびるを噛《か》んだ。マレク王子のことはぜんぜん信用していない。彼のやろうとしていることは、ただの自己満足だ。でも、母親を奪われた彼にはそうする資格があるんじゃないか、という思いもぬぐえなかった。〈森〉を二十哩《マイル》分でも取り返せるなら、それは大きな勝利。ただし、一時的な勝利だ。わたしは〈森〉を焼き尽くしてしまいたかった。

もちろん、わたしはいつも〈森〉を憎んできた。でもそれは、どこか漠然とした憎しみだった。収穫前に雹《ひょう》の嵐が吹くこともあるし、畑にイナゴが襲来することもある。〈森〉はそれより恐ろしいもの、不安をあおる悪夢だったけれど、わたしたち谷の住人にとっては自然の摂理でもあった。だけどいまはちがう。〈森〉は意思を持つ生きもののように、邪悪な力をふるって、わたしに襲いかかり、わたしの愛する人や故郷を痛めつけようとしている。わたしの生まれた村に魔の手を伸ばし、ポロスナ村のようにひと呑みにしようとしている。わたしが物語のなかの英雄になりたがっていると〈ドラゴン〉は非難したけれど、わたしは英雄を夢見ているわけじゃない。ただ、斧と火種を持って〈森〉にはいり、王妃を救いたかった。そして、ポールニャ国側にもローシャ国側にも軍隊を集め、双方から攻め入って、〈森〉を滅ぼしてしまいたかった。

しばらく沈黙したあと、〈ドラゴン〉が首を横に振った。彼はそれ以上マレク王子に意見しようとはしなかった。でも今度は〈ハヤブサ〉が抵抗した。彼は王子ほど王妃の奪還計画に乗り気ではないようだ。ヤジーを見つめながら、邪悪なものを吸いこむのを恐れるように、純白のマントで口と鼻を押さえていた。もしかしたら、わたしたちには見えないものまで、彼には見えているのかもしれない。「殿下、疑念を口にすることをお許しください。わたしは、このような卑しく、おぞましきものには、まったく不慣れです」マントの布地越しでも、その声には皮肉の棘《とげ》が感じられた。「これは特異な穢れと呼んでもいい。こやつの首を刎《は》ねて焼いたとしても安心はできません。まずは、この男を浄化できるかどうかをよくよく見きわめる必要がありましょう。壮大な計画を実行するのは、そのあとでも遅すぎることはありません」

「おまえは承知したではないか！」マレク王子が〈ハヤブサ〉にただちに反撃した。

「引き受ける価値のある危険だということは認めます。ただしそれは、サルカンが穢れを取り除くなんらかの方法をほんとうに見つけていた場合の話です」〈ハヤブサ〉は王子に言った。「しかし、これはどうです？」またヤジーのほうに目をやってつづける。「サルカンがこやつを浄化するのを見とどけ、そのあと二度、わたしが透視術で確かめるまでは、承知いたしかねます。もしかしたら、あの娘は最初から穢れていなかったのかもしれません。サルカンが自分の評判を高めたいばかりに、でたらめな噂《うわさ》を流した可能性も……」

〈ドラゴン〉は侮蔑を込めて鼻を鳴らしただけで、なにも答えず、納屋に転がった大きな干し草だわらから十し草をひとつかみ抜き取り、呪文を唱えながら、それを縒《よ》り合わせた。マレク王子は〈ハヤブサ〉の腕をつかんで片隅へ押しやり、低い声で怒りをぶつけていた。

〈ドラゴン〉が呪文を低い声で唱えているあいだも、ヤジーはひとりで歌いつづけ、そのうち鎖で両手首を縛られた体を揺すりはじめた。両腕が後ろに伸びて鎖が張りきるまで体を前に傾け、頭を突き出してガチガチと空気を嚙む。ぬめっとした黒い舌が巨大なナメクジのように口からたれさがった。ヤジーは舌をぶらぶらさせながら、わたしたちに向かって目玉をぐるりとまわしてみせた。

〈ドラゴン〉はそれに取り合わなかった。彼が両手に持った干し草が太くなり、ついにこぶだらけの脚を持つ小さなテーブルに変わった。彼は携帯している革の袋を開いた。なかから慎重に取り出されたのは、『ルーツの召喚術《しょうかんじゅつ》』だった。夕日を受けて、表紙の金の浮き出し文字が燃えるように輝いた。彼は魔法書を小さなテーブルに置くと、わたしに視線を送って言った。「これでいい。はじめよう」

マレク王子と〈ハヤブサ〉がわたしたちのほうを振り向いた。わたしはこのときまで、まさか彼らの見ている前で、〈ドラゴン〉と手を取り合い、魔力の融合をおこなうことになるとは思っていなかった。胃が干しアンズのように縮まった。〈ドラゴン〉をちらりと見たが、わざと無視された。彼はもうこれからやることにしか関心が向かなくなっている。

わたしはしぶしぶ彼の隣に立った。〈ハヤブサ〉がわたしを見つめていた。その刺し貫くようなまなざしに魔力が宿っていた。〈ハヤブサ〉やマレク王子の視線にさらされることがいやだった。でももっといやなのは、わたしをよく知るカシアがここにいることだった。あの夜のことを――〈ドラゴン〉とわたしが魔力をひとつにした夜のことを、わたしはほとんど彼女に話していなかった。うまく言葉にできなかったし、それについて考えるのを避けていた。でも、やりたくないとは言えなかった――鎖につながれたヤジーが、父さんが昔つくってくれた、二本の支柱のあいだで跳んだり宙返りしたりする滑稽《こっけい》な枝人形のように、目の前で踊っているのを見てしまっては。

わたしはごくりとつばを呑み、『ルーツの召喚術』に手を伸ばし、表紙を開いた。そして、〈ドラゴン〉といっしょに読みはじめた。

最初はどちらも堅苦しく、ぎこちなかった。でも、わたしたちの魔力は最初から求めるものがわかっていたかのように、お互いを勝手に見つけてひとつになった。肩の力が抜け、頭が持ちあがり、息が肺の底まではいってきた。ためらいはいつしか消えた。世界じゅうから見つめられていたとしても、もう気にならなかった。『ルーツの召喚術』の呪文がわたしたちのまわりで川のようにゆったりと流れていた。〈ドラゴン〉の唱える呪文がさざなみを立てる流れをつくり、わたしがそこに滝や水面《みなも》に跳ねる魚たちを加えた。夏の夜明けのような、鮮やかなまぶしい光があたりを満たしはじめた。

そして、ヤジーの顔の奥から〈森〉がわたしたちをのぞき、無音の憎悪のうなりをあげた。「うまくいっているのか？」と、マレク王子が〈ハヤブサ〉に尋ねる声が背後から聞こえた。でも、〈ハヤブサ〉がどう答えたかまでは聞いていなかった。ヤジーが、カシアと同じように〈森〉に取り残されていた。でも、彼は出ていくことをあきらめている。倒木に腰をおろし、出血する両脚を投げ出し、口を半開きにして、膝に置いた両手をぼんやりと見おろしている。呼びかけても、応えなかった。「ヤジー！」わたしは叫んだ。ヤジーはぼうっとしたまま顔をあげ、焦点の合わない目でこちらを見やり、またうなだれた。

「見える……〝媒介者〟が見える」と、〈ハヤブサ〉が言った。ちらりと彼のほうに目をやると、あの目隠しの布をふたたび使っていた。ひたいのまんなかから猛禽類《もうきんるい》のような奇妙な目がのぞき、その黒い瞳孔が大きく開いている。「〈森〉の穢れは、〝媒介者〟によって運ばれる。サルカン、どうだ、わたしが浄化の炎をそこに放てば――」

「やめて！　ヤジーが死んでしまうわ」わたしはあわてて止めた。〈ハヤブサ〉がおもしろくなさそうにわたしをにらんだ。彼はヤジーが死のうが生きようがかまわないに決まっている。そのとき、カシアが身をひるがえして納屋から飛び出し、小道を駆け出した。しばらくすると、彼女は赤ん坊を腕に抱いたクリスティナを連れて戻ってきた。クリスティナは、魔術をかけられて苦しむヤジーの姿に身をすくませた。カシアがすぐに低い声で彼女に話しかけると、とうとうクリスティナは赤ん坊を抱いたまま、一歩一歩ヤジーに近づき、その顔をのぞきこんだ。彼女の顔つきが変わった。

「ヤジー！」クリスティナが叫んだ。「ヤジー！」片手をヤジーのほうに差し出した。その手が彼の顔に触れないように、カシアがクリスティナを後ろから抱きとめた。でも、現身《うつしみ》のヤジーのさらに奥深くで、もうひとりのヤジーがふたたび頭をもたげ、ゆっくりと立ちあがる。わたしにはその姿が見えた。

召喚術の光が容赦なくヤジーを照らし出す。前回のカシアのときとはちがって、わたし自身が直接打ちのめされるような衝撃はまぬがれたけれど、まばゆい光がヤジーの怒りとくやしさをさらけ出していた。死んだ子どもたちの小さな墓、クリスティナの言葉にならない苦しみを刻んだ顔、ひもじい腹、施しのバスケットが届くときの屈辱――彼は部屋の片隅で気づかないふりをしていたけれど、妻が物乞《ものご》いに行くことも知っていた。変わりはてた牛たちを見たときの激しい怒り。牛たちは彼にとって貧しさから這《は》いあがるための、最後の頼みの綱だった。化けものに変わりはてた自分の牛たちに、彼はいっそ殺されてしまいたいとさえ思った。

クリスティナの顔にも、彼女自身の秘めた怒りが、どうしようもなく暗い考えがふつふつと湧きあがってきた。彼女の母親は貧乏な男とだけは結婚するもんじゃないと言いつづけた。彼女の姉はラドムスコ村に嫁《とつ》ぎ、機織《はた》りを生業《なりわい》とする夫とのあいだに四人の子をもうけた。姉の子どもたちは生きている。姉の子どもたちは凍える寒さも飢えも知らなかった。

ヤジーは屈辱に震え、口をゆがめ、歯を食いしばった。でもクリスティナが泣きながら、ふたたび夫に手を伸ばした。片手で抱いた赤ん坊が目を覚まし、声を張りあげる。耳をつんざくような泣き声だったけれど、それはとてもまっとうでまっすぐな、生への欲求だった。ヤジーが一歩踏み出した。

すると突然、この試みがたやすくなった。〈ドラゴン〉の言ったことは正しかった。この穢れは見た目こそおぞましいけれど、カシアほどひどくはない。ヤジーはカシアのように実際に〈森〉のなかをさまよったわけじゃない。ひとたび動きはじめると、ヤジーはよろめきながらこちらに向かってきた。木々の枝が歩みをじゃましたが、せいぜい細い枝がぴしゃぴしゃと顔を打つくらいだった。彼は両腕で顔をかばい、枝を払いながら、ついに、わたしたちのほうに駆け出した。

「呪文を唱えろ」〈ドラゴン〉がわたしに言った。終わりが近づいている。わたしは全身全霊を傾けて、『ルーツの召喚術』を読んだ。〈ドラゴン〉の魔力がわたしのなかから抜けていく。「もうすぐだ」〈ドラゴン〉が〈ハヤブサ〉に言った。「もうすぐ出てくる……」ヤジーの足が速くなる。現身《うつしみ》の顔に向かって、奥から駆けてくるヤジーが見える。〈ドラゴン〉と〈ハヤブサ〉が並んで両手を振りあげ、同じ呪文を同時に叫んだ。「**ウロジーシュトゥス・ソヴィエンタ!**」

ヤジーが悲鳴をあげながら浄化の炎から抜け出した。それでも、彼の幻影が顔から飛び出すようなことはなかった。かわりに、現身《うつしみ》のヤジーの目じりと鼻からタールのように黒くてネバネバした臭い液が噴《ふ》き出し、地面にこぼれ、煙をあげた。鎖につながれたヤジーの体がぐにゃりと前に倒れた。

カシアが煙をあげる黒いしずくに足で土をかけ、〈ドラゴン〉が一歩前に出て、ヤジーのあごをつかみ、上を向かせた。と同時に、わたしは『ルーツの召喚術』を最後まで読みきった。「さあ、見ろ！」と、〈ドラゴン〉が〈ハヤブサ〉に言った。

〈ハヤブサ〉が両手でヤジーの顔をはさみ、呪文を唱えた。矢のようにかすめていく短い呪文が、召喚術によって呼び出された炎と光の最後の残りをはじき飛ばし、ヤジーの背後の壁に、ぽっかりと穴をあけた。わたしたちは、その穴の遠くに、高くそびえる〈心臓樹〉と激しい炎を見た。その木はカシアが囚われていた木の倍ほども高い。〈心臓樹〉の大枝が激しく揺れ、燃えさかる炎のなかに呑みこまれていった。

14

〈森〉へ

翌朝、わたしたちはドヴェルニク村を出発した。夜明け前の静けさのなかに、兵士らの陽気な笑い声が響いていた。戦いの装束《しょうぞく》に身を包んだ彼らはとてもりっぱに見えた。輝く鎧《よろい》、揺れる羽根飾りと兜《かぶと》、緑の長いマント。色鮮やかな楯《たて》はそれぞれの馬の鞍《くら》に吊《つる》されていた。自分たちがどんなに見栄えするかをよく知る彼らは、意気揚々《いきようよう》と暗い小道に馬を進め、馬たちさえも首を美しくもたげ、誇らしげに見えた。当然ながら、小さな村では三十枚のスカーフを集めるのがむずかしかった。その結果、多くの兵士が冬用のちくちくする厚い毛織り布で〈ドラゴン〉から命じられたとおりに顔と首をおおうことになり、布地の下にしょっちゅう手を突っこんでは、こっそりと皮膚をかいていた。

わたしは小さなころから家の大きくて足の遅い荷馬に乗っていた。荷馬たちは、わたしがその広い背で逆立ちしたところで、振り返って〝おやまあ〟ぐらいにしか驚かない暢気《のんき》さだったし、駆歩はもちろん、速歩さえもいやがった。今回は、予備として連れてきた戦馬を使うようにと、マレク王子から指示が出た。戦馬はわたしが慣れ親しんだ荷馬とはまったくちがう生きものだった。わたしの手綱《たづな》の扱いが気に入らないらしく、すぐに後ろ脚立ちになり、蹄《ひづめ》で宙をかいて跳ねるので、わたしはあわてててたてがみにしがみついた。しばらくすると、馬は――これもわたしには計り知れない理由で――気をしずめ、ふたたび満足げに脚を運ぶようになった。こうして、わたしたちはついにザトチェク村を通過した。

谷の街道は、ある地点で突然消えるわけではなかった。かつてはザトチェク村のさらに先のポロスナ村まで、もしかしたらもっと先の、ポロスナ村と同じように呑《の》みこまれてしまった名もなき集落までつづいていたのだろう。でも、ザトチェク橋のそばにある粉挽《こなひ》き水車の音がまだ背後から聞こえるうちに、道は生い茂る草に端のほうから削りとられていった。さらに一哩《マイル》進むころには、足もとに道があるとかろうじてわかる程度になった。兵士らはあいかわらず歌い、笑っていたけれど、人間より敏《さと》い馬たちは、指図されてもいないのに歩みがのろくなり、高ぶって鼻を鳴らし、頭を突き出して耳をぴくぴくさせた。そしてときどき、ハエに悩まされているように皮膚の表面を震わせた。でもあたりにハエはいなかった。前方には黒々とした樹木の壁が立ちはだかっていた。

「ここで止まれ」と〈ドラゴン〉が命じたとたん、馬たちは彼の言葉を理解して許可を喜ぶように、全頭がいっせいに停止した。「水を飲んで、食べたければなにか食べろ。いったん〈森〉に足を踏み入れたら、いっさいなにも口にはできないぞ」彼は馬からひらりとおりた。

わたしはとても慎重に馬からおりた。「ぼくが、この子を水場に連れていきますよ」と、ひとりの兵士が声をかけてきた。金髪の人なつこそうな丸顔の若者で、鼻はたぶんもう二回ほど折れていた。彼はわたしの牝馬《めうま》をチッチッと舌を鳴らしてなだめた。元気があって、よく働く人のようだ。兵士らは馬を川まで連れていき、水を飲ませた。そのあと大きなパンとワインの瓶が彼らのあいだをまわった。

〈ドラゴン〉が手招きでわたしを呼んだ。「防御の呪文を自分にかけておけ——できるだけしっかりと。そして、余裕があれば、同じ魔法を兵士にもかけろ。きみにはあとでわたしの魔法もかけることにする」

「そうしておけば、影どもを寄せつけないでいられる？」わたしは疑いを込めて尋ねた。「〈森〉にはいっても？」

「いいや。それでも、やつらの動きを鈍らせることはできる」と、〈ドラゴン〉は言った。「ザトチェク村のはずれに一棟の納屋《なや》がある。〈森〉にはいる必要が生じたときに備えて、以前から浄化の薬草や秘薬をそこに保管してある。〈森〉から出たら、ただちにその納屋に行って、浄化の術をほどこせ。穢《けが》れから逃れられたと思っても気を抜かず、十回は繰り返せ」

わたしは、パンを食べながら談笑している兵士らに目を向けた。「薬草や秘薬は彼らの分もあるの？」

〈ドラゴン〉は大鎌を振りおろすように、冷徹なまなざしを彼らに向けた。「何人残るかによるな」

背筋に寒気が走った。「あなたはこの計画をいまもよしとは思ってないのでしょう？　ヤジーを〈森〉から奪い返したいまでも」

かなたにうっすらと立ちのぼるひとすじの煙が見える。〈森〉のなかで〈心臓樹《しんぞうじゅ》〉が――わたしたちがきのう見たあの木が燃えているのだ。

「これはろくでもない計画だ」と、〈ドラゴン〉が言った。「しかし、わたし抜きで、マレクがきみたちとソーリャを連れて行けば、もっとろくでもないことになるだろう。少なくとも、わたしには先を読む知恵があるからな。さあ、急げ、時間がない」

防御の魔法に使う松葉を集める仕事を、カシアが黙々と手伝ってくれた。〈ハヤブサ〉はすでに彼の魔術で、マレク王子の周囲に入念な結界をつくりはじめている。それは輝く石レンガを積みあげて壁をつくるような作業で、壁の高さがマレク王子の頭を越えると、壁全体がまばゆい光を放って砕け散り、王子の全身に降りそそいだ。そのあと王子を横目で見ると、彼の肌に淡い光の膜が張りついていた。〈ハヤブサ〉は自分にも同じことをした。けれども、兵士らにはいっさい術をほどこさなかった。

わたしはひざまずき、松葉と小枝に火をつけた。煙が立ちのぼり、目と喉を刺激する。わたしは〈ドラゴン〉を見あげて言った。「あなたの呪文もお願い」わたしの求めに応じて、〈ドラゴン〉が呪文を唱えると、暖炉の前で肩から厚いマントをかけられたような感じがした。ちくちくして不快で、なぜわたしにはこれが必要なのだろうと考えずにいられなかった。わたしは彼の呪文にかぶせて自分の防御の呪文を唱えながら、真冬のさなかに旅支度するところを思い描いた。外套《がいとう》に手袋、毛織りのスカーフ、耳当て付きの帽子、毛糸で編んだズボンと長靴、上からかぶる大きなストール。衣類はすべて裾《すそ》をたくしこみ、冷たい空気がはいるどんな隙間《すきま》もつくらないようにする……。

「みんな、スカーフを引きあげて」わたしは煙をあげる炎から目を離さずに言った。そのときは、彼らがおとなの男、それも兵士だということを忘れていた。でも不思議なことに、彼らはわたしの言うとおりにした。わたしは煙を周囲に送り、彼らの口もとをおおう毛織りや綿の布に防御の魔法を滲《し》みこませた。

やがて火が消えて松葉が残らず灰になった。わたしは少しふらつきながら立ちあがった。煙のせいで咳《せき》が止まらず、視界が涙でかすんでいる。目をこすり、何度もまばたきした。やっと視界を取り戻すと、〈ハヤブサ〉がわたしを見ているのに気づいた。思わずはっとたじろいだ。マントの一部で口と鼻をおおっていても、その目は襲いかかる獲物を見定めるように光っていた。わたしは踵《きびす》を返して川に向かい、水を飲み、煙で汚れた顔と手を洗った。肌に突き刺さるような〈ハヤブサ〉のまなざしが気に入らなかった。

そのあと、カシアとパンを分け合って食べた。ドヴェルニク村のパン屋が焼いた、硬くて酸味のある茶色のパンだった。小さなころから毎朝、これと同じ種類のパンを家で食べていた。兵士らがワイン瓶をかたづけ、口をぬぐい、それぞれの馬に戻った。前方の〈森〉に日が降りそそいでいるのが見える。

「ようし、〈ハヤブサ〉、やってくれ。わたしたちには道案内が必要だ」全員が馬にまたがったところで、マレク王子がそう言って、手甲《てこう》を脱いだ。小指の第一関節に、繊細な金の輪に小粒の青い宝石を並べた女ものの指輪がはまっていた。

「指輪の上に親指をかざしてください」〈ハヤブサ〉が馬上から王子のほうに体を倒し、宝石付きの針を王子の親指の腹に刺して、ぎゅっとつまんだ。大きな血のしずくが金の指輪を赤く染めると、さがしものの呪文をささやいた。

指輪の青い宝石が濃い紫に変わり、マレク王子の手を紫の光が包んだ。ふたたび手甲をはめても、その光はまだ残っていた。王子がこぶしを握って腕を前に突き出し、左右にゆっくりと動かした。王子の手が〈森〉を示すと、紫の光がいっそうまばゆくなった。王子は馬を進めた。わたしたちはそのあとに従った。こうして、焼きはらわれた灰まみれの不毛地帯を越えて、鬱蒼《うっそう》と茂る木々のなかにはいった。

春の〈森〉は、冬に来たときとは、まったくようすがちがった。そこには目覚め、よみがえるものがあふれていた。最初の枝の影が自分に落ちたときから、あちこちから見つめる眼《め》を感じて、皮膚がざわざわした。馬の蹄鉄《ていてつ》が鈍い音とともにやわらかな土にめりこみ、苔《こけ》や草を引きあげた。長い棘《とげ》を伸ばすイバラの茂みのぎりぎりのきわを慎重に進んだ。鳴かない黒い鳥たちがほとんど姿を隠して枝から枝へと移り、あとを尾《つ》けてきた。わたしは唐突に確信した——もしここへひとりで来たのが冬ではなくいまのような春だったら、わたしはカシアのところまでたどり着く前に、ひとたまりもなくやられていただろう。

でも、いまは三十人の武装した兵士がまわりにいる。兵士らは重い長剣とたいまつと、〈ドラゴン〉が命じたように魔除けの塩の袋を持っていた。先頭を行く者たちが斧《おの》で枝を払い、けもの道を広くした。ほかにも両わきのイバラの茂みをたいまつで焼く者や、退路を見失わないように地面に塩で目印をつける者がいる。

もうだれひとり笑わなかった。わたしたちは無言で馬を進め、馬具がこすれ合う低い音、蹄が土を打つ鈍い音、隊列のあちこちで交わされる短いささやきしか聞こえなくなった。馬もいななくのをやめ、大きな眼をむいて木々を見つめていた。馬も人も、なにかに追われていることを感じていた。

わたしと並んだカシアは、馬の首のほうへ頭を深く倒していた。わたしはどうにか手を伸ばし、彼女の指をつかむと、「どうしたの?」と声をひそめて尋ねた。

カシアはわたしたちの進むけもの道から視線をあげ、遠くの一本の木を指差した。かなり昔に雷を受けたと思われる、黒ずんだ樫《かし》の木だった。枯れ枝から苔がたれるさまが、腰をかがめてお辞儀《じぎ》するドレス姿の老女のようだった。「あの木を憶《おぼ》えているの」彼女はそう言うと、手をおろし、馬の両耳のあいだからまっすぐに前方を見つめた。「さっき通りすぎた赤い岩も、灰色のイバラの茂みも——みんな、憶えている。一度ここから出られたことが嘘《うそ》のようだわ」カシアのささやきはつづいた。「ずっとここにいたような気さえするのよ。ああ、ニーシュカ、あなたがほんものかどうかもわからなくなる。ああ、どうしよう、新しい夢を見つづけているだけだとしたら……」

わたしはなにも言えず、彼女の手を握った。どう言えば慰められるのか、言葉が見つからない。

「近くになにかいるわ」ふたたび、カシアが言った。「なにかが前方にいる……」

護衛隊長のヤノスがそれを聞きつけ、ちらりと振り返った。「危険なものか?」

「死んだものよ」カシアは鞍に視線を落とし、手綱を両手でしっかりと握った。

ふいにあたりが明るくなり、けもの道が広がった。馬蹄《ばてい》の音がわずかに高くなり、うつろな響きを帯びた。下に目をやると、なかば苔に埋もれて丸石を並べた石敷きの道があった。丸石の多くは割れていた。ふたたび視線をあげて、ぎょっとした。木々を透かして遠くに、こちらを見つめる幽霊のような灰色の顔がある。ぽっかりとあいたうつろな目、四角い口——焼けた納屋だった。

「進路を変えろ」と、〈ドラゴン〉が鋭い声をあげた。「迂回《うかい》しろ——北でも南でもかまわない。だが、あの広場を通過してはならない。立ち止まるのもいけない」

「あれは？」マレク王子が尋ねた。

「ポロスナ村です。あるいは、その残骸《ざんがい》」と、〈ドラゴン〉が答えた。

わたしたちは馬首を北に向け、イバラの茂みと小さな家々の廃墟《はいきょ》を抜けた。家の梁《はり》は傾き、草葺《くさぶ》き屋根は崩れ落ちていた。なるべく下を見ないようにした。緑の苔や草に厚くおおわれた地面から、若い木々が空に向かって伸びている。木々はすでに頭上に枝葉を広げ、木《こ》もれ日のまだら模様が馬の歩みとともに移ろっていく。けれども、苔の下にはなかば土に埋もれて、人間のものとわかる骨があった。涼やかな日差しに輝くやわらかな緑の絨毯《じゅうたん》を破り、あちこちから白い指先が突き出している。もし、かつて村の広場だったところに目をやれば、家々の屋根の上まで枝を伸ばし、丸屋根のように銀色の葉を茂らせた巨木が見えたことだろう。遠くからでも、その葉が風に鳴る音を、まぎれもない〈心臓樹〉のささやきを、わたしは聞きとることができた。

「これを燃やしてしまうことはできないの？」わたしは努めて低い声で〈ドラゴン〉に尋ねた。

「むろん、できる」と、彼は言った。「ここで〝火の心臓〟を使い、すぐに退却するのが、いちばんかしこいやり方だろうな」

彼は声を落とさなかった。マレク王子は振り向かなかったけれど、何人かの兵士がちらりとこちらを見た。馬たちが首を突き出し、小刻みに震えていた。わたしたちは歩を速めて、死者の村をあとにした。

しばらくして立ち止まり、馬たちを休ませた。すべての馬が、長距離の移動より、おびえと不安から疲れきっていた。湿地にはいると、けもの道が広がった。その湿地は雪解けの終わりとともに干あがった小川の先にあった。干あがったといっても、底のほうにはまだちょろちょろと水が流れ、ひとつの岩床の上にかなり大きな水たまりができていた。「馬にここの水を飲ませても安全か？」マレク王子が〈ドラゴン〉に尋ねた。

「どうぞお好きに」と、〈ドラゴン〉が答える。「馬を木々の下にとどまらせるよりは、ましという程度ですが。どのみち、使った馬たちはこのあと処分しなくてはならない」

鼻づらに手を添えて馬を落ちつかせていた護衛隊長のヤノスが、さっと振り返って言った。

「こいつらは鍛えあげた戦馬ばかり！　一頭が同じ重さの銀に値するんだ！」

「浄化の秘薬は、馬一頭につき、同じ重さの金に値する」〈ドラゴン〉が言った。「そもそも、馬をたいせつに思うなら、〈森〉へは連れてくるべきではないな。だが、そんなに思い悩むな。処分について考慮するときが来るかどうかも疑わしい」

マレク王子がけわしい目を〈ドラゴン〉に向けたが、言い返すことはなかった。そのかわりヤノスを呼び寄せ、なだめるように話しかけた。

カシアはわたしから離れ、平地の端に立ち、水たまりから目をそむけていた。この平地からはシカの通り道がいくつも伸びている。カシアは〈森〉に囚《とら》われているとき、この場所も見たのだろうか、と考えた。いまカシアが見つめているのは鬱蒼とした木々だ。〈ドラゴン〉がカシアのかたわらを通りすぎるとき、ちらりと見て、なにか話しかけた。カシアが首をめぐらし、〈ドラゴン〉のほうを見た。

「やつは、きみから恩恵を受けている。はたしてきみは、それを知っているのかな？」いきなり、〈ハヤブサ〉が背後から話しかけてきた。わたしは驚いて振り返ったけれど、なにも答えなかった。そばで水を飲んでいる自分の馬の手綱を握りしめ、その体温が感じられるほど身を寄せた。

〈ハヤブサ〉が、黒くて細い端正な眉を片方だけ吊《つ》りあげた。「この王国の魔法使いの数はごくかぎられている。魔法使いの資質ある者は、法の定めによって、並の臣下以上の待遇を受ける。そう、きみには宮廷付きの地位を得て、王の引き立てを受ける権利があるのだよ。こんな谷でくすぶっている必要はないし、ましてや下働きなどに甘んじているべきではないな」〈ハヤブサ〉は片手を上下に動かし、わたしの身なりをそれとなく示した。わたしはきのこ狩りに行くときのような身なりをしていた。泥だらけの長靴に、野菜の袋をほどいて縫った太めのズボン、茶色のスモック。〈ハヤブサ〉はいまも純白のマントをはおっている。ただ、ふつうの林ならマントを美しいままに保つはずの魔法も、この〈森〉の邪悪さには勝てず、すでに裾がほつれて糸がたれさがっている。

彼は、わたしの彼に対する疑いの目を誤解したらしい。「きみの父親は農夫かい？」と、尋ねた。

「樵夫《きこり》よ」と、答えた。

どちらでも同じだと言いたげに、〈ハヤブサ〉は片手を振った。「それなら、宮廷のことをなにも知らなくて当然だね。わたしに魔法使いの資質が見つかると、父親はすぐに国王から騎士《ナイト》の称号を授かった。修業を終えたときには、男爵になった。国王はきみのことも同じように厚遇してくださるだろう」彼がわたしのほうに身を乗り出すと、水を飲んでいた馬が、水面《みなも》が泡立つほど息を荒くした。わたしはさらに深く牝馬にもたれかかった。「こんな辺境に育ち、なにを聞かされてきたかは知らないが、このポールニャ国の名だたる魔法使いは、けっしてサルカンひとりではない。あの男に縛られすぎないことだ。きみの魔力を利用する……そこそこ有用なやり方を彼が見つけたという、ただそれだけの理由で。きみと魔力を融合できる魔法使いはほかにいくらでもいると、わたしが請け合おう」そう言うと、彼は片手を突き出し、呪文を唱えて、手のひらの上に細い螺旋《らせん》を描く炎を出現させた。「どう？　試してみるかい？」

「あなたと？」わたしはつっけんどんに返した。〈ハヤブサ〉の目が鋭く細くなったけれど、あやまる気はなかった。「あなたがカシアにしたことを知ったあとで？」

彼の顔が二着目のマントのように心外だという表情をまとった。「わたしは、きみとあの娘のためを思うからこそ、ああいうことをした。サルカンがあの娘は浄化されたと言ったところで、だれが信じるだろう？　いいかい、きみのご主人様は、寛容に言ったとしても、変わり者だ。片田舎に引きこもり、呼び出されないかぎり宮廷に参上しない。救いがたい悲観論者で、振りかかる災厄について警告することしか頭にない。実際、そんなものは起こりもしないのに。宮廷に友人はおらず、味方につくのは、せいぜい同類の不吉な予言者ども――つまり、きみの友だちを即刻処刑せよと主張するようなやからばかりだろうね。もしマレク王子が介入しなければ、国王はかわりに死刑執行人を送り出していただろう。そして、サルカンを都に呼び出し、あの娘を長く生かしておいた罪を償わせていた」

嘘八百を……。その死刑執行人こそあなたじゃないの。でもどうやら彼のなかで、その事実とわたしに親切をほどこしたという主張は矛盾するものではないらしい。あまりの鉄面皮《てつめんぴ》ぶりに言葉もなく、ハッと息を吐き出した。彼はそれ以上自分の考えを押しつけようとはしなかった。やんわりと、わたしが理不尽な立場におかれているとほのめかすだけだった。「わたしの言ったことについて、少し考えてごらん。きみが怒ったことは咎《とが》めない。しかし、怒りでせっかくの助言を無駄にするのはよくないな」彼は、カシアが近づいてくるのに気づき、礼儀正しく一礼し、悠《ゆう》然《ぜん》と離れていった。兵士らはすでにそれぞれの馬についていた。

カシアはおだやかな顔に戻っていたけれど、しきりに自分の腕を両手でこすっている。〈ドラゴン〉はすでに馬にまたがっていた。わたしは彼をちらりと見やり、カシアになにを言ったのだろうと考えた。「だいじょうぶ？」と、カシアに尋ねた。

「穢れを宿しているかどうか心配しなくてもいいと彼から言われたわ」カシアが微笑を浮かべて言った。「もし穢れについて案じているのなら、その必要はないと」そして彼女はまったく予想外のことを口にした。「彼はこうも言ったの。〝わたしを恐れつづけていたのなら──わたしに選ばれることを恐れつづけていたのなら、申しわけなく思う〟。だから、もう二度と、だれひとり、召し上げるつもりはないと、彼はそう言ったのよ」

ああ、それって、わたしが彼にわめき散らしたせいなの？　まさか〈ドラゴン〉がそんなことを言い出すなんて思わなかった。わたしはカシアを見つめた。でも、ゆっくりと考えている余裕はなかった。護衛隊長のヤノスが馬上から隊を見渡し、声を張りあげた。「ミハルはどこだ？」

わたしたちは兵士と馬の数を数え、あらゆる方向に大声で呼びかけた。応える声はなかった。どのけもの道にも、枝が折れたり葉が散ったりして人が通ったことを示す形跡はなかった。ついさっきまでミハルはここにいたのに、自分の馬が水を飲み終えるのを待っていたのに……。もし彼がさらわれたのだとしたら、叫ぶ間《ま》もないほど一瞬の出来事だったのだろう。

「もういい」と、〈ドラゴン〉がついに言った。「その兵士は助からない」

護衛隊長のヤノスが承服しかねるという顔でマレク王子を見つめたが、王子はしばらく沈黙したあと、意を決したように言った。「出発だ。ふたり一組になれ。お互いから目を離すな」

ヤノスは恨《うら》めしげにスカーフを口と鼻に戻し、先頭の兵士ふたりにうなずいて隊を出発させた。一行はさらに〈森〉の奥をめざした。

厚い枝々に日光をさえぎられたところでは、時間感覚を失い、どれだけ進んだのかもわからなくなる。〈森〉は信じられないような静けさに包まれていた。虫の羽音も聞こえず、ウサギが跳ねて枝を折る音もしなかった。わたしたちの馬もひっそりと進んでいた。蹄が当たるのは、硬い土ではなく、やわらかな苔や草や新芽におおわれた地面だった。けもの道が先細りになり、先頭の兵士らが後続の者たちのために、手を休めることなく斧で灌木《かんぼく》の茂みをなぎ払った。

やがて、かすかな水音が木立を縫って聞こえ、けもの道が唐突に広がった。一行は馬を止めた。わたしは鐙《あぶみ》の上に立ちあがり、兵士らの肩越しに前方を確かめた。ひとすじの長い木々の切れ間があった。わたしたちは、ふたたび糸繰《いとく》り川と出会ったのだ。

一行がいるのは川よりわずかに地面が高い木立のなかで、ゆるやかな斜面が水際《みぎわ》までつづいていた。木々が川面《かわも》に枝を伸ばし、からまり合った白い根が水際の湿った土からのぞいていた。柳《やなぎ》の長く細い枝が、水辺に群生する葦《あし》のなかまでたれている。川のまんなかには枝々にさえぎられることなく日光が届いている。水面が光っているので川床が見えず、深さはわからない。日の傾きからすると、夕暮れが近いと思われた。わたしたちはしばらく言葉が出なかった。こんなふうに進路をさえぎるように糸繰り川とぶつかるなんて、なにかがまちがっている。わたしたちは東に向かって、つまり、川と平行するように進んでいたはずなのだ。

マレク王子がこぶしを川に向けると、紫の光がまばゆさを増し、さがしものが川を渡った先にあることを告げた。でも、流れが速いし、深さもわからない。ヤノスが小枝を折って投げると、あっという間に流され、輝く小さな渦に吸いこまれた。「浅瀬をさがそう」と、マレク王子が言った。

わたしたちは一列になって川沿いに進んだ。兵士らが草木をなぎ払い、馬が通れるだけの道を拓《ひら》いた。水辺までおりていくけものの足跡はいっさい見つからず、糸繰り川はいっこうに狭まる気配がなかった。同じ川でも、わたしたちの谷を流れるときとはずいぶんようすがちがう。流れは速いけれど、木々がおおいかぶさっているので川音は静かだ。いまのわたしたちと同じように、川にも〈森〉の影が落ちている。糸繰り川が〈森〉からローシャ国側に出ていかないことは、わたしも知っていた。〈森〉の奥深くで闇に呑みこまれてしまうらしい。でも、このあたりの川幅の広さや藍《あい》色のまっすぐな流れを見ていると、川がやがて消えることが信じがたくなってくる。

ふいに後ろのほうで、だれかが深く息をついた。重荷をおろしたときのようなため息は、〈森〉の静けさのなかでやけに大きく聞こえた。わたしは後ろを振り返った。顔からスカーフが落ちていたので、その兵士がわたしの馬を水場まで連れていってくれた、鼻の折れた気さくな若者だとすぐに気づいた。若者は、銀色に輝く鋭利な短刀をかざし、前を行く兵士に馬を近づけ、その頭を片手でぐいっと引き寄せ、喉もとを真一文字にかき切った。

襲われた兵士は声もあげずに死んだ。鮮血が馬の首や木々の葉にほとばしる。馬が激しくいななき、後ろ脚立ちになった。死んだ兵士が振り落とされ、馬は茂みに突進し、そのまま逃げ去った。ナイフを持った若者は、笑いながら馬から川に身を投げた。

わたしたちは突然の惨劇に凍りついた。前方でマレク王子が叫び、馬から飛びおり、斜面をくだった。王子は長靴《ちょうか》のかかとで泥をえぐりながら岸辺まですべりおり、兵士に向かって手を差し出した。でも、兵士は王子の手をつかもうとせず、あおむけになって流木のように王子の前を流れすぎていった。スカーフとマントが水中でたなびきながらそれを追っていく。水のはいりこんだ靴が先に、つぎに体が沈み、空を見あげる白い丸顔がかすかに日にきらめくのが見えた。顔に……折れた鼻に水が押し寄せ、呑みこみ、最後にマントが緑の渦となって沈んだ。若い兵士はそれっきり見えなくなった。

マレク王子がふらつきながら立ちあがった。細い若木を握り、どうにか体を支えて、王子は若い兵士が沈むまで川を見つめていた。それから体を返し、斜面をよじのぼってきた。すでに自分の馬からおりて王子の馬の手綱をあずかっていたヤノスが、斜面の最後で王子に手を貸した。乗り手がいなくなった馬の手綱をべつの兵士が握っていた。その馬は鼻の穴を広げ、荒い息をついて震えていたけれど、それでもどうにか自力で立っていた。静けさが戻ってきた。糸繰り川は滔々《とうとう》と流れ、木々が川面に枝を伸ばし、水が日にきらめいている。逃げ去った馬の足音さえしない。まるで惨劇などなかったかのように。

馬で近づいてきた〈ドラゴン〉がマレク王子を見おろし、冷ややかに言った。「これでは、ほかの兵士らも日暮れまでに命を落とすでしょう――たとえあなたが生き残ったとしても」

マレク王子が〈ドラゴン〉を見あげた。こんなにぽかんとして心もとなげな王子の顔を見るのははじめてだった。人が自分の理解の及ばないものと出遭《であ》ってしまったときの顔だ。王子のかたわらに立つ〈ハヤブサ〉が、まばたきひとつせず、列の兵士を順番に見つめていった。その刺し貫くようなまなざしで、彼にしか見えないものを見つめているのだ。マレク王子が〈ハヤブサ〉に視線を向けた。〈ハヤブサ〉は、視線の問いかけに請け合うように、かすかにうなずいた。

王子は彼の馬にまたがり、兵士らに呼びかけた。「空き地をつくれ」斧を持った兵士らがまわりの茂みを刈り、刈ったあとをほかの兵士が焼きはらい、塩をまいた。そしてようやく、一行全員とその馬たちがかろうじて身を寄せ合える空き地を確保した。馬たちはしきりと頭や鼻先を押しつけ合った。

「ようし、よく聞け」と、マレク王子が兵士らを前に口を開き、すべての視線が王子に集中した。「きみたちは、なぜいま自分がここにいるか、その理由をよくわかっているはずだ。それは、きみたちひとりひとりが選び抜かれた精鋭であるからだ。北地方の男のなかの男たちよ、きみたちひとりひとりが百戦錬磨の強者《つわもの》だ。ローシャ国との戦いにおいても、きみたちはわたしを追って、敵の魔術に突っこんだ。騎兵隊が襲来したときも、楯となってわたしを守ってくれた。戦傷を負わなかった者はひとりとしていない。出発前に、わたしはきみたちひとりひとりに、この未開の地に同行してくれるかと、諾否《だくひ》を問うた。きみたちはみな、〝諾〟と答えた。

ここから生きて戻れることを、わたしはきみたちに請け合えない。しかし、これだけは誓っておこう──わたしとともに生き延びた者すべてに、騎士《ナイト》の称号を授ける。さて、これからわれわれはこの川を渡る。みなの運命はひとつ。この先にはもしかしたら死が、あるいは死よりも苛酷《かこく》な運命が待っているかもしれない。しかしそれでも、臆病なネズミになるより、われわれは勇者として死力を尽くそうではないか」

このころには兵士らも、マレク王子にもこの先なにが起きるかわからず、彼が〈森〉の恐ろしさを甘く見ていたことに気づいていた。それでも、王子の演説を聞きながら、兵士らの顔から翳《かげ》りが消えていった。表情に明るさが戻り、呼吸が深くなった。引き返そうと嘆願する兵士はいなかった。マレク王子が鞍袋から狩猟笛を取り出した。美しく磨かれた真鍮《しんちゅう》製で、カタツムリのようなかたちをしたラッパだ。王子はたっぷりと息を吸い、吹き口をくちびるにあてがった。勇壮な金管の音が響きわたると、心ならずも、気持ちが高揚した。馬たちが足踏みし、耳をぴくぴくさせ、兵士らは剣を抜いて高々とかかげ、雄叫びをあげた。マレク王子が馬の向きを変え、一番手となって勢いよく斜面を駆けおり、藍色の流れに突っこんだ。残りの兵士と馬もそれにつづいた。

川にはいった瞬間、ハンマーでたたかれるように、冷たい水の一撃を受けた。馬の広い胸に水流がぶつかり、ごぼごぼと泡が湧きあがる。わたしたちは突き進んだ。水はたちまち膝上に達し、ふとももを超えた。馬は首を高くもたげ、鼻息を荒らげ、蹄で川床を蹴った。底をかろうじてとらえながら、ひたすら進んだ。

後方のどこかで、一頭の馬がつまずいて足場を失い、ほかの馬を巻きこみながら倒れた。川の流れがすぐに二頭の馬とその乗り手を呑みこんだ。それでもわたしたちは止まらなかった。止まることなんて、もう無理だった。いまここで使える呪文が、なにも浮かんでこない。水が咆《ほ》えかかり、倒れた馬と乗り手を運び去った。

マレク王子の狩猟笛の音が、ふたたび響きわたった。王子とその馬がよろめきながらも対岸にたどり着こうとしている。馬が足を速め、木立のなかにはいるのが見えた。一頭、また一頭と川からあがり、水をしたたらせ、立ちどまることなく茂みを踏みしだき、マレク王子のこぶしの紫の輝きと狩猟笛の響きを追いながら前進する。木々が鞭《むち》のようにしなって人と馬を打つ。川を渡った側には下草はそんなに密生していなかった。木々は幹が太く、樹間が広くなったので、もう一列縦隊で進まなくてもよかった。ほかの馬が木々を縫って飛ぶように走っていくのを視界の両端でとらえていた。わたしたちは全力でなにかに向かうのと同時に、全力でなにかから逃げていた。わたしは手綱を保ちきれず、たてがみに指をからませて馬の首にしがみつき、襲いかかってくる枝をかわした。カシアが近くにいるのがわかったし、前方には〈ハヤブサ〉の白いマントが見えた。

わたしの牝馬は息を乱し、体を震わせていた。この子はそう長くはもたないだろう。どんなに鍛えられた強靱《きょうじん》な戦馬でも、冷たい川を渡ったあとにこんな早駆けをさせられたら、体力を使いきってつぶれてしまう。「**ネン・ネルシャーヨン**」牝馬が少し速度を増し、少し体が温かくなった。美しい首がしなやかに伸びて上下にはずんだ。わたしは目をつむり、この呪文を隊全体に拡げようとした。「**ネン・ネルシャーヨン**」と唱えながら、カシアの馬に向かって釣り糸を投じるように片手を突き出した。

想像上の釣り針に獲物がかかる手応えがあった。ほかの馬にも同じことを繰り返した。馬たちの距離が縮まり、軽快な走りが戻ってきた。〈ドラゴン〉がちらりとわたしを振り返った。わたしたちは狩猟笛の響きを追いかけた。そしてとうとう、樹間を動くなにかの姿をとらえた。〈歩くもの〉だった。それもたくさんの〈歩くもの〉が、細長い枝のような足で一糸乱れぬ行進のように近づいてきた。その群れの一体が長い腕を伸ばし、ひとりの兵士を馬からつかみとる。でもつぎの瞬間には、このとんでもない馬の速力に面食らったように、後方でばたばたと倒れていた。わたしたちは立ちはだかる松林を全力で駆け抜け、広い平地に出た。馬たちが低木の茂みを跳び越えたとき、そこにあったのは一本の巨大な〈心臓樹〉だった。

そびえ立つ幹は馬を横にした長さよりも太く、幹から伸びる枝葉が果てしなく広がっているように見えた。枝々には銀色に輝く淡緑色の葉がみっしりと茂り、たまらない悪臭を放つ金色の実がなっていた。幹の下のほうからわたしたちを見つめているのは、人間の顔だった。時の流れが表面をなめらかにしたのか、かすかにわかるという程度だったけれど、遺骸《いがい》のように胸の上で両手を交差させていた。根っこが地面をうねうねと這《は》い、その根と根の狭間に一体の骸骨が、苔と朽《く》ち葉になかば埋もれて横たわっていた。ぽっかりとあいた眼窩《がんか》から細い根が這い出し、あばらと錆《さ》びた鎧の隙間から草が突き出している。骨にかぶさるように楯の一部があり、黒い双頭の鷲《わし》がかすかに見てとれた。それは、ローシャ国の王室の紋章だった。

〈心臓樹〉の枝のわずか手前で馬を止め、息を呑んだ。そのとき、背後から熱い窯《かま》の鉄扉がいきなり閉まるような音が聞こえた。と同時に、なにか重いものがぶつかってきて馬から放り出され、地面にたたきつけられ、脚を打ち、肘をすりむいた。肺が押しつぶされそうで、空気を求めてもがく。

わたしの上にカシアが乗っていた。彼女が体当たりをして、わたしを馬から突き落としたのだ。カシアの肩越しに上を見あげると、首のない馬が宙に浮いていた。巨大なカマキリのような怪物が、二本の前肢で馬を持ちあげている。怪物は〈心臓樹〉に溶けこむような色とかたちをしていた。金色の眼は〈心臓樹〉の実と同じ色、同じかたち。銀色がかった緑の体は葉と同じ色だった。怪物は馬を前肢で突くと同時に、頭をひと咬《か》みにしたらしい。後方では、首のない兵士が馬から落ちた。そして三番目の犠牲者の悲鳴があがった。べつの大カマキリの前肢にとらえられて抗《あらが》っている兵士には、すでに片脚がなかった。十数匹の大カマキリが、周囲の林からわらわらとあらわれた。

13 大カマキリとの死闘

銀色の大カマキリが馬を地面に落とし、その首を吐き捨てた。カシアがどうにか立ちあがり、わたしを引きずって怪物から遠ざけようとする。わたしたちは一瞬にして、恐怖のどん底に突き落とされた。マレク王子が言葉にならない叫びをあげ、大カマキリに向かって狩猟笛を投げつけ、剣を抜いた。

「集まれ！　魔法使いを守れ！」王子は大声で命令し、馬を走らせ、わたしたちと大カマキリのあいだにはいり、剣で斬《き》りかかった。剣が甲皮の上をすべり、にんじんの皮をむくように半透明の長い切れ端を削り落とした。

馬たちは、同じ重さの銀に値するという戦馬だけあって逃げ出しはしなかったが、後ろ脚立ちになり、脚を蹴りあげ、甲高くいなないた。蹄《ひづめ》が大カマキリの甲皮に当たると、ズサッと乾いた鈍い音がした。馬に乗った兵士らがわたしとカシアを中心にゆるい円陣を組み、〈ドラゴン〉と

〈ハヤブサ〉がそれぞれの横についた。兵士全員が手綱《たづな》を口にくわえ、半分が剣を外に向け、残り半分が楯《たて》を構えて防壁をつくった。

林から出てきた大カマキリどもが、この円陣を囲んだ。光がまだらにちらつく木《こ》もれ日の下で、そいつらは見えにくいけれど、いまやまったく見えないわけではない。大カマキリの動きに〈歩くもの〉のようなぎこちなさや鈍さはなく、四本の肢《あし》で軽々と体を運び、棘《とげ》の生えた大きな前肢の鎌を敏捷《びんしょう》に動かした。

「**スリータ・リエーキン・スリータ・ラング！**」〈ハヤブサ〉が叫び、塔で使ったあのまばゆい白い炎を宙から出現させた。彼は白い炎を鞭《むち》のようにあやつり、近くで兵士をさらおうとしていた大カマキリの前肢に巻きつけ、暴れる牛を引くように、炎の鞭もろとも大カマキリを引き寄せた。炎が甲皮をちりちりと焦がし、脂《あぶら》が燃える臭いがただよい、白い煙があがった。大カマキリの体が傾き、おぞましいあごが咬《か》みつくものをさがして宙を咬んだ。〈ハヤブサ〉が円陣の端まで引き寄せたその頭に、兵士のひとりが斬りかかる。

最初はたいして期待していなかった。谷の村々で使われる斧《おの》や剣や大鎌は、〈歩くもの〉の皮をかろうじて削りとる程度だったからだ。でも、その剣にはなにか尋常ではない力が宿っていた。剣が怪物に当たると同時に甲皮のかけらが飛び散った。兵士は剣の切っ先を頭と体の接合部に突き刺し、柄《つか》に体重を乗せて、貫通させた。大カマキリの甲皮が蟹《かに》の脚のようにバキバキと割れ、すでにあごのゆるんだ頭部がどさりと落ちた。怪物から体液があふれ、剣の刃に降りかかり、湯気があがった。その一瞬、湯気を透かして、刃の表面に金色の文字が輝くのが見えた。きっとなにかの呪文《じゅもん》だ。文字の輝きはすぐに消え、剣はただの鋼《はがね》に戻った。

首を刎《は》ねられてもなお、大カマキリは前のめりに歩き、円陣の壁を突き破って倒れ、〈ハヤブサ〉の馬まで巻きこみそうになった。一方、べつの大カマキリが守りの手薄なところを突いて、〈ハヤブサ〉に鎌を振りあげた。それでも彼は手綱を引いて馬を後ろ脚で立たせると、炎の鞭を後ろへしなわせ、怪物の頭を目がけて振りおろした。

カシアとともに地面にいるわたしには、人間と大カマキリの戦いを見守ることしかできなかった。マレク王子と隊長ヤノスが兵士らを鼓舞《こぶ》する叫び、剣が甲皮にぶつかる音。すべてが混乱をきたし、さまざまな音が飛び交い、あらゆることが一瞬のうちに起こった。息もつけないのに、考えることとなんて無理だった。はっと気づいて視線をあげると、〈ドラゴン〉が暴れる馬をなだめるのに四苦八苦していた。両足を鐙《あぶみ》からはずし、口のなかで悪態をついている。彼はとうとう、兵士のひとりに手綱を託した。その兵士の馬はざっくりと胸をやられて、そばに倒れている。

「わたし、なにをしたらいい?」〈ドラゴン〉に向かって叫んだ。どんな呪文が効くのかさっぱりわからない。「〝ムルヘートル〟――?」

「いいやっ！」〈ドラゴン〉があたりの騒音に負けない大声で叫び、わたしの腕をつかんで〈心《しん》臓樹《ぞうじゅ》〉のほうを向かせた。「ここに来たのは王妃を救うためだ。無意味な戦闘に力を使いはたせば、元も子もなくなるぞ！」

わたしたちは〈心臓樹〉から一度は退却したけれど、大カマキリどもによってふたたび木のほうに追いやられ、いまにも広がる枝葉の下にはいってしまいそうだった。金色の実の悪臭が炎のように鼻を焼いた。その〈心臓樹〉の幹はとんでもなく太く、ほかの樹林でもこんな大木は見たことがなかった。まるでたっぷりと血を吸ったダニのように不気味だ。

いま〝フルミーア〟を唱えて荒れ狂う怒りを召喚《しょうかん》しても、ただの脅しにしかならないだろう、と思った。〈森〉は、この巨大な〈心臓樹〉を救うために、王妃を手放そうとはしない。わたしたちに王妃を浄化し、この木を滅ぼす手段があることを知ってしまったのだから。いったい、この木にはなにが効くのだろう？〈心臓樹〉のなめらかな樹皮が金属のような冷たい光沢を放っている。〈ドラゴン〉は目を鋭く細めて〈心臓樹〉を見つめ、両手をしきりに動かしながら口のなかで呪文を唱えていた。でも、灼熱《しゃくねつ》の炎が樹皮を焼く前から、決定的な効果はないだろうと予感した。兵士らの魔力を備えた剣でさえ、この木をわずかに削りとれるかどうかわからない。

〈ドラゴン〉は呪文を試しつづけた。突破の呪文、開放の呪文、凍結と稲妻の呪文……。まわりで熾烈《しれつ》な戦闘がつづくあいだも、ひたすら呪文を唱え、敵のどこかに鎧《よろい》の隙間《すきま》のような弱点はないかとさがしつづけた。それでも、〈心臓樹〉は、呪文の攻撃に持ちこたえた。果実の臭気がいっそう強くなる。全体でさらに二匹の大カマキリを倒し、四人の兵士を失った。カシアの押し殺した悲鳴とともに、なにかがわたしの足もとにごろんと転がった。

ヤノスの首だった。眉根を寄せ、戦いに集中した表情のまま、澄んだ青い瞳が宙をにらんでいた。わたしは恐怖で飛びのき、転んで膝を地面に打ちつけた。どうしようもなく胃がむかむかし、草の上に吐いた。

「ここで吐くな!」〈ドラゴン〉が怒鳴った。吐くなと言われたってどうしようもない。わたしはこれまで、こんな戦闘を——こんな無惨に人が殺されるところを見たことがなかった。人がこんなふうに殺されていいわけがない。わたしはうずくまり、両膝のあいだに顔をうずめ、両手で頭をかかえて泣いた。涙がぽたぽたと土にこぼれ落ちる。そのとき、はっと気づいた。わたしは両手で近くにある太いむきだしの根っこを二本つかんだ。「**キサーラ、キサーラ、ヴィーズ**」歌うように唱えた。

根っこがぴくっと動く。「**キサーラ**」と、繰り返す、何度も、何度も。根っこの表面にゆっくりと小さな水玉がいくつもあらわれた。水玉が壊れ、流れ出し、集まり、小さな染みを地面につくった——ひとつ、またひとつ。染みが広がり、わたしの両手のあいだでひとつの円になった。

〈心臓樹〉の宙に突き出た細い幼根がしなびていく。「**トゥレーオン・ヴィーズ**」とささやき、焚《た》きつける。「**キサーラ**」と、繰り返す。水分を奪われていく根っこが、土のなかの太ったミミズのようにうごめき、くねくねとのたくった。根から搾《しぼ》り出された水分がいまは小さな流れをつくり、両手のあいだにぬかるみができている。太い根から滲《し》み出す水を集めて、ぬかるみはさらに大きく広がっていく。

〈ドラゴン〉がわたしのそばに膝をつき、歌のような呪文を唱えはじめた。わたしの耳がその節をかすかに憶《おぼ》えていた。ずっと以前に聴いたことがある。故郷の村があの〝緑の夏〟を生き延びた翌年、春になると〈ドラゴン〉が畑の復旧を助けに村へやってきて、糸繰《いとく》り川から村の畑に水を引いた。そのときこの呪文が、糸繰り川から干上がった草も生えない畑まで、地面を掘り起こして水路をつくったのだった。でもいま、細い水路は糸繰り川ではなく〈心臓樹〉から流れてくる。わたしが呪文で根から水を誘い出し、いくつもの水路がその水を運ぶ。根っこの周囲では地面が乾いてひび割れ、砂漠のような土と砂に変わりつつあった。

カシアが後ろからわたしをかかえて、ゆっくりと立ちあがり、よろよろと前に進みはじめた。木々のなかですれちがった〈歩くもの〉たちが、〈心臓樹〉の周囲にぞくぞくと集まってきた。それも、こうなるのを待ちぶせていたかのような大群だった。銀色の大カマキリどもは、一本の肢を失うぐらいでは攻撃をゆるめず、すばやく移動し、すきを見つけて棘のある大鎌で襲いかかった。ヤノスが案じていた馬たちは、ほぼ全頭が倒れるか逃げ去ってしまった。

王子は地上で戦っていた。十六人の兵士とともに肩と肩を並べて横一列になり、楯の端を少しずつ重ねて壁をつくっている。〈ハヤブサ〉がその後ろから火焔《かえん》の鞭を振るった。それでも味方どうしの距離が縮まったまま、〈心臓樹〉のほうへ追いやられ、わたしたちに近づいてくる。葉むらの風に鳴る音が、邪悪な相談事をするように、しだいに騒がしくなった。わたしとカシアと〈ドラゴン〉は、〈心臓樹〉のほとんど根もとにいた。実の甘ったるい腐臭にむせて、わたしはふたたび嘔吐《おうと》した。

一体の〈歩くもの〉が、兵士らのつくる壁の側面からまわりこみ、長く伸ばした首をめぐらし、わたしたちを発見した。カシアが倒れた兵士の剣を地面からつかみ、横に大きく振って、そいつの脇腹にたたきこんだ。バキッと枝を折るように剣が胴を切断する。倒れた〈歩くもの〉が地面でカタカタと音をたてた。

〈ドラゴン〉が、わたしの横で、強烈な臭気に咳《せ》きこんだ。それでもわたしたちは呪文を再開し、死にもの狂いで根っこからさらに水分を搾りとった。木の幹が眼前に迫っている。幹に近い太い根が魔術に抵抗した。それでもふたりの呪文をひとつに重ね、太い根から、地面から、水分を吸いあげた。〈心臓樹〉の周囲の土がぼろぼろと崩れはじめた。枝が震え、緑がかったどろりとしたしずくが幹をつたい落ちる。頭上の葉が枯れて、わたしたちの上に雨のように降りそそぐ。すさまじい叫びが響いた。銀色の大カマキリが兵士のひとりをつかんでいた。でも、そいつは兵士をすぐには殺さず、剣を持った手を咬みちぎり、その体を仲間の〈歩くもの〉たちのほうに放り投げた。

〈歩くもの〉たちがつぎつぎに〈心臓樹〉に手を伸ばし、枝から実をもいで、兵士の口に押しこんだ。兵士がむせながら恐怖の叫びをあげても、彼らは容赦なく実を押し入れ、無理やりあごを閉じさせた。兵士の口から果汁があふれ、流れ落ちる。弓のように体をそらして暴れる兵士を〈歩くもの〉たちが押さえつけ、その喉もとを狙って、大カマキリが鎌の鋭い爪を突き刺した。兵士の喉から噴《ふ》き出す血が、雨のように乾いた地面を潤した。

〈心臓樹〉がため息のような音をもらし、身震いするように葉を震わせた。うっすらと赤い輝きが太い根に沿って走り、幹へ流れこんでいくのが見える。わたしは恐ろしさのあまり泣き出した。兵士の顔から命の輝きが失われていく——一本の短刀が兵士の胸に突き立っていた。見かねたマレク王子が短刀を投げて、とどめを刺したのだ。

でも、わたしたちの仕事はまだ終わっていなかった。〈歩くもの〉たちが、わたしたちを取り囲んでいた。彼らは獲物が手に落ちるのを貪欲に待っていた。兵士らは息を荒らげ、いっそう身を寄せ合った。〈ドラゴン〉が低い声で悪態をつき、新たな呪文を唱えはじめた。それは、彼が秘薬のガラス瓶をつくるときに唱える呪文だった。〈ドラゴン〉は呪文を唱えながら、乾ききった地面に手を伸ばし、白熱するガラスのロープを出現させた。それを太い根っこにうずたかく積もった枯れ葉に向かって投げつける。枯れ葉が炎をあげ、煙が立ちのぼった。

わたしは、大量の血を見た恐ろしさに眩暈《めまい》を起こし、震えが止まらなかった。剣を持ったカシアが——彼女も涙で顔をしとどに濡《ぬ》らしているのに——わたしの前に出て楯になってくれた。

「危ない！」カシアの叫びに振り向くと、大枝に裂け目がはいり、〈ドラゴン〉の頭上に落ちる寸前だった。大枝が彼の肩を直撃し、幹のほうへ押し倒した。

〈ドラゴン〉はガラスのロープを手から落とし、とっさに木の幹に両手をついて体を支えた。すぐに両手を離そうとしたけれど、〈心臓樹〉がすでに彼をとらえていた。樹皮が両手をおおうように広がっていく。「ああ、だめっ！」わたしは悲鳴をあげ、彼に手を差し伸べた。

彼はなんとか片手だけ引き抜いた。でもそのために、もう片方の手を犠牲にするしかなかった。銀色の樹皮が肘までせりあがってくる。無数の根がまたたく間に地面から伸びて、彼の脚に巻きつき、体を木に密着させようとした。服が根っこに引き裂かれた。彼は片手で腰にさげた袋のひもをゆるめ、そこから取り出したなにかをわたしの手に押しつけた。手のなかでゴボゴボと音をたてるもの、鮮烈な赤紫の輝きを放つガラス瓶……〝火の心臓〟だった。騒がしい音はこの秘薬が打ち鳴らす戦いの太鼓だ。彼は、秘薬の瓶をつかんだままのわたしを揺すった。「このばかたれ！　こいつがわたしを呑《の》みこんだら、全滅だ！　とっとと燃やして逃げろ！」

わたしは瓶から目をあげ、〈ドラゴン〉を見つめた。この木を燃やせって？　まちがいない、この木を自分もろとも燃やせと言っているのだ。「こんなになっても生きていたいと、きみは思うか？」彼の声に迷いはなく、過ぎ去った恐怖を語るような落ちつきさえあった。樹皮はいまや彼の片脚をおおい、肩までのぼろうとしている。

打ちのめされた青白い顔で横に立つカシアが言った。「ニーシュカ、木に囚《とら》われて生きるのは死よりも酷《むご》いわ……もっと酷いわ」

わたしは瓶を握りしめて立っていた。指のあいだから〝火の心臓〟が輝きを放っている。わたしは片手を彼の肩においた。「〝ウロジーシュトゥス〟。浄化の呪文でしょ？　わたしといっしょに唱えて」

〈ドラゴン〉がわたしを見つめた。そして一瞬ののち、小さくうなずき、食いしばった歯のあいだから「彼女に瓶を……」と言った。わたしは、カシアに〝火の心臓〟を渡し、〈ドラゴン〉の手を握った。わたしたちはいっしょに呪文を唱えた。最初にわたしが小さな声で――「**ウロジーシュトゥス、ウロジーシュトゥス**」。これが拍子になった。そこに彼が加わって、繊細な発音によって成り立つ長い呪文を唱えはじめた。ところが、浄化の魔力があふれてこなかった。もう一度、やり直し。心のなかに魔力をためる堰《せき》を思い描いた。呪文を唱えながら、わたしたちの魔力が大きな貯水池に流れこみ、水かさがじりじりと増していくところを想像した。

熱い魔力が体のなかでうねっていた。燃えるように激しく、耐えられないほどに熱く。息が苦しくなり、肺が押しつぶされ、心臓が止まりそうだった。もうなにも見ていなかった。背後のどこかで戦いがつづき、その音が聞こえてくる。兵士の怒号、〈歩くもの〉が発するカタカタという不気味な音、剣で敵に斬りつける鈍い響き……。その音がしだいに近づいてきた。剣を持ったカシアの背中がわたしの背中を強く押し、彼女自身が最後の楯となって守ってくれているのだと気づいた。カシアに渡した〝火の心臓〟が、ガラス瓶のなかで舌なめずりをするように楽しげに歌っていた。解き放たれてわたしたちをむさぼるのをいまかいまかと待ち、それこそが慰めだと誘いかけるように。

力のつづくかぎり、呪文を唱えた。やがて、〈ドラゴン〉の声が聞こえなくなり、わたしは目をあけた。樹皮がすでに彼の首の上まで、片ほおまで這《は》いあがり、口をふさぎ、目の周囲に迫っていた。わたしの手を握る彼の手に力がこもった。わたしはその手から彼の全身に魔力を送りこんだ。それは彼を食い尽くそうとしている〈心臓樹〉にも流れていった。いまは〈ドラゴン〉が〝媒介者〟となって、〈心臓樹〉につながる経路が開かれようとしている。

〈ドラゴン〉が体をびくんと震わせ、見えない目を大きく見開いた。きつく握り返してくる手に声にならない苦悶《くもん》の叫びがこもっていた。彼の口の周囲で樹皮が縮み、大蛇《だいじゃ》が脱皮するようにべろりと剝《は》がれ、その瞬間、絶叫がほとばしった。わたしは両手で彼の手を握り、彼の指がいっそうきつく締めつけてくる痛さに、くちびるを噛《か》んで耐えた。気づくと、〈心臓樹〉に火がついていた。幹が黒ずみ、〈ドラゴン〉をおおう樹皮がくすぶりはじめた。頭上の葉がパチパチと音をたてて燃え、わたしたちの上に降りそそいだ。灰が目や鼻を刺激した。金色の実のすさまじい臭気がいっそう強くなり、実から水分が滲み出し、汁がわたしの手足をつたった。幹や樹皮から熱くたぎる樹液が噴き出している。

むきだしの根っこにも、よく乾かした薪《まき》のように火がつき、そこから水分が滲み出てきた。樹皮がごっそりとめくれ、カシアが〈ドラゴン〉の腕をつかんで、火傷《やけど》を負いながら、彼のぐったりとした体を〈心臓樹〉から奪い返した。立ちこめる煙のなか、わたしはカシアを助けて彼の体を引きずった。そのあと、カシアはふたたび木に向き直り、煙のなかに突っこんでいった。煙を透かしてぼんやりと、彼女が樹皮をつかみ、その厚板のような固まりを剝ぎ取るのが見えた。そのあと、カシアは〈心臓樹〉に剣で斬りつけた。樹皮の隙間をこじあけ、さらに大きな固まりを剝がしとる。

わたしは〈ドラゴン〉を地面に寝かせると、よろめきながらカシアを助けにいった。〈心臓樹〉はさわれないくらい熱かったけれど、とにかくそこに両手をかけ、しばし迷ったのち、ひとつの呪文を選んだ。「**イルメーヨン！**」出てきて出てきて出てきて……。自分が〝妖婆《ようば》ヤガー〟になって今夜の食事のためにウサギをおびき寄せているみたいに。

剣を振りつづけていたカシアが〈心臓樹〉にひとすじの裂け目をつくった。その裂け目から、うつろな顔が、一点を見つめた青い瞳が――女性の顔の一部が見えた。カシアは割れ目のふちに指をかけ、めりめりと剝ぎ取った。そしてとうとう、王妃の体が前に倒れ、あとには体のかたちをした虚《うろ》と、ドレスの切れ端が残された。その切れ端に火が燃え移ったけれど、王妃の体はまだ木から逃れきれず、前傾したまま宙で止まっていた。ありえないほど長く伸びた金色の髪が扇のように広がって、なかば木のなかに埋もれている。カシアが剣で髪を切り離すと、王妃の体はついにわたしたちの腕のなかに倒れこんできた。

その体は丸太のように重くて、まったく動かなかった。わたしたちは煙と炎に取り囲まれ、頭上では太い枝が悲鳴をあげてしなっていた。〈心臓樹〉は火の柱と化していた。出番を失った〝火の心臓〟が瓶のなかで、ここから出せ、燃やし尽くせ、あの炎の仲間に加えろ、と、わめいている。

わたしたちはよろめきながら木から遠ざかろうとした。カシアがほとんどひとりで三人を、わたしとハンナ王妃と〈ドラゴン〉を引きずっているようなものだった。枝の下から逃れて平地に出ると、そこではまだ〈ハヤブサ〉とマレク王子が兵士の加勢もなく背中合わせになり、すさまじい力わざで敵と斬り結んでいた。マレク王子の剣にも〈ハヤブサ〉の白い炎と同じ輝きが宿っていた。生き残った四体の〈歩くもの〉が集まり、ふたりに突進した。〈ハヤブサ〉が火焔で四体を吹き飛ばし、マレク王子が炎の結界を越えて、そのうちの一体に飛びかかった。王子は敵の頭を手甲《てこう》をつけた片手で押さえ、胴を足で踏みつけて動きを封じると、首の付け根に剣をきつく押しあて、体をひねった。生きた木から枝が折り取られるように、〈歩くもの〉の細長い頭がボキッと音をたて、地面に転がった。

王子はまだピクピクしているそいつを放り出し、残りの敵が近づいてくる寸前に、消えかけた炎の輪のなかに戻った。王子は〈歩くもの〉の倒し方をつかんだようだ。地面には、ほかに四体の〈歩くもの〉が同じように首をもがれて転がっていた。それでも〈歩くもの〉のたび重なる襲来が王子を疲弊させていた。王子は足をふらつかせ、兜《かぶと》を投げ捨て、あえぎながらひたいの汗をぬぐった。彼のかたわらにいる〈ハヤブサ〉も疲れきっていた。それでも、彼のくちびるは休むことなく動きつづけ、両手のあいだにいくぶんおとろえたとはいえ銀色の炎を保っていた。白いマントが地面に脱ぎ捨てられ、燃え殻が落ちたところからくすぶっている。三体の〈歩くもの〉が戻ってきて攻撃の機会を狙うと、〈ハヤブサ〉も背筋を伸ばして身構えた。

「ニーシュカ！」と、カシアが呼んだ。茫然《ぼうぜん》と戦いを見つめていたわたしはわれに返り、口をあけたまま前につんのめった。煙にやられてしわがれた声しか出てこない。それでもどうにかもう一度息を吸いこみ、小さな声で呪文を唱えた。「**フルメーデシュ**」そのまま前に倒れて地面に両手をついたが、魔力におぼろげなかたちをあたえることはできた。地面に亀裂《きれつ》が走った。亀裂はわたしの足もとから〈歩くもの〉たちのほうに伸び、そいつらを呑みこんだ。〈ハヤブサ〉がすかさず地面の裂け目に火焔を浴びせ、地面はふたたび閉じた。

マレク王子がこちらを振り向き、突然、駆け出した。ふらつきながら立ちあがったわたしの足を、すべりこんできた王子のかかとが払う。わたしは間一髪で、煙のなかから飛び出してきた大カマキリの鎌から逃れた。大カマキリは羽根を焼かれ、死にぎわに最後の復讐《ふくしゅう》の相手をさがしていた。

わたしは人間の目とは似ても似つかぬ金色の眼を見あげた。鎌のとがった爪がひと突きに備えて後ろに引く。マレク王子がその大カマキリの腹の下にいて、背中を地面にあずけたまま、剣を甲皮の継ぎ目に当てがい、一本の肢を蹴りつけた。大カマキリの体ががくんと沈み、王子が腹の下から逃れ出るのと同時に、突き立った剣が腹を大きく切り裂いた。王子は最後のひと蹴りで、倒れた大カマキリから剣を抜き、〈心臓樹〉の燃えさかる炎のなかに押しやった。大カマキリはもうぴくりとも動かなかった。

マレク王子が振り返り、わたしの腕をつかんで立たせようとした。両脚はおろか、全身ががくがくと震えて、まっすぐに立っていられない。わたしはこれまで戦争の物語や戦《いくさ》の歌を半信半疑で聞いてきた。村の少年たちが広場で喧嘩《けんか》になっても、たいていは泥んこと鼻血と引っかき傷と涙と鼻水で終わるものだった。栄誉も栄光もなかった。そこに剣と死を加えたところで、ましなものになるはずがないと思っていた。でも、ほんものの戦いがこんなに残酷で身の毛もよだつものだとは想像していなかった。

〈ハヤブサ〉がふらつく足で、地面に体を丸めて倒れている兵士に近づいた。腰のベルトの容《い》れ物から霊薬《エリクサー》の瓶を取り出し、兵士にひと口飲ませ、助け起こした。そしてふたりで、新たな兵士に近づいた。その兵士は片腕を失っており、切断された傷口を炎で消毒され、地面に横たわって空《くう》を見つめた。三十名の兵士のうち、二名しか生き残れなかった。

マレク王子に打ちのめされているようすはなかった。ぼんやりと腕でひたいをぬぐい、よけいに煤《すす》を顔にこすりつけた。乱れた息はほとんどもとに戻り、まだ胸が上下しているけれど苦しげではなく、わたしのように吐き気をこらえているわけでもなかった。王子はわたしの腕をつかみ、炎から離れた平地の端へぐいぐいと引っ張った。わたしに話しかけることはなく、わたしがだれかわかっているかどうかも疑わしかった。王子の目はどんよりとしていた。カシアが〈ドラゴン〉を肩にかついで、わたしたちについてきた。相当な重さだろうけれど、彼女はそれをやすやすとやってのけた。

〈ハヤブサ〉がふたりの兵士とともに近づいてきたとき、マレク王子は何度かまばたきした。そしてようやく、〈心臓樹〉が焚き火のように燃えさかり、黒焦げになった大枝がいくつも落ちていることに気づいたようだ。わたしの腕をつかんだ手に、痣《あざ》ができるほど、力がこもった。手甲の端が肉に食いこんでくる痛さに、わたしは彼の手を振りほどこうとした。わたしを振り向いた王子が、怒りと恐怖に目をむき、わたしを揺さぶって声を張りあげた。「おまえ、いったいなにをした？」そしてふいに、口をつぐんだ。

王妃が〈心臓樹〉の炎に照らされて黄金《こがね》色に輝き、わたしたちの前に静かに立っていた。カシアに支えられ、両腕をたらして立つ姿が彫像のようだった。短くなった髪は、マレク王子と同じ細くて美しい金色で、雲のようにふんわりと顔にかかっている。王子はおなかを空《す》かせた鳥のように口をあけたまま、彼女を見つめた。わたしから手を離し、その手を王妃のほうに差し伸べる。

「触れてはなりません！」と、〈ハヤブサ〉がとっさに言ったが、その声も煙にやられていた。

「拘束が必要です」

マレク王子は動きを止めたが、その目はなおも王妃を見つめつづけていた。一瞬、彼には聞こえなかったのではないかと思った。でも、彼は体を返すと、血と殺戮《さつりく》の戦いのあとに戻り、自分の馬の死体に近づいた。〈ハヤブサ〉がカシアを調べ尽くしたときの鎖が、布にくるまれて鞍袋《くら》にはいっていた。王子はそれを持って戻ってきた。〈ハヤブサ〉が布にくるまれた鎖と首輪を受け取り、慎重に、狂犬を相手にするような用心深さで王妃に近づいた。

王妃は微動だにしなかった。まるで〈ハヤブサ〉が見えていないように、まばたきひとつしなかった。〈ハヤブサ〉は一瞬ためらったのち、自分のためにもう一度防御の呪文を唱え、首輪をすばやくはめて引きさがった。それでも王妃は動かなかった。〈ハヤブサ〉はふたたび近づいて、布から手錠を取り出し、王妃の両手首を拘束し、彼女の肩に布をかけた。

背後でバキバキッとすさまじい音がして、わたしたちはウサギのように跳びあがった。〈心臓樹〉の幹に亀裂がはいり、まっぷたつに裂けていた。割れた幹の大きな片われが傾き、平地の端に立つ樹齢百年はあろうかという樫《かし》の大木に向かって轟音《ごうおん》とともに倒れてゆく。炎に呑みこまれて咆哮《ほうこう》し、枝々が揺れてしなり、やがて静かになった。

王妃が、突然命を吹きこまれたように、びくんと動いた。鎖の輪がこすれ合い、嘆くようにきしみをあげた。王妃は手錠をされた両手を前に突き出し、よろよろと進んだ。布が肩からすべり落ちたが、それにも気づいていないようだ。爪が長く伸びた指で自分の顔をさぐり、体の底から絞り出すような低いうめきをあげた。

マレク王子が前に飛び出し、手錠に拘束された両手をつかんで王妃の体を支えた。王妃は瞬発的に、ありえない強さで彼を振りはらった。それでも動きを止め、王子の顔をじっと見た。王子は後ろによろめき、なんとか転ばずに体勢を立て直すと、背筋を伸ばして立った。血に汚れ、煤と汗にまみれても、彼の姿はまだ戦士と王子の風格を備えていた。鎧の汚れた胸もとには緑の紋章が——三つの頭を持つ緑の怪物が王冠を頂く王家の紋章がまだかろうじて見える。王妃はその紋章を見つめ、視線をあげて王子の顔を見つめた。ひと言も発しなかったけれど、王妃の目は彼から離れなかった。

マレク王子がはっと息を呑んで言った。「母上……」

16

弔いの火

王妃はなにも答えなかった。マレク王子はこぶしを握りしめて、王妃の顔に視線を据えたま
ま、待ちつづけた。それでも王妃は無言だった。

重苦しい沈黙がつづいた。〈心臓樹《しんぞうじゅ》〉の燃える煙が立ちこめ、兵士や〈森〉の怪物どもの焼ける臭いがただよっていた。とうとう〈ハヤブサ〉が意を決したように足を引きずって前に出た。彼は両手を王妃の顔の前にあげ、少しためらった。王妃はひるまなかった。〈ハヤブサ〉は両手で王妃のほおに触れ、その顔をのぞきこんだ。〈ハヤブサ〉の瞳孔が広がり、縮み、かたちを変えた。虹彩《こうさい》の色が緑から黄へ、黄から黒へと変化する。「なにもありません。わたしの見るかぎり、どんな穢《けが》れも宿してはおられません」しわがれた声でそう言うと、両手をおろした。

でも、それきりだった。王妃にはわたしたちが見えていなかった。もし見えていたなら、さらに悪い結果が想像された。大きく見開いた目がわたしたちの顔をとらえていたとしても、王妃に

はそれがなにを意味するかさえわかっていないということだから。マレク王子は浅い息をつきながら、王妃を見つめつづけた。「母上……」彼はもう一度言った。「母上……マレクです。あなたを連れ戻しにきました」

王妃の顔に変化はなかった。最初にあったかもしれない恐怖の表情も、そこにはもう残っていなかった。王妃は目を大きく見開いているだけで、虚《うろ》のようにからっぽだ――まるで魂が抜けてしまったように。「もしかしたら、〈森〉から出たら……」わたしはつい口をすべらせたけれど、そのあとの言葉が喉に引っかかった。奇妙な思いにとらわれて胸が悪くなる。二十年間も〈森〉のなかにいて、人はそこから出たいと望むものだろうか？

でも、マレク王子はわたしの提案に飛びついた。「出口はどっちだ？」剣を鞘《さや》におさめて言った。

わたしは灰まみれの顔を袖《そで》でぬぐい、自分の手を見おろした。火傷《やけど》の水疱《すいほう》とひび割れができて、血がにじんでいる。小さな部分から大きな全体へ――。「**ロイタータル**」と、わたしは自分の血にささやきかけた。「わたしをうちに連れてって」

わたしは精いっぱいがんばって、〈森〉から出るための道案内をした。でももし、わたしたちがもう一度〈歩くもの〉に出遭《であ》っていたら、戦う力はもう残っていなかった。ましてや、大カマキリが相手ではひとたまりもなかったことだろう。わたしたちは、その朝〈森〉にはいったときの輝かしい隊とは似ても似つかないものに変わっていた。自分の心に、これはきのこ狩りの遠足で、鳥さえ驚かさないようにそっと林を抜けて日暮れまでに家に帰り着くところなのだと思いこませようとした。木々を縫って、用心深く進路をとった。道を切り拓《ひら》こうなどとは考えず、ひたすらシカの通り道と下生えが密生していない場所をたどって進んだ。

そして、落日の半時間前に〈森〉から這《は》い出した。**うちへ、うちへ、うちへ**……木々の枝から逃れても、なおも頭のなかで同じ節を繰り返すように呪文《じゅもん》を唱え、その呪文が生み出す淡い光をたよりに進んだ。淡い光線が宙に弧を描いて南西を、父と母がいるドヴェルニク村の方角を指していた。頭より先にわたしの足がその光を追った。焼きはらわれた不毛の境界を越え、壁のように高い草が生い茂るくさむらにはいると、そうかんたんには前に進めなくなった。わたしは、草の上までゆっくりと頭を持ちあげた。かなたに屹立《きつりつ》する山々があり、夕日が赤褐色にかすんだ斜面を照らしていた。

あれは北の山脈だ。つまり、わたしたちはローシャ国につづく山越えの道からそれほど遠くない場所に出たということだ。もし二十年前、ハンナ王妃とヴァジリー皇太子《こうたいし》がローシャ国に逃げようとして山越えの道を通り、〈森〉にさらわれたのだとしたら、わたしたちがこの場所に出たということも、ある程度、納得がいく。でもそれは、わたしたちがザトチェク村からはるか遠くまで来てしまったということでもある。

マレク王子がわたしにつづいて〈森〉から出てきた。重荷を引いているかのように頭を深くたれ、肩を丸めている。兵士ふたりがよろよろとあとを追っていた。どちらの兵士も鎖帷子《くさりかたびら》と剣《けん》帯《たい》を〈森〉のどこかで脱ぎ捨ててしまったようだ。マレク王子はまだ鎧《よろい》を身につけ、剣を握っていたが、草地までたどり着くと、がくりと膝をつき、まったく動かなくなった。王子に追いついた兵士ふたりも、まるで王子が彼らをここまで引っ張ってきたかのように、地面にうつ伏せになり、動かなくなった。

カシアが〈ドラゴン〉をわたしのかたわらにおろし、草を足で踏みしだいて小さな空間をつくった。〈ドラゴン〉も目を閉じてぐったりとし、自力では動けなかった。右半身が赤く焼けただれてぬらぬら光り、そこらじゅうに水疱ができていた。服は裂けて、黒焦げになっている。ここまでひどい火傷を見たことがなかった。

〈ハヤブサ〉が、わたしとは反対側の〈ドラゴン〉の隣にどさっと腰をおろした。彼が手に持つ長い鎖は王妃の首輪につながっていた。彼がそれを引くと、王妃も足を止め、〈森〉を囲む不毛の境界にひとりきりで棒立ちになった。その顔には、〈森〉から出てきたときのカシアと同じように、人間らしい表情がなかった。そして王妃の場合、瞳をのぞきこんでも、なにかがいるという気配すらなかった。まるであやつり人形があとをついてくるようなものだった。鎖を引かれれば足を前に運ぶけれど、両脚が正しく曲がらなくて手足の使い方を忘れてしまったみたいに、人形のようなぎくしゃくした動きしかできなかった。

カシアが言った。「できるだけ早く、〈森〉から遠ざからなければ」だれも答えず、動きもしなかった。彼女は慎重にそっとわたしの肩をつかんで、揺さぶった。「ニーシュカ」と呼びかけられても、わたしは答えなかった。空は暮れなずみ、早くも出てきた春のヤブ蚊が耳のそばでうなっている。大きな一匹が腕にとまっても、手をあげてたたく気力さえ失っていた。

カシアが背筋を伸ばし、わたしたちをもどかしげに見まわした。こんな状態のわたしたちを残して、ひとりでここから去りたくなかったはずだ。でも、選択肢はかぎられていた。カシアはくちびるを嚙《か》み、膝をついて、わたしの顔をのぞきこんだ。「あたしはカーミク村に行くわ。ザトチェク村よりここから近いはずよ。走っていくわ。ここで待っていてね、ニーシュカ。助けてくれる人を見つけて、すぐに戻ってくるから」

わたしはただ彼女を見つめ返した。カシアはしばらくためらったあと、わたしの服のポケットに手を伸ばしてバーバ・ヤガーの魔法書を取り出し、それを両手に押しつけた。わたしは本に指をかけただけで、それ以上はなにもしなかった。カシアは身を返し、草のなかに分け入った。草を蹴散らしながら、西の空に残る夕日に向かって突き進んでいく。

わたしは野ネズミのように、なにも考えず、草のなかにすわっていた。カシアが高い草をなぎはらう音は、しばらくすると聞こえなくなった。わたしは、バーバ・ヤガーの魔法書の革製の表紙を指でなぞり、背表紙のやわらかなふくらみを感じながら、ぼんやりと本を見おろした。〈ドラゴン〉がかたわらに横たわっている。火傷がさらに悪化し、からだじゅうに透明な水疱が盛りあがっていた。ゆっくりと本を開き、ページをめくった。さまざまな治療法を簡潔にしるしたページに、「**火傷は、朝日を浴びた蜘蛛《くも》の巣とミルクで癒やすがよし**」とあった。

でも、ここには蜘蛛の巣もミルクもない。すぐには考えがまわらなかったけれど、しばらくすると、わたしはあたりの折れた草に手を伸ばし、茎からミルクのような緑のしずくを搾《しぼ》りとった。草のミルクを親指と人差し指で練り、「**イールチ、イールチ**」と、子守歌のような節をつけて呪文を唱え、〈ドラゴン〉の痛々しい水疱に指先でそっと触れていった。指先で触れるたびに、水疱がぴくりと動き、ゆっくりと縮んだ。皮膚の腫《は》れが引き、赤みが消えていくのがわかった。

魔法を使いつづけるうちに、気分がよくなったわけではないけれど、傷口を水ですすぐように、意識のくもりが落ちていくのを感じた。わたしは歌いつづけた。「うるさい、やめろ」とうとう〈ハヤブサ〉が頭をもたげて、腹立たしげに言った。

わたしは手を伸ばし、彼の手首をつかんで言った。「火傷に効くグローシュノの呪文よ」それは、〈ドラゴン〉が躍起《やっき》になってわたしに教えようとした呪文のひとつだった。あのころの彼はまだ、わたしが療術師《ヒーラー》だという考えに凝り固まっていたっけ……。

〈ハヤブサ〉は押し黙ったけれど、しばらくすると彼もしわがれた声で「**オイーデフ・ヴィルーチ**」と、呪文を唱えはじめた。そこで、わたしも自分の呪文に戻り、「**イールチ、イールチ**」と唱えながら、〈ハヤブサ〉の呪文をさぐった。それは木ではなく干し草だわらでできた車輪のように脆《もろ》い感じがした。わたしはそこに魔力の釣り糸をたらしてみた。〈ハヤブサ〉がぴたりと呪文を止めた。わたしは作業の手を止めず、彼の再開をうながすように自分の呪文を唱えつづけた。

〈ドラゴン〉と協働するときのようにはいかなかった。あまり好きにはなれない、老いて頑固なラバになんとか馬具をつけようとしているみたいだった。しかも、そのラバは硬くて獰猛《どうもう》な歯を持ち、すきがあれば咬《か》みついてやろうとわたしを狙っている。だから、呪文に熱を込めても、〈ハヤブサ〉からは少し距離をおいていた。それでも、彼が呪文を再開すると、魔術がぐんぐんと効果をあげた。〈ドラゴン〉の火傷は、腕のまんなかに走るいびつなぬらぬらした傷と、片半身のもっともひどい水疱ができたところを除けば、みるみる消えて新しい皮膚に生まれ変わった。

横から聞こえる〈ハヤブサ〉の声が強くなり、わたしは頭が冴《さ》えていくのを感じた。魔力がわたしたちのあいだに流れ、新しいうねりが生まれた。〈ハヤブサ〉も驚いたように首を振り、目をぱちぱちさせた。彼は、わたしからもっと魔力を引き出そうと、手をひねって伸ばし、わたしの手首をつかんだ。わたしがとっさにその手を払ったので、その時点でわたしたちの魔術の融合は終わった。でもそのころには、〈ドラゴン〉は両手をついて体の向きを変えられるまで回復していた。彼は荒い息をつきながら、地面に嘔吐《おうと》した。咳《せ》きこみながら、肺にはいった煤《すす》の固まりも吐き出した。咳《せき》と吐き気の発作がおさまると、疲れきってうずくまり、口をぬぐい、目をあげた。王妃はまだ境界の不毛地帯にいて、夕闇のなかで光る柱のように立っていた。

〈ドラゴン〉は手のひらの底を両目に押しあてた。「……ここまでばかくさい仕事はこれまで一度も……」煙にやられて、ぜんぶは聞き取れないほどひどい声だ。彼は目をこすった手をおろし、わたしの腕をつかんだ。わたしは彼が立ちあがるのに手を貸した。わたしたちは涼やかな草の海にぽつんといた。「ザトチェク村に戻らなければ」と、彼が急《せ》かすように言った。「あの村に必要なものが置いてある」

わたしは〈ドラゴン〉をぼんやりと見つめ返した。魔術を終えると、潮が引くように体の力が抜けていった。〈ハヤブサ〉はとっくに、もとのように体を丸めていた。兵士らががくがくと震えはじめ、べつの世界を見ているような焦点の定まらない目になった。マレク王子もまったく動けないまま、沈黙する岩のようにふたりの兵士のあいだにうずくまっている。「カシアが助けを呼びにいったわ」わたしはようやく言った。

〈ドラゴン〉がこの一行の惨状を見とどけるようにマレク王子、兵士ふたり、ハンナ王妃とめぐらせていった視線を、わたしと〈ハヤブサ〉に戻した。「なるほど。彼らをあおむけに寝かせるのを助けろ。もうすぐ月がのぼる」

こうしてわたしたちは四苦八苦してマレク王子と兵士らを草の上に寝かせた。三人とも空を見あげていたが、はたして空が見えているのかどうかはわからなかった。わたしたちが疲れた体であたりの草を踏みしだいて場所をつくるころには、月明かりが横たわる三人の顔を照らしていた。〈ドラゴン〉は、自分と〈ハヤブサ〉のあいだにわたしを立たせたが、わたしたちに完全浄化の術をほどこせるほどの体力は残っていなかった。〈ドラゴン〉と〈ハヤブサ〉がその朝使った防御の呪文をふたたび唱えた。わたしはわたしなりに、ささやかな浄化の呪文を唱えた。「**プーハス、プーハス、カイ・プーハス**」兵士らの顔にわずかながら血色が戻ったように見えた。

それから一時間もたたないうちに、カシアが樵夫《きこり》の使う荷馬車を駆って戻ってきた。「遅くなってごめんなさい」と、彼女は硬い表情で短く言った。わたしはどうやってその馬車を手に入れたのかを、わざわざ尋ねはしなかった。彼女がこの姿で〈森〉の方角からやってくるのを見た人々がどう反応するかはだいたい想像できた。

わたしも〈ドラゴン〉も〈ハヤブサ〉もたいした助けにはならず、カシアは、マレク王子とふたりの兵士をかつぎあげて荷馬車に乗せるという大仕事をおおかたひとりで片づけた。そのあと、わたしと〈ドラゴン〉と〈ハヤブサ〉が、膝から先は荷台からぶらさがるように乗った。カシアが木立のほうを見つめている王妃に近づき、その前に立ちはだかった。視線をさえぎられても、王妃がカシアに向けるまなざしはうつろだった。「もうここにはいられません」と、カシアは王妃に言った。「あなたは解放されたのです。あたしたちは解放されたのです」

王妃はなにも答えなかった。

ザトチェク村に一週間滞在した。わたしたちは村のはずれにある納屋《なや》にそれぞれの寝床をつくって寝かされた。荷台で眠りに落ちてからのことをなにも憶《おぼ》えていない。なつかしくてやさしい干し草の匂いを吸いこんで目覚めたのは、三日後の朝だった。カシアが湿らせた布で顔を拭《ふ》いてくれていて、口のなかには〈ドラゴン〉の調合する霊薬《エリクサー》の強烈な蜂蜜の甘さが広がっていた。同じ日の昼近くには、どうにか寝床から起きあがれるようになった。〈ドラゴン〉から何回目かの浄化術をほどこされ、そのあとは彼に言われるままに、彼に対して同じ術をほどこした。「王妃は？」魔術を終えて、どちらも疲れきって外のベンチにすわっているとき、わたしは〈ドラゴン〉に尋ねた。

〈ドラゴン〉は、あごで納屋の前の空き地を示した。空き地の端に柳《やなぎ》の木があり、王妃が木陰の切り株にひっそりとすわっていた。魔力を封じこめた首輪をいまも身につけ、だれかが手配した白い簡素なドレスに着替えている。そこにすわらされてから一歩も動かなかったかのように、ドレスには染みも汚れもなく、裾《すそ》も白さを保っていた。その美しい顔は、文字のない本のように、どんな感情もあらわしてはいなかった。

「王妃は解放された」と、〈ドラゴン〉は言った。「だとしても、三十名近い兵士の命を犠牲にするほどの価値があったのか？」

彼の声には怒りがこもっていた。わたしは両腕で自分を抱きしめた。あの悪夢のような戦いと殺戮《さつりく》を思い出したくなかった。「あのふたりの兵士は？」と、小さな声で尋ねた。

「生きている。ついでに、われらが尊き王子様もな。生きて帰ってこられたのは、あいつには過ぎた幸運だった。〈森〉の力が弱まり、わたしたちを完全にはとらえきれなかったおかげだ」そう言って、彼は立ちあがった。「来い。彼らを段階的に浄化している。そろそろ、つぎの術をほどこす時間だ」

二日後、マレク王子はすっかりもとに戻った。妬《ねた》ましさを通り越し、うんざりするような回復力だった。彼は朝に寝床から起きられるようになり、昼食には焼いた鶏をまるまる一羽、がつがつとたいらげ、そのあと運動をはじめた。わたしはふた切れのパンを呑《の》みくだすだけで精いっぱいだった。木の枝で懸垂《けんすい》をする王子をながめていると、自分がくたくたのぼろ雑巾《ぞうきん》になったような気がした。トマシュとオレグも同じ日に意識を取り戻した。ふたりの兵士の名前を、わたしはようやく知った。そして、〈森〉で命を落とした兵士らの名前をほとんど知らなかったことを恥ずかしく、申しわけなく思った。

マレク王子が王妃に食事をあたえようとしたけれど、王妃は差し出された皿をただ見つめるだけで、肉の小さなかけらを口に入れられても噛もうとしなかった。そこで、粥《かゆ》が試された。王妃は、拒みはしないものの、進んで食べようともしなかった。王子は、赤ん坊の世話をするように、スプーンで粥をすくって王妃の口まで運んだ。彼は硬い表情でそれをつづけたが、王妃は一時間たっても五、六口しか呑みこまず、とうとう彼は立ちあがって、椀《わん》とスプーンを岩に投げつけた。粥が飛び散り、王子が荒々しく立ち去っても、王妃のうつろな表情は変わらなかった。

わたしは納屋の戸口に立って、やるせない思いでそれをながめていた。王妃が脱出できたことを――少なくとも、もう〈森〉に苦しめられ、むさぼり喰《く》われずにすむことを、わたしが悲嘆するいわれはない。けれども、半分生きて半分死んでいるような人生は、死よりも酷《むご》い仕打ちも同然に思われた。王妃は、浄化後数日間のカシアのように床に臥《ふ》したり、うわごとを言ったりすることもなく、そのようすを見ていると、感情も思考ももう残っていないのではないかと思えてきた。

翌朝、井戸から水を汲《く》んだ手桶《ておけ》を納屋まで重い足どりで運んでいると、突然近づいてきたマレク王子に腕をつかまれた。わたしはびっくりして跳びあがり、彼から逃れようとした。その拍子に手桶の水が彼にも自分にもかかったけれど、王子は水をかけられたことにもわたしが逃れようとしていることにも取り合わず、おそろしい剣幕でまくしたてた。「もういい、やめろ！　あいつらは兵士だ。すぐによくなる。〈ドラゴン〉が貴重な薬をあいつらの腹に流しこまなくともな。いったい全体、おまえたちはなぜ、王妃になにもしない？」

「なにかできることがあるとでも？」と、納屋から出てきた〈ドラゴン〉が言った。

マレク王子が彼のほうを振り返った。「王妃に療術《りょうじゅつ》をほどこせ！　おまえは母上になにもあたえていない。薬はまだいくらでもあるだろう――」

「もし王妃が穢れを宿しておられるのなら、浄化しましょう」と、〈ドラゴン〉は言った。「しかし、穢れていないものに療術はほどこせない。〈心臓樹〉とともに王妃が焼かれなかったことだけでも運がよかったと思われるがいい。もちろんそれを哀れではなく、幸運と見なすかどうかは、あなたしだいだが」

「それで助言は終わりか。こうなったのも、哀れみのかけらもないおまえのせいだ」マレク王子が言った。

〈ドラゴン〉の目がぎらっと光った。わたしには痛烈な切り返しを予感させる恐ろしいまなざしだった。でも、彼はくちびるを噛み、言葉を呑みこんだ。マレク王子が歯ぎしりをした。おびえた馬のように震える王子のこぶしには、一触即発の緊張がみなぎっていた。〈心臓樹〉の根もとで繰り広げられた死と隣合わせの戦いでは岩のように強固だった王子が、いまは激しく動揺している。

〈ドラゴン〉が言った。「王妃に穢れが認められない以上、あとは、時とともに回復するのを待つほかない。あなたの兵士らの浄化を終えて、人々のなかに戻しても安全と確認したら、ただちに王妃を塔にお連れしましょう。わたしにはそれしかできない。塔にお連れするまで、あなたは王妃になにか昔を思い出させるような語りかけを――」

「語りかけだと?」マレク王子がわたしの腕を突き放したので、また水がわたしの足にかかった。王子はそのままなにも言わず、ずんずんと歩み去った。

〈ドラゴン〉がわたしから手桶を引ったくって歩き出し、わたしは彼のあとを追って納屋にはいった。「王妃のためになにもできないの?」

「なにも書かれていない石盤に、いったいなにができる?」と、〈ドラゴン〉が言った。「時がたてば、彼女自身が新しいなにかをそこに書きこむかもしれない。しかし、かつての王妃に戻るかと言えば――」彼は首を振った。

マレク王子はその日はずっと王妃のそばにすわっていた。わたしは納屋から出るたびに、彼の思いつめた顔をちらちらと見た。その表情からは、彼が奇跡的な速効性のある治療をあきらめたようには見えなかった。その日の夕方、彼は立ちあがり、村長と話し合うためにザトチェク村に向かった。そして翌日、トマシュとオレグが自力で井戸まで歩いていけるようになると、王子は彼らの肩をしっかりとつかんで言った。「命を落とした者たちのために、あすの朝、村の広場でかがり火を焚《た》いて弔いをする」

そして、ザトチェク村から男たちが馬を連れてやってきた。彼らはわたしたちを恐れてびくびくしていたけれど、しかたのないことだった。〈ドラゴン〉は、わたしたちが〈森〉から出てきたことをすでに書状で村に伝えていた。そこには、一行を納屋に隔離していることや浄化の途中であることも書き添えられていた。だからもし、村人たちがたいまつを手にやってきて、わたしたちもろとも納屋を焼きはらおうとしても、驚きはしなかった。もちろん、もし〈森〉に憑依《ひょうい》されていたら、わたしたちは一週間、疲れきって納屋に引きこもるどころではなく、すでに恐ろしい惨劇を村にもたらしていただろうけれど。

マレク王子がトマシュとオレグを助けてそれぞれの馬の鞍《くら》に乗せ、そのあと、王妃を十歳は越えているはずの落ちついた茶色の牝馬《めうま》に乗せた。王妃はぎこちなく鞍にまたがると、そのまま身動きしなかった。王子はいたしかたなく彼女の足を片方ずつ鐙《あぶみ》に乗せた。そして地上から王妃を見あげた。拘束された手に持たせたはずの手綱《たづな》がだらりとたれている。「母上」と声をかけ、王子はもう一度手綱をつかませようとした。王妃は彼と目を合わせもしなかった。しばらくすると、王子は口もとをこわばらせ、ロープを取ってきた。そのロープで王妃の馬の引き手綱をつくり、自分の馬の鞍に結わえた。

わたしたちはマレク王子の馬につづき、ザトチェク村の広場に着いた。広場にはよく乾いた薪《まき》が高く組みあげられ、弔いのかがり火の準備ができていた。そして、すべての村人が晴れ着姿で離れた場所に立ち、手に手にたいまつを持っていた。わたしはザトチェク村の人々をよく知らなかったけれど、彼らは春にはときどき、ドヴェルニク村の市場《いちば》にやってきた。だから、うっすらと顔に見覚えのある何人かが群衆のなかからわたしを見つめていた。かがり火の薪をはさんで反対側に並ぶ王子と魔法使いたちを見る彼らの目は、まるで淡い灰色の霧のなかに浮かびあがる幽霊を見るようにおびえていた。

マレク王子がたいまつを持ち、組みあげられた薪に近づいた。彼はたいまつを高くかかげ、亡くなった兵士の名を読みあげた。その最後は護衛隊長ヤノスの名だった。王子はトマシュとオレグにうなずいて合図を送り、彼らとともにさらに一歩前に進み出て、薪の山に三人分のたいまつを差し入れた。煙が立ちのぼって目と治りかけていた喉を刺激し、熱気が押し寄せてきた。〈ドラゴン〉はかがり火が燃えはじめるのをけわしい表情で見とどけ、すぐに背を向けた。マレク王子は自分が死に追いやった兵士らのことをたいして誇ってなどいない――〈ドラゴン〉はそう考えているにちがいない。それでも、死んだ兵士ひとりひとりの名を聞いて、わたしのなかのなにかがゆるんだ。

かがり火は長いあいだ燃えつづけた。村人たちが料理とビールを持ち出し、わたしたちにふるまった。わたしはカシアとともにこそこそと隅っこに移動し、何杯もビールを飲んで、みじめさと煙と、口に残った霊薬《エリクサー》の甘ったるい味を洗い流した。そして最後には、カシアとお互いにもたれ合って、声をあげずに泣いた。わたしが彼女をしっかりと抱きしめた。わたしをきつく抱きしめるとたいへんなことになるので、彼女にはそれができないからだ。

酔いで頭がくらくらし、同時に体がだるくなり、頭痛がした。わたしは服の袖に顔をうずめ、洟《はな》をすすった。広場の向こうでは、マレク王子が村長となにか話していた。そばには、張りつめた表情の若い御者《ぎょしゃ》がいた。彼らの横に塗り直したばかりと思われる、美しい緑の一台の荷馬車が停まっている。馬車は四頭立てで、馬のたてがみと尻尾《しっぽ》があまりじょうずではない三つ編みに結われ、そこにも緑のリボンが結んであった。王妃が荷馬車の荷台に置かれた藁《わら》のクッションの上にすわり、肩から毛織りのマントをはおっていた。魔力を宿した首輪の金色の鎖が日を受けて輝き、ゆったりとした白いドレスに反射していた。

わたしは太陽のまぶしさに何度もまばたきした。そしてようやく、なにが起きようとしているかを理解した。〈ドラゴン〉がすでに大股で広場を横切り、王子のほうに向かっていた。〈ドラゴン〉は王子に詰問した。「なにをなさっている？」わたしは立ちあがり、彼らのところに行った。

マレク王子が振り返ったのは、ちょうどわたしがたどり着いたときだった。「王妃を連れ帰る手配をしている」王子は快活に答えた。

「なにをばかなことを。王妃はまだ充分な回復をしては――」

「ここより都にいたほうが、よほど回復は早い」マレク王子は言った。「〈ドラゴン〉よ、おまえが快く解放に応じるまで、あの塔に母上を閉じこめておくわけにはいかない。おまえが都に来るのをどんなにいやがるか、わたしが忘れたとでも思っているのか？」

「あなたはどうやら、ほかのたいせつなことをまとめて忘れてしまうおつもりらしい」〈ドラゴン〉がきつく返した。「たとえば、もし王妃の奪還に成功したら、〈森〉をローシャ国まで破壊し尽くすという約束――」

「忘れたわけではない」マレク王子が言う。「いまはおまえを助けるための手駒《てごま》がない。おまえが必要とする兵士を確保するために、宮廷に戻って父上にお願いするのが最善のやり方というものだろう」

「宮廷に戻ってあなたにできるのは、うつろなあやつり人形をパレードで引きまわし、みずからを英雄と呼ばせるぐらいのものでしょう」〈ドラゴン〉が言った。「使者を送って軍隊を寄こすんだ！　わたしたちは、ここから離れるわけにはいかない。愚かすぎる。もしここからわたしたちが去って、この谷の守りを手薄にしても、あなたは〈森〉が復讐《ふくしゅう》に打って出ることはないと思われるのか？」

マレク王子はうすら笑いをつづけようとして、顔をひきつらせた。剣の柄《つか》にかかった手が閉じたり開いたりを繰り返す。〈ハヤブサ〉が如才《じょさい》なくあいだにはいり、マレク王子の腕に手をかけて言った。「殿下、サルカンの言葉は、非礼きわまりないとしても、あながちまちがってもおりません」

一瞬、わたしは、もしかしたら〈ハヤブサ〉は理解したのかもしれないと考えた。彼は〈森〉の邪悪さに気づき、その脅威を感じているのかもしれない、と。わたしは降って湧いた希望とともに、〈ドラゴン〉を見つめた。でも、彼の顔はますますこわばった。それを裏づけるかのように、〈ハヤブサ〉が優雅なうなずきとともに、〈ドラゴン〉を振り返って言った。「サルカンも同意するはずですよ——魔術の才能に秀でた彼といえども、療術の技量に関しては、〈ヤナギ〉のほうが勝るということを。彼女なら、かならずや王妃を救ってくれるでしょう。〈森〉の侵略を防ぐことは、サルカンにとって、国王に誓った任務です。彼がこの谷を去るわけにはいきません」

「おお、それでいい」マレク王子がすかさず、嚙みしめた歯の隙間《すきま》から絞り出すような声で返した。これはあらかじめ用意されていた答えだ。この件については、王子と〈ハヤブサ〉のあいだですでに打ち合わせ済みだったのだろう。それに気づいて、怒りが込みあげた。

〈ハヤブサ〉が追い打ちをかけるように言った。「サルカン、きみもそろそろ気づいたにちがいない。マレク王子がきみのもとに、ハンナ王妃ときみのお気に入りの田舎娘を残していくことに心やすく同意なさるはずがないということを」彼は、わたしの隣に立っているカシアを指差した。「もちろん、この娘も都に行かねばならない。穢れの疑いを晴らすための審判をただちに受けるために」

「よく考えたものだな」あとになって、〈ドラゴン〉がわたしに言った。「こざかしい手だが、理にかなっている。〈ハヤブサ〉の主張はまちがっていない。つまり、国王の許可がなければ、わたしはこの谷を離れられない。そして、法を遵守《じゅんしゅ》するのなら、王妃もあの娘も審判を受けなければならない」

「でも、こんなに急ぐ必要はないでしょ！」わたしは、荷馬車の荷台に超然とすわった王妃のほうをちらりと見た。村人たちが旅に必要な品々や毛布を彼女のまわりに並べている。補給のために立ち止まることなく都まで行ってまた戻って、三往復ぐらいはできそうなほど大量の品々だ。

「王妃をさらって塔に連れていってはどう？　王妃と、そしてカシアも連れて。きっと王様だって理解して——」

〈ドラゴン〉が鼻を鳴らした。「国王は道理をわきまえたおかただ。もしわたしが、用心深く王妃をさらい、だれにも見つからないところで治療に専念するのなら、お咎《とが》めにはならないかもしれない。ただしそれは、王妃の姿がだれかに見られる以前、救出されたことすら知られていない時点での話だ。いまはどうだ」彼は腕を振りあげ、村人たちを示した。村のだれもかれもが荷馬車のまわりに集まり、ゆるい円をつくっていた。安全な距離を保って王妃を見つめ、救出の物語の断片をお互いにささやき合っている。「無理だな。目撃者がこれほどいるのに、わたしがあからさまに王国の法にそむくようなことを、国王はぜったいお許しにならない」

そう言うと、〈ドラゴン〉はわたしのほうを見て言った。「わたしは都へ行けない。たとえ国王から許しが出たとしても、〈森〉がここにあるかぎり、わたしは行けない」

わたしはがっかりして彼を見つめ返した。「あの人たちにカシアを連れていかせたくないの……」わたしの言葉はなかば懇願《こんがん》になっていた。この谷が自分の故郷、自分がとどまりたい土地だということは、よくわかっている。でも……彼らにカシアを引きずっていかせるわけにはいかない。審判によって彼女に死刑が宣告されるかもしれない。わたしはマレク王子を信用していなかった。彼の戦いの手腕は認めるとしても、それ以外のところで、彼はまったく信用のならない人物だった。

「わかっている、きみがどうしたいかは」〈ドラゴン〉が言った。「そのほうがいいだろう。兵士がいなければ、それも大軍団でなければ、〈森〉に新たな一撃を加えるのは無理だ。きみは都に行ったら、兵を出す約束を国王と取りつけろ。マレク王子は、口でなんと言おうが、王妃のことしか考えていない。そして、ソーリャは邪悪ではないかもしれないが、自分のためにこざかしく立ちまわるだけで、万人のために働こうとはしない」

わたしはとうとう、気になっていたことを尋ねた。「ソーリャってなんなの？」その名前を舌にのせると、妙な感じがした。高い空を旋回《せんかい》する鳥の影……あの鋭いまなざしが頭のなかをかすめていく。

「魔法言語で、ハヤブサのことだ」と、〈ドラゴン〉が言った。「きみも、魔法使いとして承認される前に、名前をあたえられるだろう。それを、審判のあとまで引き延ばすようなことを彼らにさせてはいけない。きみは証言する権利を持てなくなるぞ。いいか、この土地できみがしたことは、魔法使いとして承認される助けになる。すべてをソーリャの手柄にさせるな。自分の功績を利用することをためらうな」

そんなふうに焚きつけられても、わたしには彼の指示をどうやって実行に移せばいいのかさっぱりわからなかった。わたしたちに軍団を手配してくれるように王様を説得するの？　このわたしが……いったいどうやって？　でも、マレク王子がすでにトマシュとオレグに馬に乗るよう命じていた。〈ドラゴン〉からわざわざ言われるまでもなく、この難題について自分ひとりの力で考え、やり遂げなければならない。それはわかっていた。

わたしはごくりとつばを呑み、うなずきとともに言った。「ありがとう……サルカン」
その名は、炎と翼を、渦巻く煙を、繊細さと力強さを、竜のウロコのこすれる音を思い起こさせた。サルカンはわたしをしばらく見つめてから、きっぱりと言った。「煮えたぎる坩堝《るつぼ》に自分から飛びこむようなまねはするな。そして、きみにはむずかしいことかもしれないが、言っておく。身だしなみをよくしろ」

（下巻に続く）

【著者】
ナオミ・ノヴィク
1973年ニューヨーク生まれ。ポーランド移民の二世として、ポーランド民話に親しんで育つ。ブラウン大学で英文学を学んだ後、コロンビア大学でコンピューター・サイエンスを学び、『ネヴァーウィンター・ナイツ』などのRPGゲームの開発に携わる。2006年『テメレア戦記1 気高き王家の翼』で作家デビュー。ジョン・W・キャンベル新人賞（現アスタウンディング新人賞）や、コンプトン・クルック新人賞を受賞。また、ヒューゴー賞にもノミネートされ、『テメレア戦記』はその後ベストセラー・シリーズとなった。
本書『ドラゴンの塔』では、投票によってその年最高のSFファンタジー小説に贈られるネビュラ賞を受賞、同時にヒューゴー賞にもノミネートされた。他に『銀をつむぐ者』、「死のエデュケーション」シリーズなどがある。現在、夫と娘とともにニューヨーク市に暮らす。

【訳者】
那波かおり（なわ・かおり）
翻訳家。上智大学文学部卒。主な訳書にナオミ・ノヴィク『銀をつむぐ者』「テメレア戦記」シリーズ（静山社）、ダニエル・アレン『マイケル・Aの悲劇』（筑摩書房）、エリザベス・ギルバート『女たちのニューヨーク』『食べて、祈って、恋をして』（早川書房）などがある。

ドラゴンの塔〈上〉 魔女の娘

著者　ナオミ・ノヴィク
訳者　那波かおり

2023年4月18日　並製版第1刷発行

発行者　松岡佑子
発行所　株式会社静山社
〒102－0073　東京都千代田区九段北1－15－15
電話・営業　03－5210－7221
https://www.sayzansha.com

イラスト　カガヤケイ
デザイン　藤田知子
編集　田坂苑子
組版・印刷・製本　中央精版印刷株式会社

Published by Say-zan-sha Publications, Ltd.
ISBN978-4-86389-783-0 Printed in Japan